JN004925

多崎 礼

Ray Tasaki

レーエンデ国物語

喝采か沈黙か

The Chronicles of Leende

講談社

Applause or Silence

目次

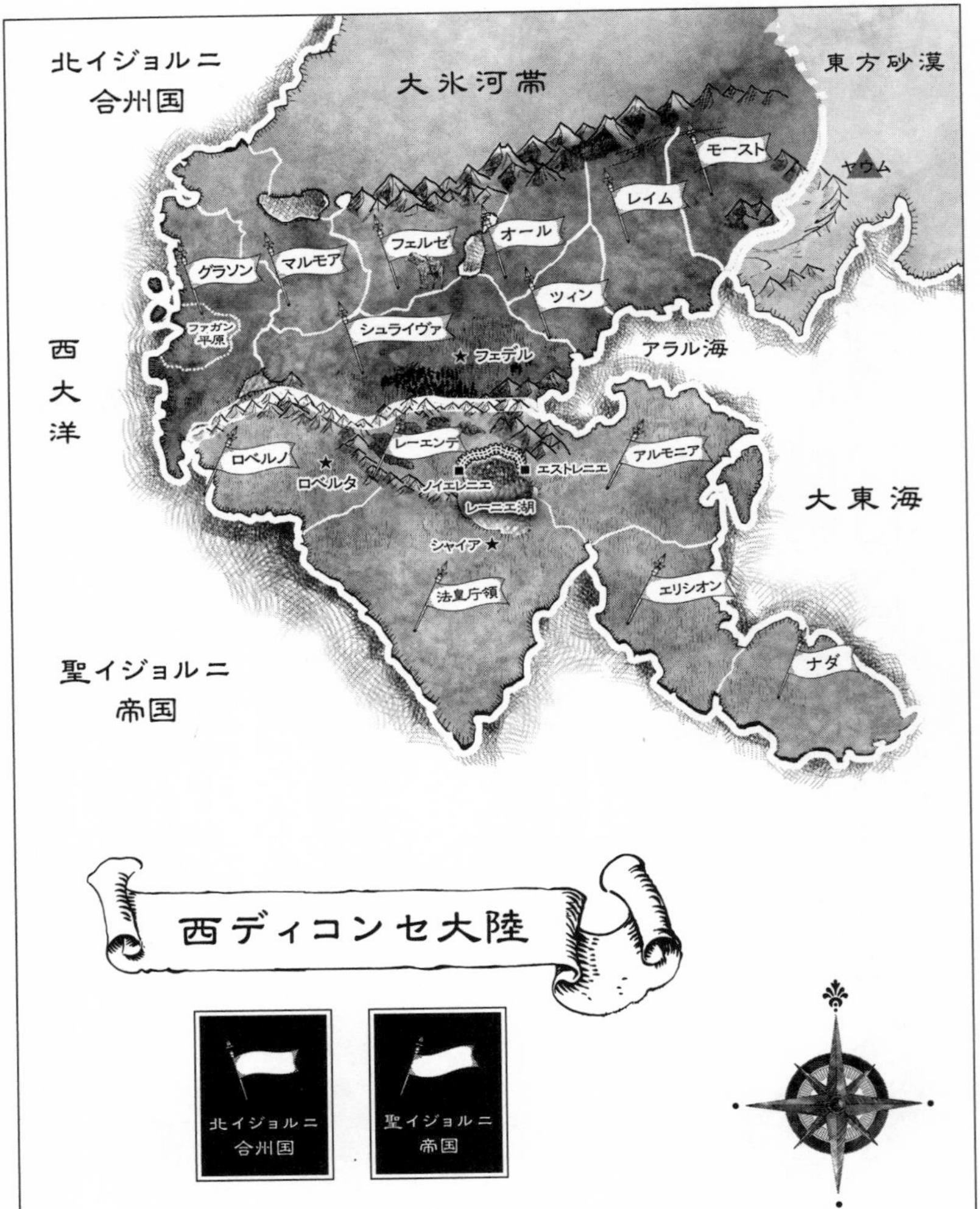
北イジョルニ
合州国
大氷河帯
東方砂漠
モースト
ヤウム
レイム
オール
フェルゼ
マルモア
グラソン
ツィン
ファガン
平原
シュライヴァ
フェデル
アラル海
西
大
洋
ロベルノ
レーエンデ
アルモニア
ロベルタ
ノイエレニエ
エストレニエ
レーニエ湖
大東海
シャイア
法皇庁領
エリシオン
ナダ
聖イジョルニ
帝国
西ディコンセ大陸
北イジョルニ
合州国
聖イジョルニ
帝国

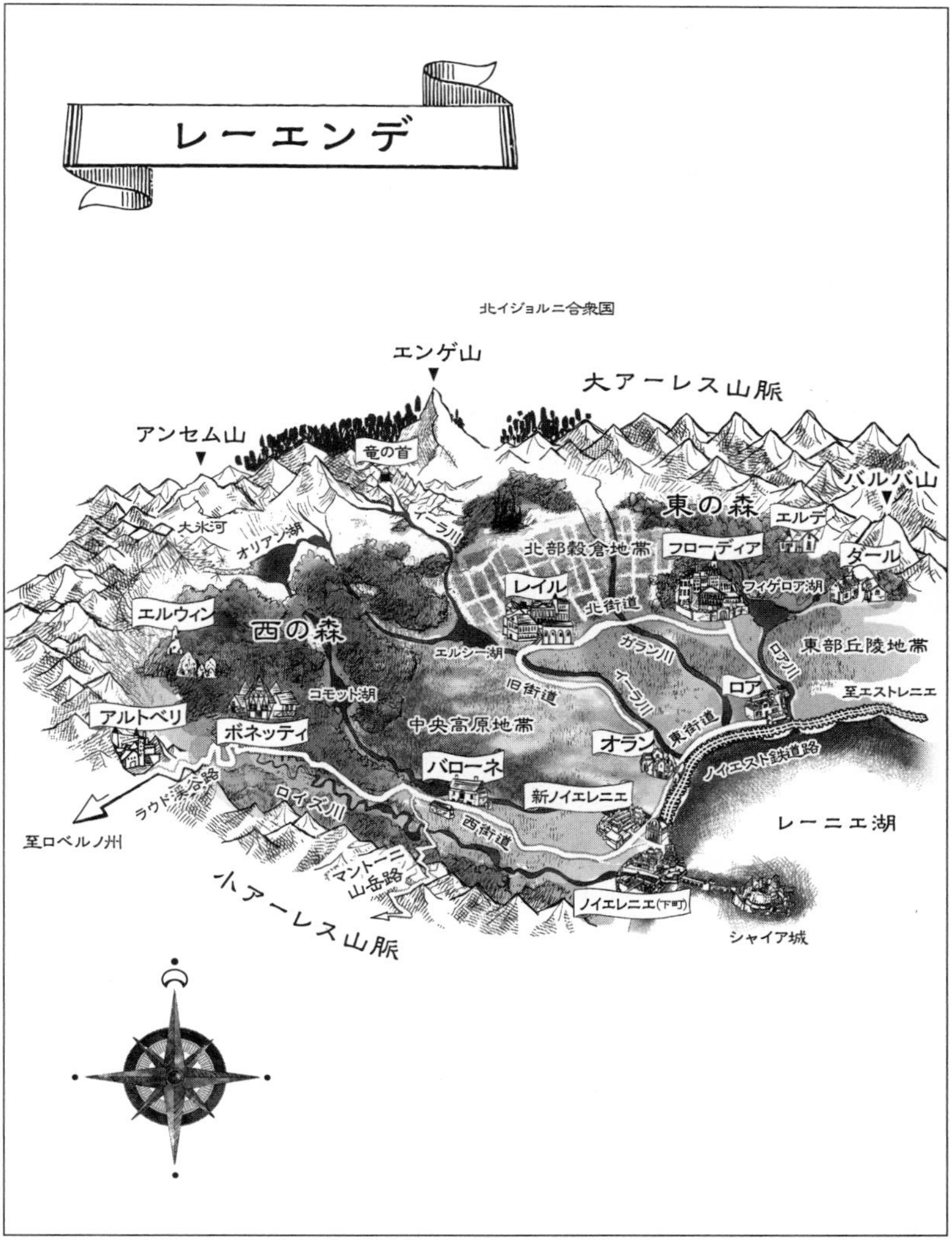

レーエンデ
北イジョルニ合衆国
エンゲ山
大アーレス山脈
アンセム山
竜の首
バルバ山
東の森
エルデ
大氷河
イーラ川
オリアン湖
北部穀倉地帯
フローディア
ダール
レイル
フィゲロア湖
エルウィン
北街道
西の森
ガラン川
東部丘陵地帯
エルシー湖
ロア川
旧街道
イーラ川
ロア
コモット湖
至エストレニエ
アルトベリ
中央高原地帯
東街道
ボネッティ
オラン
ノイエスト鉄道路
バローネ
ラウド渓谷路
ロイズ川
新ノイエレニエ
レーニエ湖
至ロベルノ州
西街道
マントーニ
山岳路
小アーレス山脈
ノイエレニエ(下町)
シャイア城

登場人物

リーアン・ランベール

レーエンデの劇作家。双子の兄。

アーロウ・ランベール

レーエンデの俳優。男娼。双子の弟。

ミケーレ・シュティーレ

聖イジョルニ帝国の演出家。天才と名高い。

レーエンデ国物語　喝采か沈黙か

装幀　鈴木久美
装画　よー清水
人物画　孳々《じじ》
地図画　芦刈将

序章

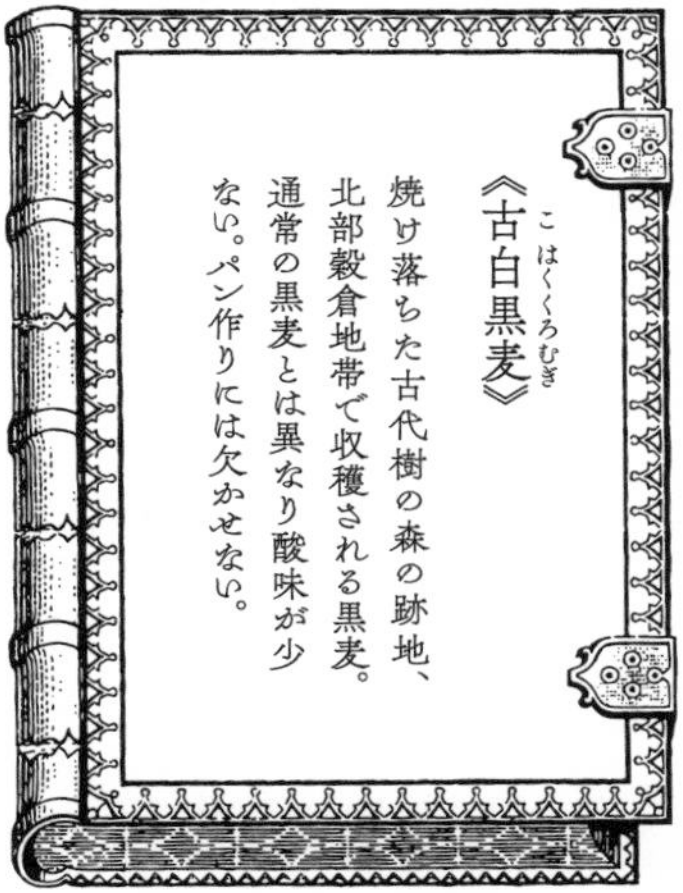
《古《こ》白《はく》黒麦《くろむぎ》》
焼け落ちた古代樹の森の跡地、北部穀倉地帯で収穫される黒麦。通常の黒麦とは異なり酸味が少ない。パン作りには欠かせない。

革命の話をしよう。
歴史のうねりの中に生まれ、信念のために戦った者達の
夢を描き、未来を信じて死んでいった者達の
革命の話をしよう。

聖イジョルニ暦六七四年、初代法皇帝《ほうこうてい》エドアルド・ダンブロシオは北イジョルニ合州国の独立を容認、ゴーシュ州を分割譲渡することで百年戦争は終わった。兄エドアルドの遺志を継ぎ、第二代法皇帝となったルチアーノ・ダンブロシオは帝国軍の縮小を決定、民兵達を解放した。民兵の多くは故郷に戻り、畑を耕し、家畜を育てた。鍛冶屋《かじや》は武器や防具の代わりに農具や日用品を作るようになった。戦争に費やされてきた資金と資源、なにより人命が無為に失われなくなったことにより、聖イジョルニ帝国は安定と安寧《あんねい》を取り戻した。

平和な世相は文化を育《はぐく》む。
富める者達は芸術に金をつぎ込むようになった。才能ある作家や画家、音楽家が現れ、いくつも

の名作が世に生み出された。オーケストラの演奏、人気歌手の美声、豪華絢爛《ごうかけんらん》な歌劇が楽しめる大劇場が建設された。庶民のための娯楽も増え、都市には闘技場や芝居小屋などが乱立するようになった。

文化だけでなく、産業もまた飛躍的な発展を遂げた。蒸気機関の発明は大量生産と大量輸送を可能にし、活版印刷の普及は庶民の識字率を向上させた。航海術の発達は命知らずの冒険家達を外洋へと誘い、後の新大陸発見、交易航路の開拓へと繋《つな》がってゆく。

終戦の影響はレーエンデにも及んだ。

初代法皇帝エドアルド・ダンブロシオの時代、レーエンデと外地を繋ぐ街道はラウド渓谷路のみだった。第二代法皇帝ルチアーノ・ダンブロシオはこの脆弱《ぜいじゃく》性を嫌った。彼は帝国の威信を懸け、蒸気機関車の実用化に乗り出した。まずはレーニエ湖の東、アルモニア州北部山麓《さんろく》に鉄道路敷設の拠点が築かれた。そして法皇帝の大号令の下、全国から集められた労働者達は未踏の森に分け入り、レーニエ湖畔に沿って大アーレス山脈の開削を開始した。

鉄道路敷設工事は困難を極めた。繰り返す崩落事故、襲い来る厳寒、野生獣の襲来、満月の夜にはレーニエ湖に幻の海が現れ、銀呪《ぎんしゅ》を振りまいた。鉄道路が延びるにつれ、死傷者の数は増えていった。第二代法皇帝は完成を待たずに崩御し、その遺志は第三代法皇帝ネストレ・コシモへと引き継がれた。

そして聖イジョルニ暦七五六年。

五十年あまりの年月と多大な犠牲、莫大《ばくだい》な資金を費やして、外地とレーエンデを繋ぐ新たな道、

ノイエスト鉄道は完成した。

鉄道路の開通は帝国市民に意識の変革をもたらした。

創造神の御子が誕生し、聖イジョルニ帝国の聖都がノイエレニエに移されてもなお、外地の人間にとってレーエンデは呪《のろ》われた土地であり続けた。アルトベリ峠越えの険《けわ》しい山路、不治の病《やまい》である銀呪病への恐怖、敬虔《けいけん》なクラリエ教徒でさえ聖地巡礼をためらった。

だが鉄道を使えば危険な山道を行くまでもない。銀呪に怯《おび》える必要もない。ただ座っているだけで聖都ノイエレニエに到着する。

人々はアルモニア州北部にある始発駅へと押し寄せた。建設工事の拠点として拓《ひら》かれた名もなき村は、聖地巡礼に赴くクラリエ教徒で溢《あふ》れかえった。そこに物資輸送に鉄道を利用しようとする商人達が加わって、小さな山村はあっという間に大都市へと成長した。表通りには宿屋や土産物《みやげもの》屋が軒を連ね、裏通りには賭場《とば》や娼館《しょうかん》が並んだ。裕福な巡礼者を目当てに贅《ぜい》の限りを尽くしたホテルが造られた。滞在客の舌を楽しませるレストランが現れ、目と耳を楽しませる歌劇場や音楽堂が建てられた。

美と退廃、芸術と色欲の花咲き乱れる享楽の都、エストレニエの誕生である。

帝国市民が平和と安寧を享受《きょうじゅ》する一方で、レーエンデ人は苦難の日々を送っていた。

第二代法皇帝はイジョルニ人を上級市民、レーエンデ人を下級市民と位置づけた。下級市民は上級市民への奉仕を義務づけられ、土地をうつることも、仕事を選ぶことも出来なくなった。

中でもレーエンデの先住民族、ウル族への弾圧は苛烈《かれつ》を極めた。初代法皇帝による炎の粛清、通称『狂月の大火』はウル族の住み処《か》である古代樹の森を焼き尽くした。天然の要塞《ようさい》を失ったウル族に抗《あらが》う術《すべ》はなかった。逆らう者は惨殺された。生き延びた者にも地獄が待っていた。不慣れな暮らし、不慣れな仕事、課せられる二倍の人頭税。困窮したウル族の多くは奴隷に身を落とした。怪我《けが》を負ったり病を得たり、年老いて労働に耐えられなくなれば、家畜のように殺された。その遺骸《いがい》は埋葬されることもなく、野山にうち捨てられた。

だが、どんな悪政にも人間は慣れてしまう。強者におもねり、弱者を蹴落《けお》とし、生き延びる術を身につけてしまう。レーエンデ人は抵抗を諦《あきら》め、帝国支配を受け入れた。レーエンデ人としての誇りを手放し、従順な下級市民として飼い馴《な》らされる道を選んだ。

レーエンデの自由は死んだ。

夢もなく希望もない。それはまるで月のない夜。夜明けの気配さえ感じられない深更。
誰もが疑心暗鬼に陥《おちい》り、隣人すらも疑い、ただ生きていくだけで精一杯だった暗黒の時代。

絶望の暗闇《くらやみ》に明かりを灯《とも》す者がいた。
高らかに自由を謳《うた》い、失われた矜持《きょうじ》と尊厳を思い出させた者がいた。

革命の話をしよう。

第三の物語の始まりは聖イジョルニ暦七七五年四月十五日。
聖都ノイエレニエの下町で双子の男子が誕生した。劇団ルミニエル座の看板女優が産み落とした双生児の片割れ。不朽の名作『月と太陽』の作者であり、今もなお歌い継がれる名曲『レーエンデに自由を』を生み出した比類なき天才劇作家。

彼の名はリーアン――
リーアン・ランベールという。

開幕

開演五分前を告げる鐘が鳴った。

観客席のざわめきが小さくなる。舞台端《ぶたいばな》に並べられたオイルランプに火が入る。楽団が最後の調律を始める。綱元に裏方が集まる。板付きの役者が舞台に向かって歩いていく。衣擦《きぬず》れの音、小さな咳《しわぶき》。期待と不安を孕《はら》んだ緊張が高まっていく。

彼は上手袖《そで》に置かれた木椅子《いす》に腰掛けていた。身じろぎもせず闇を見据えていた。

「リーアン、大丈夫？」

自分を呼ぶ声に、我に返って目を瞬《しばたた》く。

目の前に田舎《いなか》娘の格好をしたマレナが立っている。心配そうに彼の顔を覗《のぞ》き込《こ》んでいる。

「顔色が悪いよ？　後はアーロウに任せて、あんたは楽屋で休んでいたら？」

「冗談じゃねぇ。んなこと出来るか」

うそぶいて、彼は笑った。

「観客の目的は俺だ。連中はアーロウではなくリーアンを観《み》に来てるんだ。逃げるなんて許されねぇし、端《はな》から逃げるつもりもねぇ」

膝頭《ひざがしら》で手汗を拭《ぬぐ》い、ゆっくりと立ち上がる。

「心配すんな。天才劇作家リーアン・ランベールの最高傑作だ。拍手喝采《はくしゅかっさい》、間違いなしだ」

「うん……そうだね」

彼女は目を細めた。

「大丈夫、あんたなら出来る。あんたなら出来るよ」

彼の肩を優しく叩《たた》いて、マレナは舞台へと向かう。

鐘が鳴る。開幕の鐘が鳴る。胸の奥で心臓が暴《あば》れている。空気を求めて肺が喘《あえ》いでいる。緊張で足が凍《こお》りつく。早く出なければと思うほど、一歩も前に進めない。

「しっかりしろ！」

両手で自分の頬《ほお》を叩いた。

芸術に貴賤《きせん》はない。貧富の差も民族の壁も飛び越えて、誰の心にも等しく響く。この舞台は世界を変える。今夜を境に世界は変わる。そのために俺は生きてきた。すべてを費やし、ここまで来た。

「行くぞ、リーアン！」

意を決し、袖幕から一歩を踏み出した。蠟燭《ろうそく》の火、煌《きら》めくシャンデリア、舞台を取り囲む金と赤の観客席。着飾った観客達の揶揄《やゆ》と侮蔑《ぶべつ》、期待と好奇が絡みつく。震える足を気力で支え、彼は指揮者台に上った。満員の観客席に向かって一礼し、楽団へと向き直る。

汗ばんだ手で指揮棒を握った。

水を打ったような静寂の中、ゆっくりと息を吐《は》く。

これは解けることのない呪《のろ》い。逃げることも立ち止まることも許されない。

ならば、もう迷うまい。突き進もう。英雄達がそうしたように。

彼は指揮棒を上げた。

勢いよく振り下ろした。

音が弾《はじ》ける。静寂が砕《くだ》け散《ち》る。

荘厳な音楽とともに、運命の舞台の幕が開く。

第一章　歪んだ鏡像

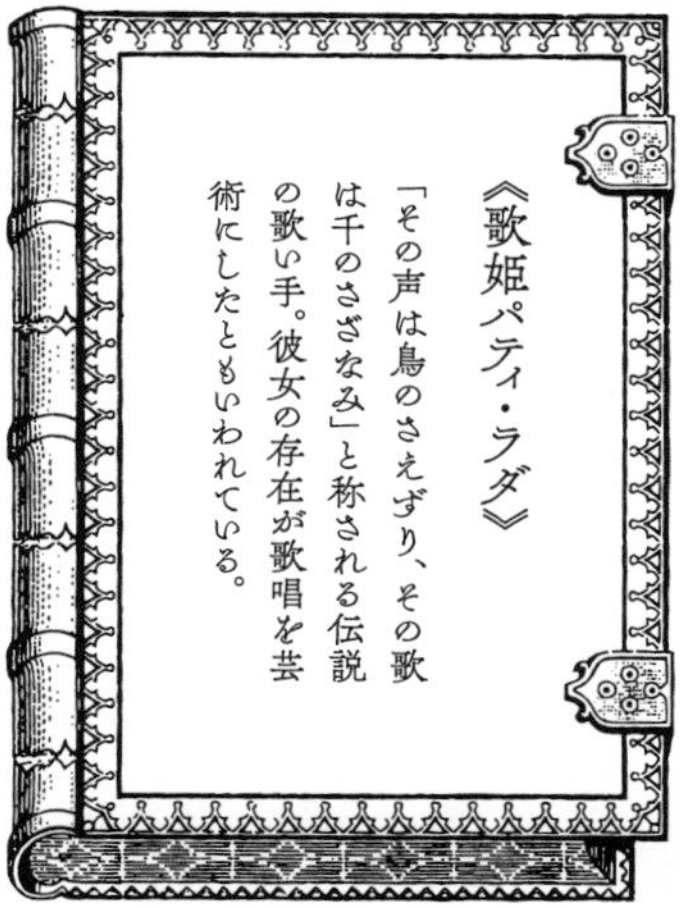
《歌姫パティ・ラダ》
「その声は鳥のさえずり、その歌は千のさざなみ」と称される伝説の歌い手。彼女の存在が歌唱を芸術にしたともいわれている。

アーロウ・ランベールは一人、舞台袖で出番を待っていた。

劇場には紫煙が充満している。汗と脂、酒と煙草《たばこ》の臭《にお》いが異様な熱気とともに押し寄せてくる。詰めかけた観客は男ばかりだ。連中は大人しく座ってなどいない。だから椅子は置かない。舞台と観客席を隔《へだ》てるのは木製の柵《さく》だけだ。手摺《てす》りには小汚い格好をした男達が鈴生《すずな》りになっている。見飽きるほど見てきた光景だった。もはや日常の一部と化していた。

なのに気づけば考えている。

なぜ俺はここにいるのか。ここで何をしているのか。

記憶の断片が脳裏を横切る。降りしきる雪。ホームに停《と》まっていた蒸気機関車。帽子の陰に見え隠れする美貌《びぼう》。俺の名を呼ぶ赤い唇《くちびる》。あの時、一緒に行っていれば気づかずにいられたのだろうか。俺はリーアンのような才能を持たないのだと、無能な俺はこうして身を売るしかないのだと、思い知らされることなく生きられたのだろうか。

「恋ってどんなものかしら？」

舞台の中央で若い娘が問いかける。ルミニエル座の女優モニカだ。今夜は彼女の初舞台。『恋ってどんなものかしら』は貴族のお屋敷で働くメイド達が繰り広げる喜劇だ。

「いつか私にも運命の相手が現れるかしら？」

囀《さえず》るようにモニカは歌う。彼女の周囲では六人の女がせっせと仕事に励《はげ》んでいる。大鍋《おおなべ》を磨《みが》くタリー、箒《ほうき》で床を掃くジル、野菜を洗うライカ、床掃除をするマレナ、皿を拭《ふ》くオリヴェ、パン生地《きじ》を捏《こ》ねるエレン。たくし上げられた袖、露《あら》わになった二の腕、まくり上げられたスカートから覗く白い脛《すね》。床を拭くマレナの襟刳《えりぐ》りからは揺れる乳房が見て取れる。観客の目は女達に釘付《くぎづ》けだ。鼻の下が伸びきって、今にも涎《よだれ》を垂らしそうだ。

アーロウはひそかにため息を吐《つ》いた。

空想世界に観客を誘い、浮き世の憂《うれ》いを忘れさせる。感動的で情動的、魂を虜《とりこ》にし、心を震わせる芸術。それが演劇だ。こんな風に女体を見せつけ、男の劣情を煽《あお》るような代物を演劇とは呼びたくない。

これは必要悪だ。

後ろめたさを飲み込んで、自分自身に言い聞かせる。

ルミニエル座の劇場は娼館『月光《げっこう》亭』の裏にある。舞台に上がる役者達は皆、娼婦《しょうふ》と男娼《だんしょう》だ。詰まるところ、劇団ルミニエル座の興行は、月光亭の売り物をお披露目するための見世物なのだ。

とはいえ娼館と劇団の二枚看板を掲げ続けているのは商品を喧伝《けんでん》するためだけではない。

聖イジョルニ暦六八五年、第二代法皇帝ルチアーノ・ダンブロシオは不当な暴力から娼婦を保護するため『娼館保護法』を制定した。以降、娼館で暴力を振るった者は身分や人種の区別なく厳罰に処せられることになった。当然ながら、これを快《こころよ》く思わない者は大勢いた。第二代法皇帝の死後、法皇庁の司祭や帝国軍の高官は「レーエンデ人を増長させる」として、幾度となく『娼館保護

法』の撤廃を求めた。

だがそのたびに不幸が起きた。ある者は事故に遭い、ある者は病に冒された。人々は噂《うわさ》した。

「これはルチアーノ・ダンブロシオの呪いだ」と。法皇帝はもっとも信心深い者として、神に奇跡を乞《こ》う力を有する。だとすると残虐王ルチアーノの呪いも単なる噂話ではないのかもしれない。その証拠に『娼館保護法』は撤廃の危機を幾度も乗り越え、今もなお、効力を発揮し続けている。

娼館は帝国支配の及ばない場所、レーエンデにおいて唯一、言論の自由が守られている場所だ。娼館に属する劇場であれば不敬罪や反逆罪に問われるような台詞《せりふ》も言える。帝国の治世を誹謗《ひぼう》することも法皇帝を揶揄することも出来る。誇りを失ったレーエンデ人に尊厳を取り戻させること。絶望の暗闇に希望の光を灯し続けること。それが娼館で生まれ育った自分の責務だと、アーロウは信じている。

だからこれは必要悪だ。煽情的な舞台で客を集めることも、身体《からだ》を売って金を稼ぐことも、レーエンデの自由を守るために必要なことなのだ。

「どうせ恋をするんなら、やっぱり見目良《い》い人でなきゃ！」

箒で床を掃きつつ、メイドに扮《ふん》したジルが言う。

「さらさらの髪に日焼けした肌、瞳《ひとみ》は琥珀《こはく》色がいいわ！」

「何を言うかね、小娘が」タリーがフンと鼻を鳴らす。「男は金さ。見た目なんて二の次さ。金さえあれば怖いもんなし。恋人にするなら金持ちさ」

「あんたみたいな飯《めし》炊《た》き女、金持ちが相手にするわけないじゃない！」

「あんたこそ、自分の顔をよくごらん！」

「なによ！」

「なにさ？」

ジルとタリーがつかみ合いの喧嘩《けんか》を始める。袖が引っ張られて肩が剝《む》き出《だ》しになる。観客席からピュウと口笛が飛ぶ。いいぞ、いいぞ、もっとやれ！

「そこまでになさい、二人とも」

オリヴェが割って入った。彼女はジルとタリーを交互に見て、厳《おごそ》かな声で言う。

「殿方の価値は容姿でも財力でもありません。健康で頑強な肉体です。元気に働き、末永く慈しみ合う。それが理想の夫婦というものです」

「あたしゃ若いのがいいねぇ！」年増のライカが黄ばんだ歯を見せて笑う。「活《い》きがよくて、ぴっちぴちなのがいいねぇ！」

「あたいは身分の高い人がいい」

色白で可憐《かれん》なエレンがおずおずと言う。

「だって身分の高い人なら、あたいを守ってくれるでしょ？『人形《にんぎょう》亭』の親父《おやじ》に嘘《うそ》の告発をされたって、あたいを守ってくれるでしょ？」

大人しそうな娘が発した強烈な皮肉に観客がどっと沸いた。人形亭は下町にひしめく娼館のひとつだ。店主のインガ・クラーボは嘘を並べてレーエンデ人を告発し、小金を稼ぐ悪党だ。ノイエレニエで暮らすレーエンデ人なら、知らぬ者はいない鼻つまみ者だ。

「あんた達、大事なことを忘れてるよ！」

スカートを翻《ひるがえ》し、マレナがテーブルに飛び乗った。滑《なめ》らかな褐色の肌、キラキラと輝く鳶色《とびいろ》の

瞳。肩に落ちた黒髪を撥《は》ねのけ、彼女は腰に手を当てる。

「誰を伴侶《はんりょ》に選ぶのか。女にとっての一大事。選ぶ相手を間違えちゃ、悲惨なことになっちまう。容姿、財産、頑健《がんけん》な肉体、若さや身分それよりも、もっと大事なことがある。あとで泣きを見たくなけりゃあ、忘れちゃいけないことがある」

「それは何？」

「何なの、マレナ？」

「勿体《もったい》ぶらずに教えてよ！」

「あっはっはぁ！　そんなに聞きたきゃ教えてあげる！」

マレナは大胆に足を開くと右手でポンと股間《こかん》を叩いた。

「あたしのコレと相手のアレ。大切なのは相性さ！」

「ひゃあああ……！」

女達が頬を押さえて嬌声《きょうせい》を上げる。

「いいぞ、マレナ！」

「あんたと相性試してぇ！」

観客は拍手喝采。口笛を鳴らし、足を踏み鳴らしての大盛り上がりだ。

頃合いよし。さあ、出番だ。

アーロウは燕尾服《えんびふく》の襟を正した。柳の鞭《むち》を左脇《ひだりわき》に挟み、大股《おおまた》に舞台上へと歩み出る。

「何の騒ぎだ」

冷たく響く彼の声に、マレナはテーブルから飛び降りた。先程までの騒ぎが嘘のよう。空気がシ

ンと凍りつく。舞台上の女達だけでなく観客さえも沈黙する。
　レーエンデ人にしては珍しくアーロウの髪は白金だ。眼は赤みを帯びた褐色、肌は雪花石膏《せっかせっこう》のように白い。そんな彼が演じるからこそ『イジョルニ人の家令長』という役柄に真実味が生まれる。威張り散らす家令長に観客は自分の雇い主の姿を重ねる。厭《いや》みなイジョルニ人に罵声《ばせい》を浴びせ、笑いものにすることで、日頃の鬱憤《うっぷん》を晴らすのだ。

「誰が笑っていいと言った？」

　アーロウは舞台中央に立ち、柳の鞭を一振りした。
　ひゅんという風切《かざきり》音に最前列の客が首を縮める。

「誰が手を止めていいと言った？」

　冷え冷えとした眼差《まなざ》しで観客席を睥睨《へいげい》する。嫌悪に歪《ゆが》んだ顔が彼を見上げている。狙《ねら》い通りの反応だ。アーロウは充実感を味わった。悪役でもいい。憎まれ役でかまわない。たとえ偽りの人生でも、演じている間は自分がアーロウ・ランベールであることを忘れていられる。

「愚鈍なレーエンデ人どもよ。何度言えばわかるのだ」

　アーロウは靴音を響かせ、横一列に並んだ七人の女達の前を居丈高《いたけだか》に歩く。

「お前達は御館《おやかた》様の所有物だ。話すことも笑うことも禁じられている。お前達に許されているのは息をすることと働くこと、このふたつだけだ」

　鞭をテーブルに打ちつける。アーロウの背後で彼の仕草《しぐさ》をマレナが真似《まね》る。女達が顔を伏せたまま笑う。観客席からもクスクスと忍び笑いが漏れてくる。

「何がおかしい！」

アーロウは振り返り、マレナの眼前に鞭の先を突きつけた。彼の背後ではジルが顎《あご》を突き出し、偉そうに肩をそびやかす。観客席からの笑い声が一段と大きくなる。

「笑うな！　笑うことは禁止されている！」

甲高《かんだか》い声で叱責《しっせき》し、苛々《いらいら》と足を踏み鳴らす。オリヴェがそれを誇張《こちょう》し、子供のように地団駄を踏む。観客が笑う。愚かな家令長を指さし、ゲラゲラと笑う。

「ええい、もう我慢ならん！　仕置きしてくれる！」

アーロウが鞭を振り上げる。女達はきゃあきゃあと悲鳴を上げて逃げ回る。柱に隠れ、タリーがべえっと舌を出す。ライカは椅子に上り、右手で尻《しり》を叩いてみせる。モニカはトチウサギのように鞭をかいくぐり、テーブルの下に潜り込もうとして――

「あっ！」

躓《つまず》いた。

このままではテーブルに顔をぶつける。そう思った瞬間、アーロウはモニカを抱き止めた。床に倒れ、したたかに背中を打ちつける。

「怪我はないか？」

痛みを堪《こら》えて問いかけた。

「……はい」

彼を見つめ、モニカは答える。

アーロウは安堵《あんど》し、そしてうろたえた。この状況は非常にまずい。この後、家令長はモニカに言い寄り、モニカは彼を痛罵《つうば》する。他の女達にも嘲笑《ちょうしょう》され、這々《ほうほう》の体《てい》で舞台を去る。なのにモニカ

は頬を染め、潤《うる》んだ瞳で彼を見つめている。どう見ても恋に落ちた乙女の顔だ。早く手を打たないと観客達が騒ぎ出す。だが下手を打てば観客達はしらけてしまう。

「ちょっとごめんね」

マレナがモニカの両脇に手を入れ、アーロウから引《ひ》き剝《は》がした。かと思うと――

「よっこいしょ」

代わりにアーロウに馬乗りになった。んんん……と唇を尖《とが》らせ、キスを迫る。

「何をする！」

アーロウはマレナを突き飛ばした。尻をついたまま、じりじりと後ろに下がる。

「お前、気でも違ったのか！」

「逃げなくたっていいでしょ」

マレナは膝立ちになり、アーロウににじり寄る。

「家令長さん。あたしと相性試そうよ？」

「相性？」

「そう。あたしのコレとあんたのソレ。ピッタリ塡《は》めて天国に行こ？」

「な、なんだとォ！」

裏返った声で叫び、アーロウは立ち上がった。

「女のくせになんと破廉恥《はれんち》な！　穢《けが》らわしい！　恥を知れ！」

「怖がらないで。優しくしてあげるからさ」

マレナが笑顔で迫ってくる。アーロウは顔を引きつらせ、じりじりと後じさる。

「わ、私に近づくな！」

「あらやだ、赤くなっちゃって！　もう可愛《かわい》いねぇ！」

「触るなッ！　こら、引っ張るなッ！」

　逃げ回るアーロウ、追いすがるマレナ。他の女達も調子に乗って家令長を追いかける。すっかり立場が逆転した追いかけっこを見て、観客達は腹を抱《かか》えて笑っている。

「やめろ！　来るな！　来るなあああぁ！」

　情けない悲鳴を上げてアーロウは舞台の袖に逃げ込んだ。観客席から嘲笑と罵声、女達への喝采が聞こえてくる。それに応《こた》え、舞台の女達は勝ち誇って歌う。

「恋ってどんなものかしら？　あたしの良い人どこにいる？」

「やっぱり男は優しくなくちゃ」

「あたしを愛してくれなくちゃ」

「顔の造作がよくっても、性格の悪い男はお断り」

「たとえピチピチ若くても、キンキラキンの金持ちでも、威張る男はお断り」

「度胸もないのに空威張り、ほんと惨《みじ》めな臆病者《おくびょうもの》。あんな情けない男、こちらのほうから願い下げ！」

　陽気な歌声、やんやの歓声。アーロウは冷や汗を拭った。一時はどうなることかと思ったが、マレナの機転に救われた。筋書き通りではないけれど、なんとか続けられそうだ。

　その後も彼は女達に翻弄《ほんろう》され、小気味良い嘲弄《ちょうろう》を浴び続けた。無事にすべての出番を終え、一足先に楽屋に戻る。狭い部屋には誰もいない。オイルランプに火を入れて、古びた長椅子に腰を下

ろす。

静けさに高揚感《こうよう》が冷めていく。厭みな家令長が抜け落ちていく。この瞬間が死ぬほど嫌いだった。たまらずテーブルの酒瓶《さかびん》を摑《つか》んだ。直接口をつけて呷《あお》った。酒精が喉《のど》を滑《すべ》り落《お》ちていく。胃《い》の腑《ふ》がじわりと熱くなる。アーロウは長椅子に身を横たえた。眉間《みけん》を押さえ、目を閉じる。

考えるな。何も考えるな。

そう言い聞かせているうちに、少しまどろんでいたらしい。

大歓声に壁が震えた。彼はびくりとして目を開いた。

舞台が終わった。挨拶《あいさつ》をしに戻らなければ。そう思っても立ち上がる気力が湧《わ》かない。ぼんやりと天井を見上げていると、女達が引き上げてきた。かまびすしい笑い声が廊下を通り過ぎ、隣の楽屋へとなだれ込む。薄い壁越しにモニカを讃《たた》える声が聞こえてくる。初主演の彼女に苦言を呈《てい》する者はいない。これからモニカが直面する現実を思えば、駄目出しなど出来るはずもない。だがアーロウはルミニエル座の座長だ。舞台上で転んだのは仕方がないとしても、演技を忘れたことに対しては、一言言っておかなければならない。

そう思っても動けなかった。目を閉じて、再び眠りの中に逃げ込もうとする。

苛立たしげなノックの音。返事も待たずに扉が開かれる。

「ちょっといい？」

アーロウは薄目を開けた。戸口にマレナが立っている。一緒に初舞台を踏んで以来、彼女とは苦楽をともにしてきた。戦友、親友、幼馴染《おさななじ》み。血を分けた兄弟よりも近しい存在。ゆえにマレナは知っている。舞台を下りた直後、アーロウがひどく塞《ふさ》ぎ込《こ》むことも、その理由も知っている。

「一人にしてくれ」

苛立ちが顔と声に出た。

しかしマレナは怯《ひる》まなかった。

「パン屋のマウロが来てるの。あんたに話があるって」

「……マウロが？」

アーロウはのろのろと上体を起こした。

「協力してくれる気になったのか？」

「その話じゃないみたい」

マレナの声に憂苦が滲《にじ》む。

「裏口で待ってるって。とにかく会って、話を聞いてあげて」

誰とも会いたくない。話などしたくない。でもマウロのことは無視出来ない。

アーロウは無言で立ち上がった。マレナを押しのけ、楽屋を出た。

裏口は廊下の突き当たりにあった。扉を開くと凍るような風が吹き込んできた。吐く息が白い。十三月の寒気が肺腑《はいふ》に沁《し》みる。空は分厚い雲に覆《おお》われ、月も星も見えない。裏路地は闇に沈んでいる。あたりを照らすのは月光亭の裏窓から漏れてくるオイルランプの明かりだけだ。

壁際の闇から男が現れた。くたびれた上着、つぎを当てたズボン、豊かな白髪と白い髭《ひげ》。ノイエレニエの下町でパン屋を営むマウロ・ゲイジだ。

「こんばんは、マウロさん」

アーロウは人好きのする笑顔を浮かべた。

「今夜は一段と冷えますね」

マウロは答えなかった。白い眉毛《まゆげ》の下、褐色の目が怒りに燃えている。大柄《おおがら》な老人はアーロウに詰め寄り、いきなり彼の胸ぐらを摑んだ。

「いいか、よく聞け。一度しか言わん。お前の兄貴を金輪際、俺の娘に近づけるな。次に姿を見かけたら、ぶん殴って警邏《けいら》に突き出してやるからな！」

「兄貴って、リーアンのことですか？」

リーアンとアーロウは双生児だ。どちらが先に生まれたのかは誰も知らない。だがリーアンは「自分が兄だ」と言って譲らない。彼は子供の時分から「俺は生まれた瞬間のことを覚えている。俺が先に腹から出た。つまり俺が兄貴だ」と主張し続けている。

もちろん嘘に決まっている。リーアンには夢想癖がある。想像力が旺盛《おうせい》すぎて夢と現実の区別がつかなくなるのだ。たとえば「窓の外で泡虫《あわむし》が踊っている」とか、「シャイア城の鐘楼で神の御子が泣いている」とか、「『置いていかないで』とジジイの幽霊が泣くから一晩中眠れなかった」とか。そんな戯《ざ》れ言《ごと》をいちいち真に受けていたら、こちらの頭までおかしくなる。

「まさかリーアンのやつ、ロレインさんに言い寄ったんですか？」

「そんなことしてみろ。ぶん殴るだけではすまさん」

「じゃあ、何をしたんです？」

「……知らんのか？」

マウロは目を眇《すが》めた。信用ならないという顔だ。お前が陰で糸を引いているんだろう？　そんな心の声が聞こえてくるようだった。

アーロウは肩をすくめた。やれやれ、またかと胸中で呟《つぶや》く。リーアンの奇行は今に始まったことじゃない。彼が問題を起こすたび、その尻拭《しりぬぐ》いをしてきた。なのに礼を言われたことはない。詫《わ》びを言われたこともない。「お前は優しすぎるんだよ」と鼻で笑われたことならある。

リーアンさえいなければもっと楽に生きられた。兄弟の絆《きずな》などいっそ断ち切ってしまいたい。俺には関係ないと突き放してしまいたい。そう思っても、尋《たず》ねずにはいられない。

「教えてください。リーアンはいったい何をやらかしたんです？」

「しらばっくれるな」

憤懣《ふんまん》やるかたないというように、老人は眦《まなじり》をつり上げる。

「ロレインは真面目《まじめ》で義理堅い。英雄の命日にはレーニエ湖に花を手向けに行く。危ないからやめておけと何度言っても聞かんのだ。身重の身体だというのに、今年もまた真夜中に家を抜け出して、レーニエ湖に行きおった。そこにお前の兄貴が現れた。『何をしている』と問われ、英雄のことを話したそうだ。あんたの兄貴だからな。当然知っていると思ったらしい」

「リーアンは何も知りません」

彼は自分のことしか考えない。帝国の横暴にもレーエンデの愁嘆にも関心を示さない。娼館で生まれ育ったくせに、秘められた英雄の存在も、その名前さえも知らない。

「あいつは戯曲を書くこと以外に興味がないんです」

「どうだか！」

老人はいまいましげに吐き捨てる。

「あんたの兄貴は『もっと詳しく教えろ』とロレインに詰め寄った。ロレインは怖くなって、彼を

振り切って逃げ出した。なのにどこで聞きつけたのか、お前の兄貴は俺の店にやってきた。何度追い返しても繰り返しやってきて、昼も夜もなく『英雄のことを教えろ』と扉を叩く。ああも騒がれては嫌でも目を引く。もしあのことが法皇庁にばれたら、俺もロレインも、これから生まれてくる孫も『犠牲法』の餌食《えじき》になる」

それでようやく腑に落ちた。

マウロの曾祖父《そうそふ》はレーエンデの英雄に命を救われた。彼の家系はそのことを代々語り継いできた。だが英雄の名を知る者は罰せられる。警邏兵に嗅《か》ぎつけられたらマウロもロレインも、彼女の中に宿った命も無事ではすまない。マウロが怯えるのも、必死になるのも当然だ。

「事情はわかりました」

アーロウは如才なく答えた。

「リーアンには私から言って聞かせます。これ以上、貴方《あなた》やロレインさんにご迷惑はおかけしないと約束します」

「その言葉、忘れるなよ」

アーロウを突き飛ばし、マウロは彼に背を向けた。

歩き去るマウロに、アーロウは問いかける。

「協力しては貰《もら》えませんか？」

レーエンデの英雄がマウロの曾祖父を救った話はレーエンデ人に勇気を与える。そういう人物がいたのだと彼が証言してくれたなら、レーエンデ人は誇りを取り戻すかもしれない。

わずかな期待を込め、アーロウは繰り返す。

「私達の活動に力を貸して貰えませんか？」

「断る」

マウロは振り返った。憎しみさえ感じさせる険しい眼差しでアーロウを睨《にら》みつける。

「もう百二十四年も前のことだ。その間、俺達はずっと怯えて暮らしてきた。いい加減、義理は果たした。ロレインの腹ん中にいる初孫がたとえ男でも、もう『マウロ』とは名付けない。英雄のことも教えない」

この臆病者。

喉まで出かかった罵声を、アーロウはぐっと飲み込んだ。

英雄が示したレーエンデ人の矜持《きょうじ》。その尊さはマウロにだってわかっているはずだ。だが多くのレーエンデ人がそうであるように、彼もまた自分の命が大切なのだ。レーエンデのために戦うことよりも、自分の家族を守ることのほうが重要なのだ。

「あんたも大概にしないと命を落とすぞ」

警告を残し、マウロは去っていく。丸めた背中が路地の先に見えなくなる。

アーロウはひっそりと微笑《ほほえ》んだ。「望むところだ」という呟きが白い息となって消えていく。

命を惜しんだことはない。闇夜のようなこの世界に小さな希望の光を灯す。そのためになら死んだってかまわない。とはいえ『犠牲法』の生贄《いけにえ》として、生きたまま幻魚に喰《く》い殺されるのは、さすがにぞっとしないけれど。

白いため息を吐いて、彼は楽屋に戻った。衣装を脱ぎ、化粧を落とす。心身ともに疲れ果てていた。出来ることならこのままベッドに倒れ込み、死んだように眠りたかった。しかしマウロの話を

無視するわけにはいかない。リーアンはルミニエル座に多くの戯曲を提供してきた劇作家だが、彼に『娼館保護法』が適用されるかどうかは微妙だ。それにリーアンがレーエンデの英雄について尋ね回っていることが露見したら、ルミニエル座にも火の粉が飛んできかねない。

アーロウは楽屋を出て、裏口とは逆方向へと歩き出した。

月光亭の娼婦達は指名の有無にかかわらず、夜間の外出が禁止されている。もちろんアーロウも例外ではない。勝手に出歩いて小言を言われるのも面倒だ。一応、断りを入れておこう。あと出来ればマレナにさっきの非礼を謝っておきたい。

北棟から渡り廊下を抜け、月光亭がある南棟へと向かう。南棟の一階は酒場、二階と三階は客室、屋根裏部屋は娼婦達の私室になっている。かつては貴族の別邸だっただけあって、その内装は壮麗華美だ。廊下の柱や扉には精緻《せいち》な彫刻が刻まれ、天井には天使と月と星空が描かれている。

古めかしい扉を開き、アーロウは酒場に入った。もう真夜中過ぎだというのに、店内にはまだ数人の男達が居残っていた。

「な？　ひでぇ話だろ？」

「もう疲れたよ。何もかも嫌になっちまったよ」

「そうだねぇ。そりゃしんどいねぇ」

男達の愚痴《ぐち》を聞いているのはライカだ。彼女は月光亭の最古参、その年齢は五十を超える。最近は夜伽《よとぎ》の指名も滅多《めった》に入らなくなった。しかし優しくて包容力のある彼女は、まさに理想の母親そのものだ。ライカの笑顔に癒《い》やしを求め、通ってくる客はいまだ多い。

彼女の邪魔をしないよう、アーロウは壁際をすり抜け、厨房《ちゅうぼう》に向かった。

そこには二人の女がいた。白髪を結い上げた貫禄《かんろく》たっぷりの老女とうら若き娘、月光亭の女主人オレリア・コマと新人のモニカだ。

「泣くんじゃないよ。この店に来た時点から覚悟はしてただろう」

「だけど……あたし……あたし——」

「ああ、わかってる。でも諦めな。手に入らないものを望んでも辛《つら》いだけだよ」

アーロウはコンコンと扉を叩いた。

「お取り込み中、すみません」

モニカが振り返った。戸口にアーロウの姿を認め、ぱあっと顔が華やいだ。煌めく瞳、赤く染まった頰、演技ではない。これは恋をする乙女の顔だ。

不意に口の中が苦くなった。

モニカが恋している相手は俺じゃない。『ルミニエル座の座長』だ。それは数多《あまた》ある仮面のひとつ、実体のない虚像にすぎない。オレリア・コマの言う通り、諦めて貰うしかない。手に入らないものを望んでも、辛い思いをするだけだ。

「モニカ、さっきの舞台のことだけど——」

前髪をかき上げ、アーロウはわずかに目を眇めた。

「もしかして、わざと転んだ？」

「ち、違います！　緊張して、足が縺《もつ》れただけです！」

必死にモニカは首を横に振る。両手を揃《そろ》え、ぺこりと頭を下げる。

「助けてくださって、ありがとうございます」

「お礼ならマレナに言って」

「え……あ、はい……」

モニカは両手でドレスをくしゃくしゃと摑んだ。上目遣いにアーロウを見て、何か言おうとする。が、唇が動くばかりで言葉にならない。結局、何も言わずに俯《うつむ》いてしまった。耳朶《じだ》が赤い。首筋まで赤い。

これはなかなか重症だ。

アーロウは額に手を当てた。恋の病に効く薬はない。荒療治だが仕方がない。

彼はモニカの腰に左手を回した。ぐいと引き寄せ、もう一方の手を彼女の頤《おとがい》に添える。

「あ、アーロウさん、何を――」

「黙って」

うろたえるモニカの唇に、自分のそれを重ねる。最初はついばむように、それから甘噛《あまが》みするように。強《こわ》ばっていた彼女の唇がほどけていく。それを待って貪《むさぼ》るようなキスをした。目を閉じることも、息継ぎすることも許さない貪欲《どんよく》な接吻《せっぷん》。モニカが窒息する寸前、アーロウは唇を離した。

「どう？　痺《しび》れた？」

甘やかな声で問いかける。

モニカは息を弾ませ、潤んだ瞳で彼を見上げている。

「もっとキスしてほしい？」

彼女は小さく頷《うなず》いた。

「じゃあ、稼いでおいで」

アーロウはモニカの耳朶に口を寄せ、吐息にのせてささやいた。

「初めては高く売れる。俺のために、大金を稼いでおいで」

ひゅっ……と息を呑《の》む音が聞こえた。

次の瞬間、アーロウの左頬が鳴った。

「この人でなし！」

モニカはわっと泣き出した。アーロウを押しのけ、厨房から駆け出していく。

「何をやっているんだか」

呆《あき》れ顔でオレリアは肩をすくめた。

「あんたの顔は売り物だよ。タダで殴らせてやるんじゃないよ」

「でも恋の病にはこれが一番効く」

「そりゃそうだけどさ」

「今回は俺が悪役だ。慰め役はあんたに任せる」

「ん、わかった」

あっさりとオレリアは首肯する。同情はしても甘やかさない。感情には流されない。三十年近く月光亭を仕切ってきただけのことはある。さすがオレリアだとアーロウは冷笑する。俺の時もそうだった。男娼になるしかなかった俺に同情こそすれ、決して甘やかしはしなかった。

「ところでマレナは？」

「一号室で接客中」

ならば朝まで出てこない。謝罪は明日までお預けだ。

「ちょっと出かけてきていいか？」

「こんな夜更けにかい？」オレリアは眉をひそめた。「まさか女じゃないだろうね？」

「野暮用が出来た。リーアンの家に行ってくる」

「ああ、そう。だったらあいつに伝えておくれ。次のホンを早く寄越しなって」

皮肉っぽく笑って、右目を閉じる。

「今回の脚本はイマイチだ。次こそは傑作を頼むよ」

現在ルミニエル座で上演されている演目はふたつ。昼興行の『別離』と、夜興行の『恋ってどんなものかしら』だ。どちらも客の入りは悪くない。評判もまずまずだ。だがこの二作はリーアンが書いたものではない。リーアン・ランベールの作品と銘打ってはいるが、本当の作者はアーロウだ。オレリアはそれを見抜いている。つまりこれは「今回は目を瞑《つぶ》ってやるけど、次回はそうはいかないよ」という意味だ。

「ああ……わかった」

歯切れの悪い返事をして、アーロウは厨房を後にした。

玄関ホールに置かれたランプを拝借して外に出る。凍《い》てついた真夜中が彼を包む。いつも賑《にぎ》やかなこの通りも、今の時刻には誰もいない。窓の明かりはすでになく、周囲は闇に閉ざされている。真冬の風が容赦なくアーロウの頬を斬《き》りつける。冷気がまるで刃《やいば》のごとく深く肺腑に突き刺さる。

「イマイチか」

吐き出された白い息が、強風に吹き流される。

「そうだな。俺もそう思うよ」

　アーロウは十一歳で初舞台を踏んだ。しかしリーアンは、オレリアに脅されても母に叩かれても舞台に立とうとしなかった。劇の練習もせず、男娼の仕事もせず、隠れて戯曲を書いていた。アーロウが部屋の隅《すみ》で泣いていると、リーアンは「内緒だぞ」と言って、彼にそれを読ませてくれた。広告紙の裏に書かれた几帳面《きちょうめん》な文字。書き直した痕跡《こんせき》も、推敲《すいこう》した形跡もなかった。なのに驚くほど面白かった。文字列が高らかに歌い、行間から情感が滴《したた》っていた。読めば読むほど引き込まれ、ぐいぐいと読み進めずにはいられなかった。これまで目にしてきたどんな舞台よりも魅力的だった。今まで読んできたどんな脚本よりも夢中になった。貪るように読み終えた。その時にはもう身体の痛みも心の痛みも消し飛んでしまっていた。

「これ、お前が書いたのか？」

「そうだ」

「リーアン、お前は天才だ」

「ああ、俺もそう思う」

　リーアンは戯《おど》けた仕草で自分のこめかみを指さした。

「お前とは、ここの出来が違うんだよ」

　その物言いにカチンときた。リーアンとアーロウは同じ日に生まれた。同じ顔、同じ姿、鏡像のようにそっくりな双生児だ。リーアンに出来ることは俺にだって出来る。リーアンに書けたのなら俺にだって書ける。

　そう思い、アーロウもまた戯曲を書き始めた。書いている最中は楽しかった。だが書き上げたものを読み返してみると、思っていたほど面白くない。つまらなくはないけれど、どこかで見たよう

な内容で意外性も目新しさもない。リーアンの脚本が豪奢《ごうしゃ》なシャンデリアなら、俺のは侘《わ》びしい蠟燭だ。似ても似つかない。比較対象にすらならない。

しかもリーアンはこんこんと湧く泉のように次々と名作を生み出した。数多の傑作を書き飛ばしてもなおペンの勢いは衰えなかった。新作を読むたびにアーロウは戦慄《せんりつ》した。リーアンの才能に感涙し、自分の無能を慨嘆した。

「神様は不公平だ」

曇天《どんてん》を見上げ、アーロウは呟く。

俺達は双生児。目の色も髪の色も同じ。声も顔つきも背格好も同じだ。同じ髪型をして、同じ服を着たら、マレナにだって見分けがつかない。なのに才能という美酒を注がれたのはリーアンだけ。同じ器を持っていても俺の中身は泥水だ。

だから捨てられたのだ。唯一の宝物だった家族にも見放されたのだ。

「降ってきやがった」

真っ暗な空から無数の雪片が降りてくる。北風に煽られ、吹き飛ばされていく。

襟元を押さえ、アーロウは歩き出す。

今から十一年前、聖イジョルニ暦七八七年の十三月。

あの日もこんな雪が降っていた。

アーロウにとってリーアンは分身のようなものだった。生まれた時から隣には自分と同じ顔がいた。いつも一緒にいるのが当たり前だった。二人で悪さをして、二人揃って叱《しか》られた。二人でお使

いに行き、二人揃ってお駄賃を貰った。それで甘い揚げ菓子を買い、城壁に腰掛けて二人で食べた。二人とも蒸気機関車が大好きで、毎日のように丘の上の駅舎に向かった。二人して線路脇の柵に顔を押しつけ、飽きることなく列車を眺《なが》めた。

蒸気機関車はてらてらと黒光りしていた。真っ白な蒸気を吐き、時に真っ赤な火花を吹き出していた。黒い石炭車を挟んで、後ろに続くのは木製の客車だ。車体は深紅色、屋根は黒く塗られていた。手摺《てす》りや窓枠は金色で、遠目にもきらきらと輝いて見えた。

この列車はレーエンデを出て外地に行く。終点は芸術の都エストレニエだ。幼《おさな》い頃から演劇に親しんできた二人にとって、エストレニエは夢の都、憧《あこが》れの場所だった。しかしどんなに強く望んでも、行くことはかなわない。ノイエスト鉄道に乗れるのはイジョルニ人だけ。もし鉄道路沿いにエストレニエを目指しても、レーエンデ人は州境の関所で止められる。無理に抜けようとすれば問答無用で撃ち殺される。

レーエンデ人が合法的に外地に行く唯一の方法。それはイジョルニ人の奴隷になることだ。奴隷は人間ではなく所有物として扱われる。人間ではなく物ならば自由に外に持ち出せる。だが道具は主人の気まぐれで捨てることも壊すことも出来る。たとえ奴隷を殺しても、主人は罪に問われない。

当時アーロウは十二歳。すでにイジョルニ人の本性を知っていた。イジョルニ人がレーエンデ人をいかに粗末《そまつ》に扱うか、嫌というほどわかっていた。あいつらはレーエンデ人を人間として見ていない。あんな連中に命を預けてまで、外地に行こうとするやつの気が知れない。

ずっとそう思っていた。

「おい」

先に気づいたのはリーアンだった。彼は線路脇の柵を摑み、もう一方の手でホームを指さした。

「あれ、セリーヌじゃねぇか？」

セリーヌは彼らの母親の名だ。リーアンは母を毛嫌いし、彼女のことを名前で呼んだ。

「母さんはレーエンデ人だぞ。ホームに入れるはずがない」

反射的に言い返し、アーロウは目をこらした。

凍てついた十三月の空気に、蒸気が白く揺蕩《たゆた》っている。ぼんやり霞《かす》んだ客車の傍《そば》に背の高い男女が立っている。女は赤いコートを着て、目深に帽子を被《かぶ》っていた。背中に流れる白金髪、ほっそりとした白い顎、つややかに微笑む赤い唇。それはルミニエル座の人気女優、その美貌で男達を虜にしてきた月光亭の看板娼婦、リーアンとアーロウの実の母親、セリーヌ・ランベールだった。

「なんで母さんが――」

言いかけて、アーロウは気づいた。母の隣に立つイジョルニ人、彼はエストレニエの貿易商だ。前々から「君を後添えに迎えたい」とセリーヌに言い寄っていた男だ。

アーロウは背筋が寒くなった。

セリーヌは下町を嫌っていた。娼婦の仕事を嫌っていた。イジョルニ人と結婚してこの生活から抜け出すのだと、ことあるごとに口にしていた。その執念は凄《すさ》まじかった。彼女がリーアンとアーロウを産んだのも、「俺の子を産んでくれたら結婚してやる」というイジョルニ人の甘言を信じたからだ。その男は始祖ライヒ・イジョルニの血を引く名家の出であったという。しかし彼が欲したのは政略結婚の駒《こま》になる娘であって、跡取りの息子ではなかった。

双子の父親に逃げられたセリーヌは、その後もイジョルニ人の客を取り続けた。自分をここから連れ出してくれる男を、彼女はずっと求めていた。そして今、まさにイジョルニ人の手を取って、外地へと向かう列車に乗ろうとしている。人間であることを捨て、あの男の所有物になろうとしている。

「行かないで！」

咄嗟《とっさ》にアーロウは叫んだ。

「母さん！　俺達を置いて行かないで！」

セリーヌが振り返った。柵の向こうに立つ子供達を見つけ、その目が丸く見開かれる。

「あれは君の息子か？」

眉根を寄せ、隣の紳士が尋ねる。

セリーヌは男を見上げ、彼の手を両手で握った。

「あの子も連れて行っていい？」

「しかし、あれは男の子だろう？　しかも二人も――」

「いいえ、一人だけでいいの。とてもいい子なのよ。頭もいいし、読み書きも出来るし、大人しくて我慢強いの。どんなひどい目に遭わされても、文句ひとつ言ったことがないのよ」

セリーヌに懇願《こんがん》され、男は渋々《しぶしぶ》首肯した。

母は息子達を振り返った。赤い帽子の下、輝くような笑顔を見せる。

「アーロウ！」

赤い唇が彼の名を呼んだ。

「こっちにいらっしゃい。一緒にエストレニエに行きましょう！」

アーロウはたじろいだ。

リーアンとは違い、彼は母のことを愛していた。失いたくなかった。離れたくなかった。それでも即答することは出来なかった。一緒に行くということは、自分も奴隷になるということ。一度奴隷に身を落としたら二度と人間には戻れない。この先、死ぬまであの男を主人と仰ぎ、その顔色をうかがいながら、媚《こ》びへつらって生きなければならない。

「行くもんか！」

答えたのはアーロウではなくリーアンだった。

リーアンは両手で柵を摑み、噛《か》みつくような勢いで言い返した。

「お前と一緒にすんな！　アーロウは奴隷になんかならねぇ！　母親のくせに、アーロウの未来を勝手に売っぱらおうとすんじゃねぇ！」

その言葉はアーロウの胸に、天啓のように響いた。

月光亭で暮らしている者達は皆、天涯孤独だった。大人達はもちろんのこと、年下のマレナでさえ、親も兄弟も持っていなかった。だからこそ血の繋がった家族のいる自分は幸せ者だと思っていた。家族こそが唯一の財産、最高の宝物だと信じていた。

母さんを失うことは悲しい。でも、まだリーアンが俺を必要としてくれる。

そう思うと勇気が出た。

「ごめん、母さん！」

震える声でアーロウは叫んだ。

「一緒には行かれない。でも忘れないよ。元気で……どうか、いつまでも元気で――」

涙声になって、最後まで続けられなかった。

セリーヌは帽子の鍔《つば》で顔を隠し、息子達に背を向けた。

「ごめんなさい。見間違いだったわ。全然知らない子だったわ」

そんな母の声が聞こえた。

「行きましょう、旦那《だんな》様」

そして振り返ることなく、列車のタラップを上っていった。

甲高い汽笛の音。ボイラーの低い唸《うな》り。機関車が勢いよく煙を噴き上げる。動輪が軋《きし》み、ゆっくりと列車が動き出す。客室の窓に母の姿があった。もはやこちらを一顧だにしない横顔を見て、アーロウは泣き崩れた。リーアンはきつく唇を噛みしめ、母を睨みつけていた。降りしきる雪の中、列車が遠ざかっていく。その最後の車両が見えなくなるまで――見えなくなった後も、二人はそこから動けなかった。

実の母親に捨てられるという悲劇。しかしそれは数ある山場のひとつでしかなかった。アーロウの人生における最大の悲劇は、その直後にやってきた。

月光亭の女主人オレリア・コマが彼らの部屋にやってきて、リーアンに選択を迫ったのだ。

「セリーヌが稼いでくれたから今まで大目に見ていたけど、これからはそうはいかないよ。ただ飯喰らいを置いといちゃ、他の面々に示しがつかない。舞台に立ちたくない、客も取りたくないって言うんなら、リーアン、ここから出てお行き」

それを聞いてうろたえたのはアーロウだった。もう自分にはリーアンしかいない。リーアンまで

失うわけにはいかない。アーロウはリーアンを押しのけ、前に出た。

「俺が働きます。リーアンの分まで俺が稼ぎます。だから、どうかリーアンを――」

「出しゃばるなよ、クソが」

押し殺した声でリーアンが言った。

「イジョルニ人に尻尾《しっぽ》を振るしか能のねぇ、ケツ穴野郎はすっ込んでろ」

アーロウは驚愕《きょうがく》し、もう一人の自分を見つめた。

リーアンは口が悪い。いつも大人達を揶揄したり、からかったりする。冗談めかした悪態《あくたい》なら、アーロウもさんざん言われてきた。けれどここまで口汚く罵《ののし》られたことはなかった。驚きのあまり言い返すことも出来ずにいると、今度はリーアンがアーロウを押しのけた。

「読んでくれ」

そう言って、彼は台紙に挟んだ紙の束《たば》をオレリアに差し出した。

「俺が書いた脚本だ。そこで白目剝いてる馬鹿《ばか》よりも、ずっと価値のある代物だ」

オレリアは疑わしげな目でリーアンを見た。ひったくるようにしてそれを受け取り、唇をねじ曲げたまま読み始めた。太い指が一枚、また一枚と紙を捲《めく》っていく。十枚を数えたあたりで彼女の顔色が変わった。脚本に顔を近づけ、真剣な目で文字を追っていく。紙を捲る指が速《はや》まる。むふう、むふうと、牛のような鼻息が聞こえてくる。

アーロウは漠然とした不安を感じた。同じ顔、同じ声、誰にも見分けのつかない鏡像のような容姿。けれどリーアンは天賦の才能を持っている。それが彼を遠くに連れて行ってしまうかもしれない。俺を一人残して、彼もまた去っていってしまうかもしれない。

不幸にも、その予感は的中する。

戯曲を読み終えたオレリアは、ファイルを閉じて息を吐いた。

真面目な顔でリーアンを見下ろし、問いかける。

「新作戯曲を月に一本、書けるかい？」

「ああ」

「書き下ろしを真っ先にルミニエル座で上演させてくれるなら、一本につき十ルーナ払おう」

「いいだろう。新作は真っ先にあんたに渡すよ」

「待ってな。今、契約書を作るから」

オレリアは筆記具を取りに自室へと戻っていった。冗談を言うような人じゃない。金が絡むとなれば、なおさらだ。彼女は本気だ。本当にリーアンと契約を交《か》わすつもりなのだ。

「よかったな、リーアン」

不安を押し隠し、アーロウは呼びかけた。

「これでもう『舞台に立て』って叱られないな。物置に隠れる必要もなくなるな」

「ああ、そうだ」

リーアンは唇を歪めて嗤《わら》った。

「これで大手を振って出ていける。白粉臭《おしろいくせ》ぇ娼館ともおさらばだ」

「お前、ここを出ていくつもりなのか？」

「当たり前だ。一ヵ月に十ルーナ稼げりゃ、喰うには困らねぇ。贅沢言わなきゃ部屋だって借りられる。ここに残る理由はねぇよ」

「俺は？　俺は理由にならないのか？」

思いの外、大きな声が出た。

「お前は俺を引き留めた。俺を必要としてくれた。奴隷になるなって、あの時、言ってくれたじゃないか！」

そうだろう、リーアン――と、アーロウは必死で呼びかける。

「出ていくなら俺も連れていってくれ。掃除、洗濯、身の回りの世話。何でもやる。どんなことでもする。だから頼む。俺を一人にしないでくれ」

兄弟仲は悪くなかった。どこに行くにも一緒だった。同じ顔をしたもう一人の自分。鏡に姿が映るように、隣にいるのが当たり前だった。俺がリーアンを必要としているように、リーアンも俺を必要としている。リーアンは俺を見捨てたりしない。そう思っていた。そう信じていた。

しかしリーアンは蔑《さげす》むような目でアーロウを見た。

「お前は何もわかってねぇ」

これ見よがしに嘆息し、冷たい声で続けた。

「お前はここに残れ。それがお前のためだ」

あの瞬間、アーロウの中で何かが壊れた。自信、信頼、たったひとつの心の支え。そのすべてが音を立てて崩れ落ちた。希望も未来も自尊心も粉々になった。残ったのは真っ暗な絶望。無限に続く闇だけだった。

「神様、あんたは残酷だ」

降りしきる雪の中で、人知れずアーロウは呟く。

「なぜ双子である必要があったんだ。なぜ同じ器を造ったんだ。なぜリーアンにだけ才能を与えて、俺には何も与えてくれなかったんだ」

俺はリーアンにはなれない。金になる脚本を書くことも、己の才覚で人生を切り開くことも、月光亭を出ていくことも出来ない。意志を貫《つらぬ》く度胸もなく、暴力に抗う胆力もない。ろくでなしどもに媚びへつらい、愛想笑いでご機嫌を取り、暴力と性欲の捌《は》け口になることでしか生きられない。こんな惨めな人生、もう終わりにしたい。いっそ死んでしまいたい。そう思っても、自死する勇気すら持たなかった。

ゆえにアーロウは人に求められるまま、様々な役柄を演じている。

空虚な心を仮面で隠し、実体のない幽霊のようにさまよっている。

凍てついた暗い夜の底で、ずっと死に場所を探している。

第一幕

「忘れないで。たとえ離れていても、あたし達の心は繋《つな》がっている。どこにいたってテッサはあたしの妹、唯一無二の自慢の妹よ」

　マレナ扮するアレーテが、妹テッサを抱きしめる。その手の動きと眼差しで、妹への愛を表現する。完璧《かんぺき》な演技だった。見事としか言いようがなかった。

「うん……ごめんアレーテ、本当にごめん」

　姉に抱かれ、肩を震わせて泣くテッサはまだあどけない。この娘がこれから戦場に向かうのかと思うとやるせなく、きりきりと胸が締めつけられる。

　二人の女優の好演に観客達は見入っている。すっかり舞台に引き込まれている。

　抱き合う姉妹を目の端《はし》に収めつつ、リーアンは指揮棒をかまえる。

　哀愁を帯びたフルート。薄く漂う悲劇の予感。

　血は水よりも濃いという。しかし血を分けた姉妹だからといって、すべてをわかり合えるわけではないだろう。

　当時のレーエンデにおいて、アレーテは傑出した存在だった。優れた思想家であり、哲学者であり、教育者でもあった。それでいて嫋《たお》やかで美しく、家庭的でもあったという。

　そんな姉のことをテッサはどう思っていたのだろう。羨《うらや》んだことはなかったのだろ

うか。妬《ねた》ましく思ったことはなかったのだろうか。もしアレーテが悲劇に見舞われることなく、生き存《ながら》えていたとしたら、二人はどんな人生を歩んだのだろうか。

教育の大切さを知る姉と、力で世界を変えようとした妹。

決別し、別々の道をたどっていたかもしれない。

血を分けた兄弟だからといって、わかり合えるわけではないのだ。


雑念を振り落とし、リーアンは指揮棒を掲げた。

再び音楽に集中する。

静かに流れ出すバイオリンの旋律。それに打楽器が加わり、行進する兵士達のシルエットが浮かび上がる。テッサはダール村を離れ、レーエンデの英雄に至る道を歩き出す。


かくして運命の輪は回る。リーアン・ランベールとルミニエル座、そしてレーエンデの命運を懸けた舞台は第二幕へと突き進む。

たどり着く先は天国か地獄か、希望か絶望か。


まだ誰にもわからない。

第二章　ミケーレ・シュティーレの依頼

《羽根ペン》

フカシドリの羽根で作る筆記具。削った軸先にインクをつけて使用する。羽根は街中でも拾えるが、フカシドリの姿を見た者はいない。

聖都ノイエレニエの下町は湖岸城壁の城門を要《かなめ》に扇形に広がっている。中央通りに面した石造りの街並みは、薄汚れていてもなお整然として美しい。

わずか五十年ほど前まで、ここには多くの上級市民が暮らしていた。しかし鉄道路が完成するやいなや、彼らはノイエレニエ駅周辺――古くはオンブロ峠と呼ばれていた丘の上へと居を移した。

残された屋敷は安価で貸し出された。労働者達が金を出しあい、共同生活を始めた。それすら出来ない貧者達は路地や公園に掘っ建て小屋を建てて住み着いた。中でも月光亭がある界隈《かいわい》は賭場や娼館が軒を連ねる聖都の暗部だ。安酒と銀夢煙草、反吐《へど》と小便の臭いが染《し》みついた『この世でもっとも罪深い場所』だ。

アーロウは城壁沿いに中央広場へと向かった。

シャイア城に続く城壁門は閉ざされている。昼間は巡礼者で賑わう広場も今は眠りについている。

目的の建物は広場の北側にあった。城壁に隣接する四階建てのアパートメントだ。最上階の窓に明かりが見える。まだ起きているらしい。

アーロウは建物に入った。埃塗《ほこりまみ》れの階段は一段上がるごとにギーギーと鳴る。アルヌー夫人は

すでに寝ているだろう。起こしてしまわないように、彼は慎重に階段を上った。

アルヌー夫人はノイエ系レーエンデ人、この屋敷の女主人だ。たった一人で一階の部屋に住んでいる。リーアンは彼女に下宿代を払い、部屋の掃除や洗い物、食事の用意などをして貰っている。アーロウも何度か顔を合わせたことがあるが、無言で会釈をするだけで、声を聞いた覚えはない。先祖代々受け継いできた屋敷とはいえ、城壁の傍に建つ家に一人で住み続けるような女性だ。まともな感性の持ち主であるはずがない。

満月の夜、レーニエ湖には銀の嵐《あらし》が荒れ狂う。渦を巻く銀色の霧の中を幻魚と呼ばれる怪魚が泳ぎ回る。幻魚は滅多なことでは城壁を越えない。それでも声は聞こえてくる。

第二代法皇帝が制定した『犠牲法』。それは満月の夜に十三人の生贄を捧《ささ》げるという稀代《きたい》の悪法だった。十三人の咎人《とがにん》は、小舟に乗せられ嵐の中に投げ出される。怒り狂った幻魚は彼らを引き裂き、喰い殺す。レーニエ湖に響く断末魔《だんまつま》の声。それは城壁近くにある屋敷にも届く。

なのに「家賃が安いから」という理由で、リーアンはこの屋敷の四階に部屋を借りた。まったくもって正気を疑う。自分だったら耐えられない。それとも天才は感性さえも特別なのだろうか。幻魚に喰い殺される人々の悲鳴に心を痛めることもなく、稀有《けう》な知見を得たとして、創作の糧《かて》にするのだろうか。

住む者のいない二階と三階を通り越し、最上階である四階フロアに到達した。アーロウは部屋の扉をノックした。返事はない。執筆に没頭するとリーアンは周囲のことが見えなくなる。何を言っても耳には届かず、時間の経過もわからなくなる。

「俺だ、入るぞ」

一声かけて、ドアノブを握った。鍵《かぎ》はかかっていない。不用心だと忠告してもリーアンは聞く耳を持たない。「俺は天才劇作家だ。神から才能を賜った男、歴史に残る名作を書くために生まれた男だ。この使命を果たすまで俺は死なない。どんな凄腕《すごうで》の強盗も俺の才能は奪えない」と豪語する。

アーロウは室内に入った。

空気は冷え切っていた。甘酸っぱいエールデフラワーの香りが漂っていた。

ランプを掲げ、室内を照らす。広い居間には大きなテーブルが置かれている。天井は高く、窓は広い。右奥には寝室に続く扉がある。白い床はきれいに掃き清められ、テーブルの上には明かりの消えた燭台《しょくだい》と、果物を盛った鉢が置かれている。壁際には暖炉《だんろ》があり、新しい薪《まき》も用意されている。だがそこに火の気はない。おかげで室内だというのに凍《こご》えるほど寒い。

湖を望む窓辺には、古いけれど手入れの行き届いたオルガンが置かれている。その隣には小さな執筆机がある。出窓に置かれたオイルランプが机に突っ伏して眠る男を照らしている。

きらきら光る白金髪。肌は抜けるように白く、青い血管が透けて見える。白いシャツを着て、襟元にスカーフを巻き、金糸の縫い取りが施された上着を着ている。小綺麗《こぎれい》な服装はイジョルニ人のそれだ。アーロウと同じく、レーエンデ人には見えない。

唯一の欠点は彼の右手だ。リーアンの指はいつもインクで汚れている。市販のインクには粘《ねば》り気《け》のあるミツカエデの樹脂が使われているが、リーアンは書き味を重視し、樹脂の代わりにエールデフラワーの花油を使った特注インクを愛用している。こちらのほうがペンの滑《すべ》りがよく、早く文字が書けるのだという。

「起きろ、リーアン」

アーロウは彼の肩を揺さぶった。

「こんなところで寝ていたら風邪を引くぞ」

呻《うめ》き声とともにリーアンが上体を起こした。赤みの強い褐色の瞳がアーロウを見上げる。

「なんだ、お前か」

つまらなそうに呟いて、彼は紙巻き煙草へと手を伸ばした。銀色の灰皿には一本の吸いさしが残っている。リーアンはそれをつまみ上げ、ゴミ箱に捨てた。布巾《ふきん》で灰皿を拭ってから、煙草にオイルランプの火を移す。

雑な性格をしているくせにリーアンは神経質で潔癖症だ。床も窓もピカピカに磨きあげなければ気がすまない。だが蜘蛛の巣だけは別だ。見上げれば、部屋の四隅や天井には、いくつもの蜘蛛の巣が残っている。

これが普通の巣であったなら、リーアンは迷うことなく払いのけていただろう。しかしながら、この蜘蛛の巣は銀の光沢を帯びていた。オイルランプの光を反射し、なまめかしく煌めいていた。隙間風にゆらりゆらりと揺らめくさまは美女が纏った銀糸のショール、もしくは閨《ねや》の秘め事を覆い隠す天蓋のヴェールのようだった。極細の糸を編み込んだ螺旋模様の中央に小さな銀の蜘蛛がいる。ほっそりとした身体と針のような足、その姿は貴婦人の胸元を飾る銀細工のブローチそのものだ。

多くのレーエンデ人は、銀の生き物は神の使いだと信じている。リーアンも例に漏れず、銀の蜘蛛を神の使いとして崇めている。「この蜘蛛の巣は悪い泡虫を捕まえてくれるんだ」と、「銀の蜘蛛

の巣がないと悪夢にうなされるんだ」と、真顔でのたまう。しかしアーロウは迷信など信じない。銀の蜘蛛に特別な力などない。あれは銀呪病に冒されているだけだ。

　満月の夜、レーニエ湖に吹き荒れる銀の嵐。それは銀の呪いを撒き散らす。銀の霧に呑まれた人間は銀呪病に冒される。罹患する者も死ぬ者も激減したとはいえ、その治療法はいまだ発見されていない。昔も今も銀呪病が不治の病であることに変わりはない。だが人間以外の生物は銀呪病に罹《かか》っても命を落とすことはない。全身を銀一色に染めても生き続ける。ノイエレニエはレーニエ湖の湖畔にある。銀の生き物を見かけることも少なくない。ましてやこの屋敷は湖岸城壁のすぐ近くにある。銀の蜘蛛が住み着いたとしても不思議ではない。

「腹減った」

　紫煙を吐き出し、リーアンは呟く。

「今、何時だ？」

「少なくとも真夜中は過ぎている」

「じゃ、アルヌー夫人は夢の中だな」

「夕飯、食べていないのか？」

　アーロウの問いかけに、リーアンは気怠《けだる》げに伸びをする。

「昨晩から丸一日、何も喰ってねぇ」

「何か持ってこようか？」

「喰い物よりも酒がほしい」

「夜が明けたら誰かに届けさせる」

「ん」

「それで、あとどれくらいかかりそうだ？」

答えはない。天井の蜘蛛の巣を見上げ、リーアンはひたすら煙草を吹かしている。

舌打ちしたいのを堪《こら》え、アーロウは繰り返した。

「新作はいつ出来る？　昼興行と夜興行の二編、どちらか一方だけでもいい。早いところ仕上げてくれ」

「今、それどころじゃねぇんだよ」

リーアンはガリガリと髪をかき回した。

「お前、俺の代わりに書いといてくれよ」

「無茶を言うな」

「なんで？　今ルミニエルでやってるやつ。あれ書いたの、お前だろ？」

心臓の鼓動が跳ね上がった。恥ずかしさと後ろめたさで頬が熱くなる。アーロウは下唇を噛んだ。こいつ、どうしてそれを知っている？　なんで俺が書いたとわかった？

「芝居、観たのか？」

「もちろん」大欠伸《あくび》を挟み、リーアンは答える。「大天才リーアン・ランベールの新作とあっちゃ、見逃すわけにはいかねぇよ」

「勝手にお前の名を騙《かた》って悪かった。でも——」

「別にいいさ」

素《そ》っ気《け》なく言って、欠伸をもうひとつ。

「それでルミニエル座が儲《もう》かるんなら、名前ぐらい、いくらでも使えよ」

アーロウは目を瞠《みは》った。意外な答えだった。リーアンは自分の作品に対し、異様なほどの執着を見せる。登場人物の名前を変えただけでも怒鳴り散らし、手がつけられないほど大暴れする。勝手に名を騙ったことがばれたら激怒するだろうと思っていた。

怒らないということは、認めてくれたということだろうか？

そう思うと、訊《き》かずにはいられなくなった。

「どうだった？」

「どうって？」

「芝居を観た感想は？」

「『恋ってどんなものかしら』はまあまあだな。展開はありきたりだが、台詞《せりふ》の掛け合いは悪くない。けど『別離』はクソだ。あんなもの、観るだけ時間の無駄だ」

「……ひどいな」

「ああ、まったく。ひどいモンだよ。逢瀬《おうせ》の際、恋人同士があんなべらべら喋《しゃべ》りまくるか？　愛《いと》しい相手が目の前にいるのに、我が身の不幸をだらだら垂れ流すか？　しかも『貴方のためになら喜んで手を引こう』とか、『別れることが愛なのだ』とか、綺麗事《きれいごと》ばっか並べやがって、興ざめもいいところだぜ」

アーロウは唇を歪めた。リーアンの毒舌には慣れているつもりだったが、自分の作品をこき下ろされては平静でいられない。

「そこまで言うなら教えてくれ。どうすればよかったんだ」

「海辺の台詞は全部カットだ。ああいう場面に台詞はいらねぇ。ただ見つめ合うだけでいい。最後に一言、『一緒に死んでくれ』と言わせるだけでいい」

「心中させるのか？」

「そうだ」

「あの二人は良識ある大人だぞ。残される人々のことを考えたら自死は選ばない」

「そういうとこがクソなんだよ」

リーアンは煙草を吸い、アーロウに煙を吹きかける。

「芝居は虚構だ。あり得ないことが起きるから面白いんだ。良識ある大人が非常識な行動に出る。しがらみを振り捨てて唯一無二の愛を貫く。そういうところに観客は熱狂するんだ。良識ある大人が常識的に振る舞い、世間体を気にして唯一無二の愛を手放すなんて展開、誰も望んじゃいねぇよ。そんな手垢《てあか》だらけのホン、野良イヌだって喰わねぇよ」

「でも――」謙虚は美徳であるはずだ。

そう言い返そうとした時、アーロウの脳裏に舞台が浮かんだ。寄せては返す波の音。見つめ合う二人。長い長い沈黙と葛藤《かっとう》。男はおもむろに女の手を握る。

「一緒に死んでくれ」

恐ろしい誘いに女は微笑む。男の目を見上げ、幸せそうに頷く。

波間に消える二人の姿。あとに残るは淡い白波。寄せては返す儚《はかな》い純愛。想《おも》いを貫き通した男女が選ぶ、切なくも美しい恋の結末。

「な？　そっちのほうが断然いいだろ？」

勝ち誇ったようにリーアンは笑う。

アーロウは答えなかった。その通りだと思ったが、認めたくなかった。

「俺の名前を騙るんなら、次はもうちょいましなもんを書けよな」

リーアンは灰皿に煙草を押しつけた。アーロウに背を向け、蝿《はえ》を払うように右手を振る。

「俺は忙しい。用がすんだら帰ってくれ」

「俺だって暇なわけじゃない」

むっとして、アーロウは言い返す。

「お前、レーエンデの英雄のことを嗅ぎまわってるそうだな？」

リーアンは素早く振り返った。サラサラと揺れる前髪の下、赤褐色の目が光っている。

「アーロウ、お前……テッサのことを知ってんのか？」

彼は無言で首肯した。

今から百二十四年前、レーエンデに自由を取り戻すため、帝国に反旗を翻した英傑がいた。その人の名はテッサ・ダール。しかしながらテッサが始めた革命は、その死によって潰《つい》えてしまった。英雄の名の下にレーエンデ人が団結することを恐れ、帝国はテッサの記録を封印した。その名を讃えることも、語り継ぐことも禁じた。レーエンデ人は誇りよりも保身を選んだ。レーエンデ人としての矜持を捨て、革命の記憶を忘却の淵《ふち》に埋葬した。文献が焼き払われ、人々が口を閉ざした結果、レーエンデの英雄は幻と化した。その存在を知る者は言うに及ばず、テッサの名前を知る者さえいなくなってしまった。

「教えろ！　テッサってのは何者だ？」

リーアンは立ち上がり、アーロウへと詰め寄った。

「どこで生まれた？　何をして、どうやって死んだ？」

「それを知ってどうする？」

「決まってんだろ。彼の生涯を戯曲にする」

だろうと思った。アーロウはこれみよがしに嘆息する。

「帝国にとってテッサは禁忌だ。彼の生涯を描いた戯曲なんて上演出来るわけがない。ルミニエル座でもお断りだ。とてもじゃないが、リスクが高すぎる」

「ルミニエル座なんざ眼中にねぇよ」

リーアンは鼻で笑った。机の引き出しを開け、中から真新しい革袋を取り出す。

「俺が目指すのは帝国の頂点、エストレニエにあるイジョルニ帝国歌劇場だ」

アーロウに向かって革袋を放《ほう》る。彼は慌ててそれを受け止めた。ずしりとした手応え。口紐《くちひも》を緩《ゆる》めるとランプの光に金が輝いた。ルーナ金貨だ。袋にぎっしりと詰まっている。アーロウは用心深く、金貨を一枚取り出した。爪《つめ》でひっかいてみる。うっすらと傷跡が残る。

本物だ。本物のルーナ金貨だ。

「こんな大金、いったいどうしたんだ？」

「ミケーレ・シュティーレって知ってるか？」

「ああ、もちろん」

天才演出家ミケーレ・シュティーレ。手がけた舞台は数知れず、いずれも大絶賛を浴びている。

その評判を耳にするたび心が騒いだ。彼の舞台をこの目で観たいと思った。しかしミケーレ・シュ

ティーレの主戦場はエストレニエだ。どんなに歯噛みしたところで、レーエンデ人であるアーロウには手が届かない。

「二ヵ月前、ミケーレがここに来た」

「なんだって!?」

ミケーレはイジョルニ人だ。同じ演劇人でもアーロウ達とは住む世界が違う。目の肥えた帝国市民の喝采をほしいままにする天上人が、ノイエレニエの下町にある心寂《うらさび》れたアパートメントに降臨するなんて、どう考えてもあり得ない。

「冷やかし目的の偽者じゃないのか?」

「冷やかし目的の偽者がこんな大金、用意するかよ」

リーアンは肩をそびやかす。

「面白いホンを書くヤツがいるって、ミケーレは前々から俺に注目していたんだとさ。俺のホンがどんな風に演じられているのか、観てみたくてルミニエル座にも足を運んだらしいぜ」

そう言われても、アーロウには確かめようがない。

ノイエレニエの下町には大小様々な売春宿がある。館内に劇場を備え、興行を打つ娼館も五軒ある。その中でもルミニエル座の人気は群を抜いている。外地でも噂になっているらしく、多くのイジョルニ人達が毎日ルミニエル座にやってくる。

「ミケーレは愉快なヤツだった。有名人なのに偉そうな顔もしねぇし、よく笑う気さくなヤツだった。とにかく俺のホンに惚《ほ》れ込んでてさ。『君の戯曲を演出したい』って真顔で言われたよ。『再来年の四月、エストレニエで聖イジョルニ帝国建国八百年祭が催される。イジョルニ帝国歌劇場で記

念公演が上演される。それに相応《ふさわ》しい戯曲を君に書いてほしいんだ』って、その金を置いてった。前金で三千ルーナ。もし期限までに書き上げられなくても、それは返さなくていいってさ。完成後にはさらに三千ルーナ払うってさ」

「リーアン……お前……」

言いかけて声がかすれた。アーロウは乾いた唇を舐《な》め、ゴクリと唾《つば》を飲み込んだ。

「まさか、その話、引き受けたのか？」

「当たり前だろ。断る理由がどこにあるよ」

「イジョルニ帝国歌劇場はエストレニエにあるんだぞ。観客は日頃からレーエンデ人を踏みつけにしている上級市民だ。あんな連中のために、お前は戯曲を書くつもりなのか？　あんな連中を愉《たの》しませるために、レーエンデの英雄を題材に使うつもりなのか？」

リーアンは鼻白んだ。目を背け、ぼそぼそと低い声で言い訳をする。

「英雄の人生をそのまんま戯曲にしようとは思っちゃいねぇよ。別モノに見えるように、きちんと仕立て直すつもりだ」

「そういう問題じゃない！」

アーロウはテーブルを叩いた。鉢に積まれた果実が崩れ、真っ赤なリンゴが床に落ちる。

「テッサはレーエンデ人の誇りだ。それを見世物にするなんて、ましてやイジョルニ人に提供するなんて、許されるわけないだろう！」

「イジョルニ人のために書くわけじゃねぇ。俺は英雄譚《えいゆうたん》を書きたいだけだ。誰もが共感し、誰もが感動する大傑作を書きたいだけだ」

「あり得ない」拳《こぶし》を握り、怒鳴りつけたいのを堪える。「レーエンデ人が書いた戯曲をイジョルニ人が認めるはずがない。イジョルニ人のために戯曲を書いたお前を、レーエンデ人が許すはずがない」
「んなの、やってみなくちゃわかんねぇだろ！」
噛みつくように叫んで、リーアンはオルガンの蓋《ふた》を開いた。怒りにまかせてペダルを踏み、両手を鍵盤《けんばん》に叩きつける。背筋を逆なでする不協和音、それに乗せてリーアンは歌う。

イジョルニ人が芝居を観た
主人公に同情し、その死を悼み、号泣した
イジョルニ人は痛感する
これはただの芝居じゃない、現実世界の問題だ
レーエンデ人は家畜じゃない、自分と同じ人間だ

不快な音の集合が、調和の取れた和音に変わる。転がり落ちていくような不気味な旋律が、勇ましい行進曲へと変わっていく。

レーエンデ人が芝居を観た
主人公に共感し、その死を悼み、奮起した
レーエンデ人は立ち上がる

同胞達よ、矜持を抱け、希望を胸に蜂起《ほうき》せよ！

英雄の魂に恥じぬよう、我らの自由を取り戻せ！


勇壮に響くオルガンの音。調子っぱずれな歌声。音楽に合わせて頭を振る。リーアンの影が壁に踊る。

イジョルニ人は人間だ
レーエンデ人も人間だ
人間ならば心がある、心があるなら感動する
人種や貴賤の区別なく、誰もが拍手喝采する
そういう戯曲が世界を変える
そういう戯曲を俺は書く！

リーアンが歌う。リーアンが踊る。オルガンを弾きながらゲラゲラと笑う。

アーロウはぞっとした。笑えない。まるで笑えない。もしそんな戯曲を書こうものなら、リーアンはすべてを失う。反逆罪に問われ、『犠牲法』の餌食になる。

やめさせるべきだと思った。だが口を開きかけた時、脳裏で悪魔がささやいた。

やらせてみろよ。リーアンもたまには痛い目を見ればいい。一度挫折《ざせつ》を味わえば、こいつも少しは謙虚になるだろう。

「……そうだな」

唇の片端をつり上げ、アーロウは嗤った。

「そこまで言うなら書いてみろ」

「ああ書くさ！　言われるまでもねえ！」

ヴァァ――ン！　と不協和音を響かせ、リーアンは鍵盤から手を離した。汗ばんだ額に前髪が張りついている。双眸《そうぼう》が赤く、熾火《おきび》のように輝いている。

「さぁ、教えろ。テッサについて、お前が知ってることをすべて教えろ」

「ひとつ条件がある」

アーロウは右手の人差し指を立てた。

「ルミニエル座の脚本を先に仕上げろ。そうしたら教えてやる」

「よし、言質《げんち》を取ったぞ！」

リーアンはパチンと指を鳴らした。机の前に座り直すと新しい紙を引っ張り出し、猛然と羽根ペンを走らせる。こうなってはもう何を言っても聞こえない。アーロウはオルガンの蓋を閉じ、リーアンの部屋を後にした。

ルミニエル座の昼興行には多くの女性客が詰めかける。今月の出し物は儚い恋の行方を描いた悲恋劇『別離』だ。女主人公を演じるマレナと、その恋人役のアーロウ。二人の息の合った演技が胸を打つと、なかなかの好評を得ていた。

夜の興行とは違い、客席には椅子が並べられている。ありがたいことに今日も満席だ。最前列の

特等席にはイジョルニ人の上客、ロランス夫人の姿も見える。

開幕の鐘が鳴った。

書き割りはアルモニア州の美しい海岸だ。上手から現れる貴族の娘。下手からは鍛冶屋の青年。交わることのない二人の世界が重なる。目が合った瞬間、若い二人は恋に落ちる。

「あの……お名前を伺ってもよろしくて？」

「ミロス・カロスと申します、お嬢様」

「お嬢様ではないわ。私の名前はレテイシア。レテイシア・ハルモニアよ」

順調だった。少なくとも出だしの部分は。

アーロウは覚えがいい。台詞入れに苦労したことはない。三分を超える独白も、捲《まく》し立《た》てるような長台詞も難なくこなしてきた。しかもこの脚本は彼自身が執筆したものだ。自分の台詞はもちろん、他の登場人物の台詞もすべて頭に入っている。

なのに今日は上手《うま》く台詞が出てこない。リーアンの言葉が耳の奥に蘇《よみがえ》り、恋する青年になりきれない。

「神に誓ってお約束します。か、必ず……必ず戻ってきます」

「いいえ、守れない約束はしないで。愛されていると誤解してしまうから。すぐに忘れてしまうなら、優しいことなど言わないで。期待して裏切られると余計に悲しくなってしまうから」

「レテイシア。どうかそんな悲しいことを、い、言わないで――」

「いいえ、言わせていただくわ。貴方にとって私は勝利のトロフィーにすぎない。貴方はそれを見せつけたいだけ。自慢したいだけ。そこに愛はない。それは愛じゃないわ」

「違う。違います。僕は……僕は……」

「認めないのね。そんなことはないと、また否定するのね。ずるいひと。信じるたびに裏切られる。舞い上がった後に落とされる。ええ、もうたくさん。私のことを愛していないのなら、もう優しいふりなどしないでちょうだい」

アーロウが台詞に詰まるたび、マレナが先回りをしてくれた。相手が彼女でなかったら、舞台はさらに悲惨なことになっていただろう。ようやくたどり着いた最後の場面、ここでもアーロウは大量に台詞をすっ飛ばした。だがマレナはすでに退場し、舞台上には彼しかいない。

「これでいい。これでいいんだ」

いいや、いいわけがない。

「レティシア、貴方の幸福のためならば、僕は喜んで身を引こう」

本気で彼女を愛しているなら、何もせずに諦めるなんてあり得ない。すべてを投げ出してでも、彼女を奪い取るべきだ。

「さようなら、レティシア。どうか幸せになってください」

彼女との思い出を胸にミロスは一人、アルモニアの海へと入っていく。その姿が波の合間へと消えていく。静かに幕が下ろされる。しめやかな拍手が細波《さざなみ》のように広がっていく。

やっと終わった。

カーテンコールに応えた後、アーロウは楽屋に逃げ込んだ。椅子に座って頭を抱える。

「ほら見たことか！」リーアンの罵声が頭に響く。「無様《ぶざま》な劇作家！　台詞もまともに覚えられねぇヘボ役者！　しょせんお前は三流だ。何をやっても三流だ！」

「うるさい！」

立ち上がって叫ぶ。

「黙れ！　言われなくたってわかってる！」

「アーロウ、大丈夫？」

声とともに肩を叩かれる。マレナが心配そうな顔で彼を見上げている。

「客席でロランス夫人が待ってるけど、どうする？　今日は断る？」

ルミニエル座の役者達は月光亭の売り物だ。アーロウも例外ではない。幼い頃は男に買われた。成長してからは女に買われた。だがロランス夫人に寵愛《ちょうあい》されるようになってからは、他者の指名は入らなくなった。オレリア・コマはやり手の吝《しわ》い屋だ。夜ごとの客を取らせるよりも、多大な利益をもたらしてくれるロランス夫人だけに絞ったほうが、実入りがいいと踏んだのだ。

ロランス夫人は大事なパトロンだ。機嫌を損《そこ》ねるわけにはいかない。

「すぐに行くと伝えてくれ」

アーロウは立ち上がった。衣装を脱ぎ、化粧を落とし、汗を拭いてから朱子織《しゅすおり》のズボンを穿《は》く。糊《のり》のきいたシャツに臙脂《えんじ》色のタイを締め、仕立てのいい上着を羽織《はお》る。高価な服も磨《みが》き上げられた革靴も、すべてロランス夫人からの贈り物だ。彼女が出入りするホテルやレストランはレーエンデ人の立ち入りを禁止している。幸か不幸か、アーロウの容姿はイジョルニ人のそれに近い。上級市民の所作も身につけている。これまでロランス夫人とともに名のある店に出入りしてきたけれど、彼のことをレーエンデ人ではないかと疑う者は一人としていなかった。イジョルニ人の店員達に接待されるのは小気味よかった。最高の意趣返しだった。

外出前のいつもの儀式。自分の姿を鏡に映し、アーロウは自分自身に呪文をかける。

今宵《こよい》も笑顔の仮面をつけよう。見事に演じてみせよう。自信家で自己愛が強く、それでいて寂しがり屋で甘えたがりな舞台役者を。遊び人のように見えて、実はロランス夫人に一途という純真な青年を。演じている間だけは忘れられる。自分が中身のない幽霊であることを、能なしのアーロウ・ランベールであることを、演じている時だけは忘れていられる。

髪を整え、アーロウは楽屋を出た。

空になった観客席、最前列に座っていた貴婦人が、彼を見つけて立ち上がる。

「アーロウ！　ああ、アーロウ！　会いたかったわ！」

今にも泣き出しそうな顔で彼女はアーロウに抱きついた。白粉と白檀《びゃくだん》の匂《にお》いがする。明るい金髪、つやつやとした白磁の頬、茫洋《ぼうよう》とした翡翠《ひすい》の瞳。三十歳は超えているはずだが、とてもそうは見えない。彼女はミラベル・ロランス。ノイエスト鉄道の重役ロベール・ロランスの奥方だ。

「わたくし寂しくて寂しくて、もう何年も会っていないような気さえしていましたのよ」

「おやおや、子供のようなことをおっしゃる」

如才なくアーロウは微笑んだ。

「前回お会いしてから、まだ三日しか経《た》っていませんよ」

「だって、わたくし、本当に寂しかったのだもの」

ミラベルは恨めしそうに唇を尖らせる。あざといなとアーロウは思う。が、それを表情に出すほど愚かではない。彼はミラベルの右手を取り、手の甲にキスをした。

「会いに来てくれて嬉《うれ》しいです、ミラベル」

でも——と言い、わずかに眉根を寄せてみせる。

「こうもたびたびお屋敷をお留守にしていては、旦那様に疑われてしまうのではありませんか？」

「心配はご無用ですわ」

扇で口元を隠し、ミラベルはウフフと笑う。

「わたくし、アーロウに会いに来る時はいつも『救済院に行って参ります』と言って出てきますの。ロベールは慈善事業に理解ある方ですから、いつも喜んで送り出してくれますわ」

それを聞いて、つい笑顔が強ばってしまった。

ミラベルは救済院を貧困者のための慈善病院だと思っているらしい。だが現状は違う。救済院に医者はいない。薬もなく治療も行われていない。不治の病に冒された者や手の施しようのない怪我《けが》人が、暗い部屋に横たわっているだけだ。『犠牲法』の生贄が足りなくなると警邏兵は人狩りを行う。何の罪も犯していないレーエンデ人を捕まえては罪人に仕立てあげる。それを未然に防ぐため、差し出す命を確保しておく場所。それが救済院の正体だ。

黙り込んだアーロウを見て、ミラベルは誤解したらしい。腕を絡め、頬をすり寄せてくる。

「大丈夫ですわ。ロベールはわたくしに甘いんですの。わたくしの頼みごとはなんでも聞いてくれますし、どんなことでも自由にやらせてくれますの。たとえわたくし達の仲を知ったとしても、きっと許してくれますわ」

その声音に罪悪感はない。やましさも後ろめたさも感じられない。彼女はレーエンデ人の青年と逢瀬《おうせ》を重ねていることを、悪いことだとは思っていないのだ。

「それに今、ロベールはエストレニエに行っておりますの。少なくともあと二日は戻りませんわ」

獲物を搦《から》め捕《と》る蜘蛛のように、ミラベルはアーロウの首に両手を回す。

「『シャイア・ヒル』のいつものお部屋で、今夜はゆっくり過ごしましょう」

「ええ、喜んで」

ざわつく心を押し隠し、アーロウは微笑んだ。

オレリアは月光亭の外で客と会うことを禁じている。だがミラベル・ロランスはまれに見る上客だ。金の力は何にも勝る。オレリアも言っていた。「どこに行ったっていい。何をしてもいい。とにかく失礼のないように。絶対に逃がすんじゃないよ」と。

「では参りましょう」

アーロウが腕を差し出す。ミラベルは彼の左腕に自分の右腕を絡ませた。恋人同士のように肩を寄せ合い、二人は劇場の外へ出た。

冬空は灰色の雲で覆われている。雲の切れ間から色褪《いろあ》せた光が差し込んでいる。虚飾の残り香のような街並みが煤けた肌を晒している。汚れた雪が残る石畳に黒塗りの馬車が停まっている。

馬車に乗り込み、後部座席に座ると、ミラベルが身体を寄せてきた。アーロウの胸に頬を押し当て、うっとりと目を閉じる。彼女の髪に顔を埋め、アーロウもまた瞼《まぶた》を閉じた。

レーエンデ人には到底手の届かない特注品の服を着て、レーエンデ人が生涯口にすることのない最高級の料理を味わい、レーエンデ人には立ち入ることさえ許されないホテルで、イジョルニ人の貴婦人と束《つか》の間の逢瀬を楽しむ。この一夜でアーロウは一般的なレーエンデ人労働者の月給をはるかに上回る金を稼ぐ。そんな彼を羨む者は多いだろう。しかし自分も男娼になりたいと思う者は決して多くはないだろう。確かに金回りはいい。喰うものにも着るものにも困らず、屋根のある家に

住み、自由に使える金も持っている。だが男娼は尊敬される職業ではない。人に誇れるものでもない。

初めて舞台に立って以来、「自分の喰い扶持《ぶち》は自分で稼ぎな」とオレリアに言われ、夜の仕事もこなしてきた。母親譲りの美貌を持つ少年を指名する客は大勢いた。その大半がイジョルニ人だった。イジョルニ人の男は独善的で嗜虐《しぎゃく》的だった。娼婦や男娼に暴力を振るうことは『娼館保護法』によって禁じられているけれど、彼らは法をねじ曲げる方法を熟知していた。身体も心もぼろぼろに荒らされて、起き上がれなくなるほど痛めつけられても、オレリアは金払いのいいイジョルニ人が離れていくことを嫌い、警邏兵に訴えようとしなかった。たとえ訴え出たところで警邏兵もまたイジョルニ人だ。審議もなく、揉《も》み消されるに決まっている。抗議すれば、今度は警邏兵に目をつけられる。もっととんでもない目に遭わされることになる。

どうすることも出来なかった。耐え続けるしかなかった。

あの辛く苦しい少年時代を乗り越えられたのは、月光亭の女達がいてくれたからだ。彼女達はアーロウに様々な手練手管を教えてくれた。したたかにこの世を生き抜いてきた娼婦達。そんな彼女達でさえ、自分の仕事を誇らしげに語ることはなかった。女達が月光亭に至った経緯は様々だが、望んでこの仕事に就《つ》いた者は一人もいない。実際に尋ねてみたことはないが、「もし人生をやり直すことが出来たら」と問えば、おそらく全員が口を揃えて「同じ道は二度と歩まない」と答えるだろう。

アーロウは娼館で娼婦の子供として生まれた。他の世界も他の仕事も知らなかった。時が来れば身体を売って活計を立てる。それ以外に道はなかった。なのにリーアンは別の生き方を選んでみせ

た。才能さえあれば運命は切り開けるのだと証明してみせた。

　リーアンさえいなければ諦められた。こんなに苦しむことはなかった。でもリーアンがいなければ、あの美しい戯曲は生まれなかった。めくるめく場面も、心に響く名台詞も、耳について離れない旋律も、この世に生まれることはなかった。リーアンが生み出す奇跡の数々がなかったら、俺はとっくに絶望し、首を括《くく》って死んでいた。

「どうなさったの？」

　ミラベルがアーロウの頬に手を当てた。

「貴方、泣いていましてよ？」

「……嬉しくて」

　アーロウは手の甲で涙を拭った。

　ミラベルの手を握り、その指先に接吻した。

「貴方とこうしていられるのが嬉しくて、自然と涙が出てしまうのです」

「嘘つきね」

　彼女は優しく微笑んだ。

「忘れてしまいなさい、アーロウ。わたくしの可愛いヤミオオカミ。今だけはすべて忘れて、わたくしだけを見て」

　そう言って、彼の唇に唇を重ねた。


　翌日の昼過ぎ、アーロウは月光亭に戻ってきた。

昨夜はほとんど寝ていない。出来ることなら寝直したかったが、二時間後には昼興行の幕が開く。休んでいる暇はなかった。足を引きずるようにして、彼は楽屋に向かった。

「遅い」

不機嫌な声が出迎えた。

リーアンは長椅子から立ち上がると、紐で束ねた台本をテーブルに放った。

「約束のホンだ」

「もう出来たのか」

少なからず驚いて、アーロウはそれを手に取った。ぱらぱらと紙をめくる。ふわりとエールデフラワーが香る。几帳面な文字がびっしりと並んでいる。

「さぁ教えろ」

リーアンは苛々と靴底で床を叩く。

「テッサのこと、早く教えろ」

「まずはこれを読んでからだ」

「読むまでもねぇ。俺が書いたんだ。傑作に決まってる」

「だろうな」アーロウは冷ややかに答えた。「だがこれは取り引きだ。中身を確認するまで対価は払えない」

リーアンは舌打ちをした。長椅子に座り直すと、両脚をテーブルの上に投げ出した。

「読み終わったら起こせ」

憎々しげに吐き捨てて、腕を組んで目を閉じる。不機嫌を絵に描いたような態度、まるで子供

だ。小さく肩をすくめてから、アーロウは台本に目を戻した。

昼興行用の戯曲『橋』は、不思議な恋愛劇だった。

二人の人間が転生を繰り返しながら幾度も幾度も巡り合う。ある時は敵同士、またある時には恋人同士、性別が替わったり年齢に差がついたり、愛し合ったり憎み合ったりしながら、二人は次第に惹《ひ》かれ合っていく。今生こそはともにありたいと願っても、運命がそれを許さない。病、災害、戦争が二人を引き裂く。

「こんなに辛い思いをするくらいなら、もう心などいらない」

「次に生ずる時は心を持たぬ樹木になりたい」

念願かなって二人は杉の若木に転生する。並び立つ二本の杉は百年かけて根を結び、二百年かけて幹を寄せ合い、三百年かけて一本の大樹となる。そこへ神のお告げを聞いた男がやってくる。彼の故郷は幾度となく水害に見舞われ、橋を押し流されてきた。縋《すが》るような思いで男は二人杉を切り倒し、故郷の川に橋をかける。二人杉の橋はしっかりと組み合い、どんな嵐にも動じることなく、決して流されることはなかった。

台本を閉じ、アーロウは嘆息した。

面白い。恋愛譚のようでそれだけじゃない。ト書きを読んだだけでも舞台の仕込み図が目に浮かぶ。主人公の二人は最初から最後まで同じ役者に演じさせよう。女が男を演じる。若者が老人を演じる。そこに面白みが生まれる。時代の転換は布で表現しよう。白い布に色を含ませ、背景や衣装や小道具として使うのだ。戦いは赤、嫉妬《しっと》は緑、別離は青、二人杉には茶色。抱き合う二人に布を巻き、一本の木に変化したように見せるのだ。

間違いない。これは評判の舞台になる。

興奮に胸を高鳴らせ、アーロウはもうひとつの台本を開いた。

夜興行用の『南の国の後宮にて』は、風刺の効いた喜劇だった。

舞台は南国、蛮勇を誇るフラヴィア王は支配下に置いた国々から美しい姫を召しあげる。

後宮に集められた七人の姫は存外にしたたかだった。祖国を復興させるため、彼女達は策を練る。しかしある者は巧《たく》みな話術で王を翻弄し、ある者は色香で王を籠絡《ろうらく》する。駆け引きあり、女の友情あり、色気たっぷりの見せ場もある。

いい脚本だった。こちらも大受け間違いなしだ。

南国らしさを出すために、シオン絹を取り寄せよう。滑らかなあの布で南国風の衣装を仕立てよう。しゃらしゃらと鳴る銀の鈴、ふわりとなびく絹の薄衣《うすぎぬ》。透けるようで透けない。見えそうで見えない。瞬きも忘れて舞台に見入る男達の顔が目に浮かぶ。

「おい」

剣呑《けんのん》な声音にアーロウは我に返った。リーアンが険しい顔で彼を睨んでいる。

「ニヤけてんじゃねぇよ。読み終わったら起こせって言ったろ？」

「ああ、うん」

「面白かっただろ？」

リーアンは上着のポケットから紙巻き煙草を取り出した。火をつけて、高々と煙を吹き上げる。

「俺は期待を裏切らねぇ。一度だって裏切ったことはねぇ。だろ？」

自画自賛してリーアンは笑う。それが神経を逆なでする。こんなにも傲慢《ごうまん》で尊大な欠陥人間に、

どうしてこれほど繊細な戯曲が書けるのか。神の采配《さいはい》が恨めしい。

「筋立ては申し分ないが、この名前はいただけない」

悔《くや》し紛《まぎ》れにアーロウは『南の国の後宮にて』を指さした。

南国の愚王の名はフラヴィア。現在聖イジョルニ帝国を治める第六代法皇帝はフラヴィアーノ・ダンブロシオだ。さらに七人の姫君の名前――レイア、フローラ、ボネット、ノニエは、レーエンデの主要都市であるレイル、フローディア、ボネッティ、ノイエレニエに通じる。ノア、ティカ、ウールはレーエンデの現住民族であるノイエ族、ティコ族、ウル族に通じる。レーエンデ由来の名を持つ七人の姫が手を組んで、現法皇帝の名前にそっくりな名を持つ王を騙《だま》し、失われた祖国の復興を果たす。これは反帝国の物語だ。法皇帝に抗うレーエンデの物語だ。

「このままでは危険だ。姫君達の名前はもっと無難《ぶなん》なものに変えたほうがいい」

「駄目だ」

「しかし――」

「駄目だって言ってんだ！　何度も言わすな！」

勢いよくリーアンは立ち上がった。

「俺のホンは完璧だ。すべてに調和が取れている。少し変えただけでも瓦解《がかい》する。何もかもが台無しになる！」

火のついた煙草を持ったまま、彼はアーロウの襟元を摑んだ。

「俺の脚本に口を出すな。一字一句たりとも絶対に変えるな」

「……わかった」

アーロウは両手を上げ、降参を示した。

リーアンは手を離した。煙草を床に落とし、靴の踵《かかと》で踏《ふ》み潰《つぶ》す。

「納得したなら対価を寄越せ」

「夜まで待ってくれ」

「なんだと？」

「昼興行の準備が先だ。追っかけ夜興行もある。舞台がハネたら話してやる」

「んなに待てるか、ボケ。急用につき今日の舞台は中止だ。みんなにそう伝えてこい」

「だったらお前がオレリアに話を通してくれ」

「う……」

傍若《ぼうじゃく》無人《ぶじん》なリーアンにも苦手はある。幼い頃の醜態をいろいろと知られているだけに、オレリア・コマにだけは彼も頭が上がらないのだ。

「ああ、クソ眠てぇ！」

リーアンは大あくびをした。肩に手を置き、首の骨をコキコキと鳴らす。

「夜までお前のベッドを借りるぞ」

「その前に厨房に寄っていけ。寝る前に何か腹に入れて——」

「うるせぇ。弟のくせに保護者ヅラすんな」

噛みつくように言い返し、リーアンは楽屋を出ていった。

夜の興行が終わった。アーロウは落ち込む暇もなく服を着替えた。

明日は満月だ。レーニエ湖に銀の嵐が吹き荒れる。望月《もちづき》が近づくとノイエレニエの住民は夜間の外出を控《ひか》えるようになる。今夜は月光亭の酒場も早じまいだ。店内に人影はなく、ランプの火も消えている。

アーロウは厨房の横にある階段を下った。かつてワインセラーとして使われていた地下室は今、倉庫になっている。雑多な道具が投げ込まれた部屋の隅に衝立《ついたて》で囲われた場所がある。そこが双子の部屋だった。今はアーロウだけが、この一角を使っている。

「待たせたな」

ランプを掲げ、衝立の奥を覗き込む。寝台でリーアンが寝息を立てている。

「起きろ」

肩を揺さぶる。リーアンは唸るばかりで目を開けない。目の下の隈《くま》はますます濃く、心なしかやつれて見える。事もなげに振る舞ってはいるが、一昼夜で二本の台本を書きあげるのは、彼にとっても容易なことではなかったのだろう。

とはいえ、疲れているのはアーロウも同じだ。昨夜はろくに眠れず、そこから立て続けにふたつの舞台をこなしたのだ。さっさと用件を片づけて、一刻も早く休みたい。

「リーアン、起きろ。テッサのことを知りたいんだろう」

途端リーアンは目を開いた。身体を起こし、颯爽《さっそう》と立ち上がる。

「おう、待ちかねたぜ！」

なんて現金なやつなんだ。

そう思ったが、言わずにおいた。

「ついてこい」

アーロウは後ろ手で彼を招いた。

「会わせたい人達がいる」

二人は南棟を出て、劇場のある北棟に向かった。舞台裏の階段を下りる。地下倉庫には芝居に使う大道具小道具、衣装箱などが所狭しと並んでいる。その先に明かりが見えた。小さなランプを囲み、数名の男女が座っている。肉屋の親方、仕立屋の老主人、油売りの親父さん、惣菜《そうざい》屋の女将《おかみ》さん、娼館『白鹿《はくしか》亭』の大姐《おおねえ》さんもいる。

一同を見回し、リーアンは怪訝《けげん》そうに首を傾《かし》げた。

「こりゃ何の集会だ？　乱交パーティでも開こうってのか？」

「口を慎《つつし》め」

アーロウは箱の上にランプを置いた。踵《きびす》を返し、リーアンへと向き直る。

「俺達は『レーエンデ義勇軍』だ。月に一度、満月の前夜に集まり、レーエンデに自由を取り戻すための活動をしている」

「ダサい名前。お前が考えたのか？」

リーアンは目を瞬いた。かと思うと、わざとらしく、ぶぷッと吹き出す。

「レーエンデ義勇軍は英雄テッサ・ダールが率いた反帝国組織の名前だ。ルミニエル座創設以来、歴代の座長が守ってきた反帝国組織の名前でもある」

「うっわ、マジか？」

「テッサのことが知りたいのなら、お前も仲間になれ」

「おいおい冗談だろ!?」

素《す》っ頓狂《とんきょう》な声で叫んだのはリーアンではなく肉屋の親方だった。

「この軽薄男を仲間にするって？　俺は反対だ。断固反対だ！」

「性格に難があることは認めます。ですがリーアンは、それを補ってあまりある影響力を持っています」

それに――と言い、アーロウは一同を見回した。

「レーエンデ義勇軍に参加するための条件は、身元のはっきりとしたレーエンデ人であること、イジョルニ人に雇用されていないこと、仲間からの推薦があることの三点です。リーアンはすべての条件を満たしています」

「待て待て待て」

今度はリーアンが手を上げた。彼にしては珍しく、眉間に縦皺を寄せている。

「俺はテッサのことが知りたいだけだ。反帝国活動とやらに興味はねぇ。お前達の仲間になるつもりもねぇ」

「真実を知るということは責任を負うということだ。自分の命を預け、仲間達の命を預かるということだ」

アーロウは道具箱の中から羽根ペンとインク壺を取り出し、古びた羊皮紙とともに樽《たる》の上に置いた。巻き癖のついた羊皮紙には歴代のレーエンデ義勇軍メンバーの署名が記されている。

「情報がほしければ覚悟を示せ」

「一蓮托生《いちれんたくしょう》ってか？　ったく、ケツの穴の小せぇ野郎だ」

「それだけ慎重を期するということだ」

苛立ちを隠し、アーロウは平静を装った。

「同意しかねると言うならそれまでだ。お前に真実を知る資格はない。今夜のことは忘れ、口を閉じて自分の家に戻れ」

「はいはい、わかったわかった」

リーアンは羊皮紙に乱暴に署名を記した。

「これでいいだろ」

羽根ペンを投げ出し、厭《いや》みっぽく笑う。

「それで？　誰が話してくれるんだ？」

「私が話しましょう」

仕立屋の老主人が名乗り出た。丸椅子の上で向きを変え、リーアンを見上げる。

「マウロの娘さんから、どこまで聞きましたか？」

「今から百二十四年前、ノイエレニエの城壁門の上で英雄が死んだ。レーエンデの自由を求めて帝国に戦いを挑み、敗れた英雄。彼の名はテッサ・ダール。教わったのはそれだけだ」

「そうですか。では最初からお話ししましょう」

仕立屋は目を細め、膝の上で手を組んだ。

「テッサ・ダールが生きた時代、北イジョルニ合州国の独立はまだ果たされておらず、帝国と合州国は戦争に明け暮れていました。テッサはレーエンデの民兵として召集され、帝国軍の一兵卒として戦いました。やがて任期が明け、彼は故郷に戻ります。荒れ果てた故郷を見た彼は帝国支配に疑

問を抱き、レーエンデをレーエンデ人の手に取り戻すために立ち上がります。テッサ率いるレーエンデ義勇軍は勝利を重ね、ついにはノイエレニエの目前まで迫るのですが、同胞の裏切りに遭い、テッサは捕らえられてしまいます。そして今から百二十四年前の十二月十六日、城壁門の上で処刑されたのです」

一息分の間を置いて、仕立屋は続けた。

「以上が現存するテッサ・ダールの伝承です」

「それだけ？」

リーアンはぽかんと口を開いた。呆然《ぼうぜん》として繰り返す。

「たったそれだけ？」

「テッサの存在は法皇庁の圧力によって歴史から抹消されてしまいました。弾圧の中、命懸けで語り継がれてきた物語ですから、そう多くはありませんよ」

「使えねぇなぁ」

がっくりと肩を落とし、リーアンは首を横に振った。

「期待外れもいいところだぜ」

「ふざけるな！」肉屋の親方が憤りの声を上げる。「英雄の存在すら知らなかったくせに、偉そうな口を叩くな！」

「てめぇらが身内だけの秘密にしてるからだ！　そんなもん知りようがねぇだろ！」

リーアンも負けじと怒鳴り返す。

「知ってほしけりゃ喧伝《けんでん》しろよ！　もっと広くに呼びかけろよ！」

「無茶言わないでくれ」油売りの親父さんが小さな声で言い返す。「喧伝なんかしたら俺達みんな捕まっちまう。『犠牲法』の生贄にされちまうよ」

「だからスミネズミみてぇにコソコソ隠れてんのか？　レーエンデ義勇軍が聞いて呆《あき》れるぜ」

「ずいぶんな言い草じゃないかえ、リーアン坊や？」

白鹿亭の大姐さんが気だるげに髪をかき上げる。

「声高に叫ぶことだけが抵抗の証《あか》しじゃあないんだよ」

「大姐さんの言う通りさね」惣菜屋の女将さんがここぞとばかりに同調する。「相手は帝国だよ。力較《くら》べしたってかなうわけがない。あたし達みたいなのが抵抗を続けるには、武器じゃなくてペンを使うしかないのさ」

「ペンを使う？」リーアンは片眉をつり上げた。「それは反帝国のビラを撒《ま》くってことか？　広場の壁に落書きするってことか？　いい歳《とし》した大人がやるにしちゃ、どっちも恥ずかしくねぇか？」

女将さんが気まずそうに押し黙る。肉屋の親方が剣呑な目でリーアンを睨む。

アーロウは咳払《せきばら》いをした。

「レーエンデに自由を取り戻すには連帯が必要だ。レイルにいる同志とは逐次連絡を取り合っている。少しずつだが確実に賛同者は増えてきている」

「どうだかな」

リーアンは鼻で笑った。

「お前達がやっていることは自己満足、ひとりよがりの内輪ウケにすぎねぇ。そんなんじゃ何も解決しねぇ。レーエンデの自由を望むなら、出自や人種にこだわるな。腐り切ったこの世界を変えた

いって真剣に思ってるなら、レーエンデ人だけでなくイジョルニ人にも働きかけろ」

「イジョルニ人に？」

「働きかけるってどうやって？」

「芸術に貴賤はない。貧富の差も民族の壁も飛び越えて誰の心にも等しく響く。魂が打ち震える感動に抗える者はいない。つまりレーエンデ人にもイジョルニ人にも響く戯曲があれば、このクソったれな世界は変えられるってことだ」

「くだらん！」肉屋の親方が吐き捨てた。「そんな都合のいい芝居があってたまるか！」

「その通り！」

　リーアンはパチンと指を鳴らした。

「そんな芝居はどこにもない。だからこれから俺が書く。テッサのことを戯曲にすれば、世界中の人間がそれを観る。そうなりゃ法皇庁だってもう隠蔽《いんぺい》は出来ねぇ。英雄の存在が知れ渡ればレーエンデ人は立ち上がる。芝居を観て感動したイジョルニ人の中からも賛同者が現れる」

「とんだ夢物語だ」

　先程のお返しとばかりに、肉屋がせせら笑う。

「百歩譲ってテッサの戯曲が完成したとして、いったい誰がそれを上演する？　関係者全員が『犠牲法』の餌食《えじき》になりかねない、そんな芝居を上演する劇団がどこにある？」

「ああ、よく聞け、おっさん」

　リーアンはにんまりと笑った。

「芝居ってのは演者と観客の双方がいて、初めて成り立つモンなんだ。叩かれても蹴散《けち》らされて

も、観客が求める限り芝居は死なねぇ。演者を替え、演出を変え、永遠に生き続ける。一度観たら忘れられねぇ、もう一度観たくてたまらねぇ、レーエンデ人だけでなくイジョルニ人さえも夢中にさせる。俺が書くのはそういう戯曲だ。永遠に語り継がれる不朽の大傑作だ」

「リーアン坊や」大姐さんは目を細めて苦笑する。「確かにあんたは天才だ。あんたが書いた戯曲にゃ何度泣かされたかしれない。一度観たら忘れられないし、もう一度観たくもなる。けどねぇ、お芝居で世界を変えるなんて、やっぱ無理があるわよな」

「あたしはあんたの考え方、嫌いじゃないよ」惣菜屋の女将さんは声を潜める。「けど、いくら『娼館保護法』があっても度が過ぎると危ないよ。ただでさえ月光亭はクラーボの野郎に目ぇつけられてるんだからさ」

「クラーボ？」リーアンはアーロウを見る。「何者だ？」

アーロウは顔をしかめた。

「インガ・クラーボ。同業者だ」

「劇団主宰者？」

「娼館『人形亭』の主人で劇団『ビアンカ座』の座長。俳優で演出家で劇作家でもある」

「多才だな」

「多彩なのは肩書きだけだ」

下町の住人は救済院に幾ばくかの金を寄付する。それが暗黙のルールだ。しかしクラーボは無視し続けた。見かねて意見をしに行くと、彼は薄ら笑いを浮かべて答えた。

「病気になった女はレーニエ湖に捨てればいい。生贄が足りなけりゃその辺に転がってる流民をあ

てがえばいい。助け合いだか何だか知らないが、そんな非合理的なことに金を出す気はないね」

尊大な口調から自信のほどが透けて見えた。

さすがに腹に据えかねてアーロウは反論した。

「俺達の商売は女達がいてくれるからこそ成り立つんだ。少しは敬意を払ったらどうだ」

「あんたは便器に敬意を払うのかい？　クソするたび便器に感謝するのかい？」

気色悪いな、変態かよ、とクラーボは嘲笑した。何てやつだと思った。頭に血が上り、殴りかかりそうになった。今でも後悔している。あの時、やっぱり殴っておけばよかった。

「クラーボはケチで陰険な変態野郎だ。言っておくが、ビアンカ座の芝居は芝居じゃない。女達をいたぶって辱めるだけの下衆《げす》で外道な見世物だ」

「最低だな」リーアンは鼻の頭に皺を寄せた。「そんなクソ野郎、のさばらせとくんじゃねぇよ。客を奪って干上がらせちまえよ」

「そうしたいのはやまやまだが、腹立たしいことに、ああいう見世物を好む者も少なくない。常連客には警邏兵もいるというし、下手に手を出せばこちらが痛い目を見る」

「お前は甘いんだよ。そういう外道には、もっとえげつない方法を使って――」

「リーアン、アーロウを責めちゃいけないよ」

おっとりとした口調で女将さんが遮る。

「クラーボはルミニエル座の人気に嫉妬してるんだ。前々からずっと嫌がらせをしてきてるんだ。アーロウが取り合わないもんだから、ますます執拗《しつよう》になってね。『証拠を摑んで告発してやる』とか、『弱みを握って潰してやる』とか言って、月光亭のまわりを嗅ぎまわってるんだ。だからアー

ロウは事を荒立てないようにいつも気をつけているし、嘘の告発をされても一座を守れるように警邏兵やら役人やらにも繋がりを作ってるのさ」

「そうなのか？」リーアンが彼に目を向ける。

「まあな」アーロウは控えめに微笑んだ。「劇団を守るのは座長の務めだ」

「だったらこんな連中、ここに集めちゃ駄目だろ！」

リーアンはパンパンと手を叩いた。

「解散だ、解散！　てめぇらが知恵を絞ってもクソの役にも立ちゃしねぇ。ビラ撒きも落書きも、もうやめちまえ。俺が英雄の戯曲を書き上げるまで大人しくしてろ」

「勝手を言いやがる」親方が目を眇める。「お前一人に何が出来る」

「大傑作が書ける」

「ってことで、テッサの足跡を探しに行くぞ！」

事もなげに言い放ち、リーアンはアーロウを振り返った。

「え？」

アーロウは首を傾げた。あまりに突飛すぎて考えが追いつかない。

「探しに行くってどこへ？　何かあてでもあるのか？」

「ねぇよ。だからアーロウ、お前を連れて行くんだよ。さっきレイルにも仲間がいるって言ったろ？　まずはそいつらを訪ねてみよう」

「そんな場当たり的な――」

「場当たりじゃねぇ。レイルの義勇軍もお前らみたく、隠れて活動なさってるんだろ？　なら、そ

いつらも語るに語れない物語を抱えているに違いねぇ。だったら直接乗り込んで、話を聞かせて貰おうじゃねぇの！」

　悪ガキのように歯を剝いて、リーアンはアーロウの胸を小突いた。

「お前だって観たいだろ？　天才劇作家リーアン・ランベール一世一代の大傑作をよ？」

みんなも観たいよなと、一同を見回す。

「レーエンデの英雄が帝国相手に大暴れ！　レーエンデの自由を求め、義勇軍が巨悪に挑む！　血湧き肉躍る大活劇！　どうだ観たいだろ？　なぁ観てみたいだろ？」

なぁ、なぁ、なぁと迫られて、アーロウは天井を仰いだ。

　気に入らない。正直言って、気に入らない。リーアンが英雄の戯曲を書こうとしているのはレーエンデの自由のためではない。自らの名を上げるためだ。著名な演出家ミケーレ・シュティーレに自分を売り込むため、彼はレーエンデの英雄を利用しようとしているのだ。

　それを思うと腹が立つ。その手に乗るかと突き放してしまいたい。

　しかし逆らえない。不条理な人生を呪い、死を願ってもなお、俺はリーアンを求めてしまう。嫉妬と羨望《せんぼう》に身を焼きながら、リーアンの才能に平伏《ひれふ》してしまう。飢えたヤミオオカミのようにリーアンの戯曲を渇望し、それを得るためならば、何を差し出しても惜しくないと思ってしまう。その欲望に俺は決して抗えない。

「……わかった」

　敗北を認め、アーロウは両手を上げた。

「お前一人じゃ心配だ。仕方がない。俺も一緒に行く」

「よし、決まりだ！」

リーアンは指を鳴らした。

「俺が世界を変えてやる。帝国支配を終わらせてやる。だからお前達は隠れてろ。いいな？　わかったな？」

「指図すんじゃねぇ」親方が小声で毒づく。「だいたいそんな計画、上手く行くはずがねぇ」

正論だなと、アーロウも思う。リーアンは楽観的すぎる。

テッサの名前は禁忌だ。その名を知る者は少ない。知っている者達も告発されることを恐れ、固く口を閉ざしている。語り継ぐだけでも罪に問われる英雄の逸話を、突然訪ねてきた見ず知らずの人間に語ってくれるとは思えない。労多くして収穫はなく、ただ無駄足を踏むだけだ。

それでも止めようとは思わなかった。

リーアンは騒乱の種だ。彼が動けば嵐が起きる。テッサを探すこの旅が何事もなく終わるはずがない。苦労するのは目に見えている。とてつもなく危険な旅になる。下手をすれば警邏に捕まる。反逆罪に問われ、命を失うことになる。それなのに——

なぜこんなにも心が躍る？

なぜこんなにも胸が高鳴る？

何が変わるわけでもないのに。子供の時分に戻れるわけでもないのに。

俺は馬鹿だと胸の内で毒づいて、アーロウは小さく舌打ちをした。

第二幕

「テッサ、お前は夜明けの太陽のように闇を光に変えていく。不可能を可能に変え、絶望を希望に変える。それはお前の天賦の才だ。お前にあって俺にない、神が与えた英雄の資質だ」

ギヨム・シモンがテッサを鼓舞する。

テッサは困惑し、数秒の沈黙の後、問いかける。

「あたしに、出来るでしょうか？」

「もちろんだ。お前が心から願えば出来ないことなど何もない。だからテッサ、よく考えろ。人の命はひとつだけ、人生は一度きりだ。帝国軍の民兵として野垂れ死ぬまで戦うか、レーエンデの英雄として戦い抜いて死ぬか。選べるのは一方だけだ」

シモンの配役には時間がかかった。彼は帝国軍人、それらしい容姿を持った役者でなければならない。レーエンデ人の役者で条件に見合う男優はなかなか見つからなかった。

イジョルニ人の役なのだからイジョルニ人の役者を使うべきだという意見もあった。しかしリーアンは却下した。これは凱旋《がいせん》公演だ。役者も楽団も裏方もすべてレーエンデ人で揃える。そうでなければ意味がないと押し切った。

夕焼けのような赤銅色の髪と春空のような青い瞳を持つ青年を見つけたのは、奇《く》し

くもダール村だった。彼の名はユアン。ダール村にある唯一の劇団で照明係を務めていた。

元は役者志望だったというだけあって、実際に舞台に立たせてみると、ユアンはなかなか見栄えがした。先輩役者達の指導もあって、みるみるうちに実力をつけ、ルミニエル座の一番人気の男優になった。

テッサ役のミラベルも、シモン役のユアンも才能溢れる俳優だ。

レーエンデの演劇界を背負《しょ》って立つ若者達だ。

彼らを『犠牲法』の餌食にするわけにはいかない。

甘く切ないバイオリンの調べ。

テッサの葛藤を表すチェロの調べ。

それに重なるトランペット。後の英雄を思わせる勇壮な音色。

音楽に身を委《ゆだ》ね、リーアンは思い出す。

ダール村に漂っていた悪臭を。

石炭屑《くず》の燃える臭いを。

だが新しいダール村に、焼け焦げた教会堂はなかった。

油の臭いがする灰も、光の中に舞う金の埃も、おびただしい数の白骨も、すべては闇に葬られていた。

第三章　テッサを探して

《幻魚《げんぎょ》焼き》

魚の形を模した焼き菓子。ノイエレニエ名物。主に屋台で売られている。チーズやジャムを挟んだものもある。

リーアンは年明けすぐの出立を望んだ。

しかし真冬の旅は厳しい。出演しなければならない舞台もあるし、長期休暇を得るためには月光亭の女主人オレリア・コマの許可が要る。アーロウは必死に彼女を説得した。

「夜興行は俺がいなくても成り立つし、昼興行は新年を除く奇数月だけだ。三月の舞台がハネたら四月いっぱい休ませてくれ。五月一日までには戻ってくる。それまでに台詞は頭に入れておく。相手がマレナなら、通しで一、二回稽古《けいこ》すれば合わせられる」

「舞台はそれでよくっても、ロランス夫人はどうするつもりだい？」

当然ながら、オレリアはいい顔をしなかった。

ミラベル・ロランスは昼興行のある奇数月にはほぼ毎日、準備期間である偶数月にも三日にあげず通ってくる。アーロウが「一ヵ月間、休暇を貰います」と宣言したら「わたくし、寂しくて死んでしまいます」と泣き崩れるだろう。

さて、どうやって宥《なだ》めよう。アーロウは思案した。

だが話を聞いたミラベルは、あっさりと彼の申し出を受け入れた。

「たまには休暇も必要ですわ。ゆっくりしていらっしゃいな」

拍子抜けした。つい「寂しくないですか？」と尋ねてしまった。

彼女は艶然《えんぜん》と微笑んだ。

「もちろん寂しいですわ。けれどわたくし、束縛されることを好みませんの。ですから、わたくしも愛する人を束縛しないことにしておりますの」

さらにはリーアンが「アーロウの時間は俺が買う」と宣言し、一月《ひとつき》分の花代を一括前払いしてみせた。途端オレリアは上機嫌になった。ほくほく顔で「ゆっくりしておいで」と答えた。

これで問題は解決した。アーロウは旅行の準備を始めた。

レーエンデ人は土地に縛られている。よほどの理由がない限り旅行手形は発行して貰えない。が、そこは日頃の努力が実を結んだ。常連客の役人に普段の倍額の賄賂《わいろ》を渡すことで、文化交流を目的とする旅行手形を手に入れた。店に出入りする業者から馬と幌《ほろ》付きの荷馬車を貸して貰った。顔馴染みの商人に頼み、長旅に必要な品々を買い揃えた。

大盛況のうちに三月の公演は千秋楽《せんしゅうらく》を迎えた。

翌日の四月一日。アーロウは夜明け前に起き出した。リーアンを叩き起こし、旅行鞄《かばん》を持って外に出る。ルミニエル座の仲間達は興行の成功を祝い、昨夜は遅くまで飲んでいた。まだ夢の中にいるだろう――と思いきや、二人を追って扉が開いた。玄関口にマレナが現れる。寝間着の上にショールを羽織っている。四月とはいえ早朝はまだ冷える。出てこようとする彼女を、アーロウは慌てて押しとどめた。

「そんな格好じゃ寒いだろう。見送りはいいから寝ててくれ」

「ご心配なく。あんたが消えたらベッドに戻るわ」

マレナの表情は硬い。言葉にも棘《とげ》がある。怒っているのだろうか。

「アーロウ、ちょっとかがんでよ」

なんだろうと思いつつ、彼は両膝を曲げ、上体を屈する。

するとマレナは彼の首に細い鎖の輪をかけた。その先端には小さな丸い石がぶら下がっている。

「これは、月光石？」

「そう」

「俺は乙女でも、天満月生まれでもないぞ？」

「わかってるわよ、そんなこと」

不機嫌な猫のようにマレナは半眼になった。

「でも災禍よけのお守りなんだし、持っていて損はないでしょ？」

「しかし――」

アーロウは月光石をつまみ上げた。つるりとした丸い石が暁光を浴びてほんのり青く光っている。

「お前も知ってるだろう？　俺は守り石とかそういう類《たぐ》いのもの、信じてないって」

「それでも持っててほしいの！」

マレナは平手で彼の胸を叩いた。

「持っててくれるだけでいいの。あんたにとっては無意味だろうけど、どうせ意味なんて考えないだろうけど、あんたが肌身離さず持っていてくれたら、あたしが安心するの！」

「そういうことなら……承知した」

勢いに押され、アーロウは月光石を握った。

「約束する。必ず身に着けておく」

「よし！」

肩にかかった髪を撥ねのけ、彼女は軽くアーロウを睨んだ。

「公演初日は五月一日だからね。それまでに絶対無事に戻ってくるのよ？」

「わかった」

アーロウは彼女を抱きしめた。

「俺の留守中、ルミニエル座を頼む」

「任せて」

彼の胸に頬を当て、マレナはそっと呟いた。

「無茶しないでね」

「大丈夫、無茶はさせない。そのために一緒に行くんだ。馬鹿な真似はさせない」

「そっちじゃない」

不満げにマレナが呻く。アーロウが小首を傾げると、彼女は「もういい」と言って彼を突き放した。

「ほら、早く行って。リーアンが待ってるよ」

「ああ……うん」

やはり怒っている。当然だなと思う。ルミニエル座や月光亭での仕事を放り出し、長旅に出ようというのだ。快く送り出してほしいだなんて、願うほうが間違っている。

「行ってくる。土産話を楽しみにしていてくれ」

マレナと別れ、アーロウは厩舎《きゅうしゃ》へと向かった。幌馬車に馬を繋ぎ、御者《ぎょしゃ》台に座る。

リーアンはすでに荷台に乗り込んでいる。片足を御者台に乗せ、前方を指さす。

「いざ行かん！　テッサ・ダールの足跡を求めて！」

「大声を出すな」

「夜明け前だからだ。誰も聞いちゃいねぇよ」

「夜明け前だからだ。ご近所さんに迷惑をかけるな」

馬車はノイエレニエの下町を出て、新市街地を抜け、鉄道路沿いの街道に入った。

鉄道路とともに敷設された東街道は、聖都ノイエレニエと東地区の大都市フローディアを繋いでいる。旅の第一目的地であるダール村はフローディアのさらに東に位置している。まずは線路沿いにロアまで行き、そこから北上してフローディアを目指す。到着するのは三日後の夕方になるだろう。そこからダール村までは馬車で半日だ。

アーロウは馬を急《せ》かさなかった。テッサの足跡がそう簡単に見つかるはずがない。きっと長い旅になる。馬車馬はこの一頭しかいない。なるべく無理はさせたくなかった。

石畳の道を幌馬車が進む。ぽっくぽっくと蹄《ひづめ》が鳴る。ギィシギィシと車輪が鳴る。

頬を撫《な》でる薫風。朝露に濡《ぬ》れた若草の匂い。淡く煙った春空を真綿のような雲がのんびりと横切っていく。新緑萌《も》える高原ではユキヒツジの群れが仲よく草を食《は》んでいる。遠くの丘にはマダラウシの姿も見える。ウシの首輪につけられた鈴が鳴る。カラン、カランという音が風に乗って流れてくる。

陽が昇るにつれ、少しずつ気温が上がってきた。アーロウは防寒着を脱いで荷台へと放った。

「あ、来た来た！」

荷台の後ろ側に座っていたリーアンが鉄道路を指さした。

「午前六時ノイエレニエ発、エストレニエ行きだ！」

遠くからしゅ、しゅ、しゅ、という蒸気の音が近づいてくる。

アーロウは路肩に馬車を止めた。御者台に立って鉄道路を眺める。

もうもうと黒煙を吐いて蒸気機関車が走ってくる。力強く回る車輪。地響きのような駆動音。巨大な鉄の塊《かたまり》が迫ってくる。猛烈な勢いで彼らの横を駆け抜けていく。風圧と蒸気の熱。石炭の燃える匂い。忘れかけていた憧憬が胸の奥に蘇ってくる。

幼い頃は信じていた。春は蒸気機関車が運んでくるのだと。線路の雪はいち早く溶ける。鉄道路の土手には真っ先に新芽が顔を出す。それは蒸気機関車が線路沿いに春を振りまくからだ。この線路の彼方《かなた》には常春の世界があるのだ。


あれは確か八歳の冬のこと。地下倉庫の一角には暖炉もストーブもなく、石の床は氷のように冷たかった。寒さのあまり眠ることも出来ず、リーアンとアーロウは薄い毛布に包《くる》まって、身を寄せ合って震えていた。

「もう待ってらんねぇ！」

突然リーアンが言い出した。

「春の野郎を迎えに行こうぜ！」

夜明けも待たず、二人は月光亭を抜け出した。

空はどんよりとした雲に覆われていた。吹き抜ける風は身を切るように冷たい。それでも二人は意気揚々、春を求めて鉄道路の上を歩き出した。蒸気機関車が近づいてくると線路脇に降り、列車が通過するさまを眺めた。目の前を駆け抜ける黒い巨体。耳を聾《ろう》する轟音。凄まじい風圧。スリルと興奮で脳天が痺れた。

「すげぇ！」

「かっこいい！」

歓声をあげ、走り去る列車を追いかけた。未知の冒険に胸が躍った。楽しくて時が経つのも忘れた。持ってきた焼き菓子を分けあって食べ、小川の水で喉を潤し、一日中歩き続けた。

やがて日が傾き、あたりが暗くなり始めると、アーロウは急に心細くなった。寒い。疲れた。お腹が空いた。月光亭に帰りたい。しかし言い出せなかった。言えばリーアンに笑われる。「弱虫アーロウ」と馬鹿にされる。

アーロウは黙々と歩いた。リーアンも何も言わなかった。やがてすっかり日が暮れた。厚い雲が空を覆っている。月明かりも星明かりもない。あたりは真っ暗で数歩先すら見通せない。

「少し休もう」リーアンが言った。「こう暗くっちゃ、歩きにくくて仕方がねぇ。雲が晴れて、お月さまが顔を出すまで休憩だ」

これ幸いとアーロウは線路に腰を下ろした。リーアンと肩を寄せ合い、雲が晴れるのを待った。しかし雲は晴れるどころかますます低く垂れ込めてくる。風は重たく湿り気を帯びている。ついには空からチラチラと白いものが舞い降りてきた。

「やべぇ、雪だ」

リーアンが立ち上がった。

「ここじゃ凍えちまう。次の駅まで歩くぞ」

二人は歩き出した。視界は闇で閉ざされている。唯一の目印は鉄道路だが、それもすぐ雪に埋もれてしまった。

どちらに進めばいいのか、わからない。

縋るように抱き合ったまま、二人はその場に座り込んだ。身体が冷え切っていた。疲れと空腹でもう動けない。狙いすましたように睡魔が襲ってくる。寝てはいけないとわかっていても、瞼が重くて目を開けていられない。ああ、もう駄目だと思った、その時——

奇妙な歌が聞こえてきた。

まんまるツチイモ
のっぽのヒゴネ
甘いスグリは隠し味

明るくて元気いっぱい。でも思いっきり音を外している。

ものすごい音痴だ。

そう思うとおかしくて、なんだか楽しくなってきた。

お鍋にドンと投げ入れて
喧嘩《けんか》はしないよ、お腹が減った
さぁさ、食べよう、美味《おい》しいスープ
一口すれば、あらあら不思議
王様、椅子から落っこちた！

なんだそれ。変な歌詞。

半分眠ったまま、アーロウはくすくすと笑った。

「よしよし、笑ったね」

温かな手が頭を撫でた。

「じゃあ、もうちょっとだけ頑張ろっか！」

アーロウは目を開いた。

雪はやんでいた。風も弱くなっていた。しかし空は相変わらず厚い雲に覆われている。なのに周囲が明るい。雪景色が金色に染まっている。夜が明けたのかと思った。だが、すぐに違うとわかった。

金の柱が立っている。漆黒の夜空に向かって幾本もの柱が立ち上がっている。大地から湧き出る小さな光の粒が寄り集まり、光の川となって天へと昇り、きらきらと雲間に消えていく。

寒さも空腹も忘れ、アーロウは呟いた。

「……光柱だ」

以前にライカが話してくれた。寒い寒い冬の夜には金色に光る柱が現れるのだと。空に向かって延びていくのが上り光柱、空から降りてくるのが下り光柱。前者は吉兆で後者は凶兆だという。厳冬の夜空を音もなく照らす上り光柱。その姿は神秘的だった。想像の百倍も美しかった。圧倒されて感嘆の声も出なかった。

「行こう」

リーアンが立ち上がり、アーロウに手を差し出した。

「立て。駅まで歩くぞ」

アーロウは頷いた。リーアンの手を借りて立ち上がった。

光柱に照らされて積雪が黄金色に輝いている。その中に平行する二本の直線が走っている。鉄道路だ。

それをたどって二人は歩いた。一歩ごと足が雪に沈む。冷え切った爪先がじんじんと痛む。リーアンとアーロウは手を繋ぎ、身を寄せ合った。「頑張れ。もう少しだ」と声を掛け合い、互いを励ましながら進んだ。

前方に黒い影が見えてきた。オラン駅のホームだった。二人は通気口から駅舎に潜り込み、待合室に置かれていた膝掛けに包まり、震えながら夜明けを迎えた。

その後、偶然通りかかった顔見知りの商人に発見され、彼の馬車に乗せて貰い、ノイエレニエに戻った。月光亭で二人を待っていたのは数時間にも及ぶオレリアの説教だった。

「あんたたち、ほんと馬鹿ねぇ」と母は笑った。

「心配で寿命が縮んだよ」とライカは泣いた。

「なんであたしを誘ってくれなかったの」とマレナはむくれた。それからしばらくの間、口を利いてくれなかった。

あの頃はいつも隣にリーアンがいた。一緒に冒険をして、いろいろといたずらもした。丘の上の新市街に小銭を拾いに行ったり、警邏兵をからかって追いかけられたりした。店の酒を盗み飲みして酔い潰れたり、母の煙草を勝手に吸って、気分が悪くなったりもした。こっぴどく叱られたこともあったけれど、二人揃って謝れば、たいがいのことは許して貰えた。

アーロウは自分の両手を見つめた。

母とリーアン、家族という宝物。この手でしっかり摑んでいたはずなのに、結局俺はどちらも失ってしまった。

「やっぱ蒸気機関車はかっこいいぜ！」

興奮を隠そうともせず、リーアンが御者台へとやって来た。

アーロウの隣に立ち、背伸びをして、遠ざかっていく列車を眺める。

「餓鬼の頃は、蒸気機関車が春を運んでくるんだって信じてたよな。二人で春を迎えに行ったよな。線路の上を歩いて、確かオラン駅まで行ったんだっけか。吹雪に遭って凍死しかけるわ、オレリアには説教喰らうわで、もう散々だったけど、あれはあれでけっこう楽しかった」

そこでアーロウに目を向けて、「覚えてるか？」と問いかける。

もちろん覚えている。あんな大冒険、忘れられるわけがない。けれど——

「忘れたよ」

うそぶいて、アーロウは御者台に座り直した。

「座れ。揺れるぞ」

返事も待たずに手綱を操り、再び馬を歩かせる。

リーアンはアーロウの隣に腰を下ろした。彼にしては珍しく何も言わずに座っている。厭みもなく、軽口も叩かない。その代わり、右の靴底で拍子を刻み始めた。

トン、トトン。トン、トトン。

それに合わせて膝を叩く。

トントコ、トコトン。トコトン、トン。

軽快なリズムに乗せて歌い出す。

　　まんまるツチイモ
　　のっぽのヒゴネ
　　甘いスグリは隠し味

弾む旋律、戯《おど》けた声音、音程が外れても気にしない。

変わらないなと、アーロウは苦笑する。

リーアンは音痴だ。子供の時分から壊滅的に歌が下手だった。本人は決して認めようとしないけれど、リーアンが舞台に立つのを拒否し続けたのは人前で歌うのが嫌だったからだと、アーロウは思っている。

心を震わせる名曲を書くくせに、なんでこんなに音痴なんだろう。

本当に謎だ。謎すぎる。

　お鍋にドンと投げ入れて
　喧嘩はしないよ、お腹が減った
　さぁさ、食べよう、美味しいスープ
　一口すれば、あらあら不思議
　王様、椅子から落っこちた！

「いいぞ、アーロウ！」

リーアンが愉快そうに手を叩いた。

「なんだよ、覚えてるじゃねぇか！」

アーロウは口を押さえた。

しまった。つい一緒に歌ってしまった。

「覚えているのは歌だけだ。それ以外のことは記憶にない」

苦しい言い訳だった。笑い飛ばされるだろうと思った。

しかしリーアンは笑わなかった。

「お前にも聞こえてたってことは、やっぱり夢じゃなかったんだな。空に延びてく金の光も、あの音痴な幽霊も」

「音痴な幽霊?」アーロウは首を傾げた。「歌っていたのはお前だろう?」

「俺じゃねぇ。幽霊だ。若い女の幽霊」

「認めたくないのはわかるが、つくならもっとマシな嘘をつけ」

普段のお返しとばかりに、アーロウはせせら笑った。

「安心しろ。誰にも言わない。数々の名曲を世に生み出してきた天才劇作家リーアン・ランベールが、実のところ救いようのない音痴だなんて、喧伝したって何の得にもならないからな」

「ああ、もう、可愛くねぇなぁ」

リーアンはこれ見よがしに肩を落とした。

「なんで素直に受け取れねぇのかなぁ」

「可愛くなくてけっこうだ」

正面に目を戻し、アーロウはすげなく応えた。

「可愛いと言われて嬉しい年齢じゃないし、そもそも男に可愛いは褒め言葉じゃない」


その日の夕刻、オランに到着した。信用のおける厩舎《きゅうしゃ》に馬車を預け、小綺麗な宿屋に部屋を取った。初めての長旅にリーアンは終始上機嫌で、宿代にかなりの額の手間賃を上乗せした。

「一番旨《うま》い酒をくれ。それと、この土地の旨いものを喰わせてくれ」

金払いのいい上客と思われたのだろう。部屋に運ばれてきた夕食は想像以上に豪勢だった。

表面を炙った極厚の羊肉を切りわけて口へと運ぶ。柔らかい。臭みもない。咀嚼するまでもなく蕩《とろ》けて消える。続けてフワフワの卵焼きを頬張る。口一杯に広がるほのかな甘味。まろやかな舌触

り。焦がしバターの香りが鼻へと抜けていく。まさに至福の瞬間だ。新鮮なチーズはもっちりと甘い。こんがり焼いた黒麦パンとの相性は抜群だ。その上に甘酸っぱいスグリのジャムをこってりと塗り重ねれば、これまた卒倒しそうなほど旨い。どれも一般的な家庭料理だ。特別手が込んでいるわけでもない。だが素材の味が生きている。高級レストランの料理より、こちらのほうが断然旨い。

「美味しいな」

アーロウはしみじみと呟いた。

「こんなに旨い飯を腹いっぱい喰えるなんて、幸せすぎて死にそうだ」

「やめろよ、縁起でもねぇ」

リーアンは眉をつり上げた。店で一番高い葡萄酒《ぶどうしゅ》をグラスにつぎ足し、一気に呷る。

「死ぬとか言うな。せっかくの飯がまずくなる」

「そういうお前こそ飲みすぎるなよ。二日酔いになりたくなければグラス三杯までにしておけ」

「うるせぇ。余計なお世話だ」

競うように二人はご馳走《ちそう》を平らげた。結局リーアンは一人でボトルを空けてしまった。

夕食後は早々に就寝し、翌朝オランを出立した。

麗《うら》らかな春の日差しを浴び、馬車は鉄道路沿いを西へと進んだ。

長閑《のどか》な旅だった。高原には黒煙を吐き出す煙突の群れもない。反吐の臭いも糞尿《ふんにょう》の臭いも漂ってこない。空は広く、空気は爽《さわ》やか、吹き抜ける風も清々《すがすが》しい。

正午過ぎ、馬を休ませるために馬車を止めた。馬が草を食むのを待つ間、リーアンは幌馬車の荷

台で昼寝を決め込んだ。「大丈夫だ」と言い張っているが、明らかに気分が悪そうだった。忠告を無視して飲みすぎるからだと思ったが、言わないでおくことにした。リーアンとの言い合いで、この完璧な春の日を台無しにしたくなかった。

アーロウは木陰《こかげ》に座り、目の前に広がる丘陵を眺めた。眠気を誘う春の陽気。のんびりと草を食むユキヒツジ達。ゆっくりと流れていく時間。平和で穏やかな光景。まるで別世界だ。

だがレーエンデ人は下級市民。どこで暮らそうと帝国支配からは逃れられない。先程すれ違った農夫は哀《あわ》れなほどに痩《や》せていた。丘にぽつねんと立つ羊飼いの少年は擦り切れて薄汚れた服を着ている。帝国に搾取され、レーエンデ人は貧困に喘いでいる。その様相は北部に向かうほど顕著になる。

『狂月の大火』と呼ばれる大火事でレーエンデ北部にあった古代樹の森は焼け落ちた。そこで暮らしていたウル族は住み処《か》も活計も失った。しかも彼らには未納分の税を納めるという名目で、二倍の人頭税が義務づけられている。ウル族はまともな教育も受けられず、ノイエ族やティコ族のように稼ぎのいい仕事にも就けない。身を粉にして働いても暮らしていくのが精一杯。家族の誰かが怪我をしたり病気になったりするだけで、一気に困窮してしまう。

追い詰められたウル族は究極の選択を迫られる。

家族揃って飢え死にするか、家族を売って生き延びるか。

多くの場合、売りに出されるのは子供達だ。彼らは家畜のように競売にかけられ、もっとも高い値をつけた者に買われていく。地主に買われた者は農奴になる。娼館に買われた者は娼婦や男娼になる。最悪なのは好事家に買われた子供達で、余興のために死ぬまで戦わされるとか、飢えた獣の

檻《おり》に投げ込まれるとか、怖気立《おぞけだ》つような噂を耳にしたこともある。

アーロウはこれまでにも何度か馬車に乗っての長旅を経験している。ルミニエル座の座長として、オレリア・コマのお供として、北東部の町や村を回ってきた。その目的は観光や文化交流ではない。ルミニエル座の劇団員の勧誘――つまり人買いだった。

見目良いウル族の娘を競《せ》り落とし、オレリアはご満悦だったが、アーロウは必死に吐き気を堪えていた。せめて良い条件で契約が結べるように心を砕《くだ》き、便宜を図った。だがそんなものは偽善でしかない。何の救いにもならない。彼女達に選択肢はないのだから。この先、死ぬまで娼婦として生きていくほかないのだから。

優しさなど見せるべきではない。救いや希望をちらつかせるほうが残酷だ。あの子達は俺を恨んでいるだろう。罵倒《ばとう》されて然《しか》るべきだし、刺し殺されても文句は言えない。


ノイエレニエを出て三日目。東の大都市フローディアを目指し、東街道を北上した。

雪解け水を集めて流れるロア川を荷方船が下ってくる。ロアにあるノイエスト鉄道の操車場に石炭を運んでいるのだ。この石炭の産地こそが今回の旅の最初の目的地、ダール村だ。

行く手に大アーレス山脈が見えてきた。雪冠をかぶった白い針峰群が春霞《はるがすみ》にまどろんでいる。

大アーレスの向こうには北イジョルニ合州国がある。百年にもわたる戦いの末、聖イジョルニ帝国から独立を勝ち取った新しい国だ。合州国の名を耳にするたび、アーロウの心中には相反するふたつの思いが去来する。すなわち「帝国も絶対ではない。レーエンデが国として独立することだって夢じゃない」という希望。そして「帝国は前轍を踏まない。レーエンデの独立を認めることなど

あり得ない」という絶望だ。

フローディアに近づくにつれ、道が混雑してきた。野菜を山と積んだ荷車や金物を満載にした屋台、フローディアを目指す人々とともに幌馬車はのろのろと進んだ。

夕刻近くになってようやく石門が見えてきた。フローディアは街全体が城壁で囲まれている。市街に入るには城壁の南側にある城門を通らなければならない。鉄枠で補強された門扉の前には戦斧《せんぷ》を持った警備兵が立ち、通行人達の旅行手形を検《あらた》めている。

「物々しいな」

幌馬車からリーアンが現れ、アーロウの隣に座った。

「戦時じゃあるまいし、地方都市にこんな城壁、必要か？」

「それについては面白い話がある」

アーロウは声をひそめた。

「かつて東教区の司祭長がレーエンデ人に殺されるという事件があった。以来、東教区の司祭長は市民の叛乱《はんらん》を恐れ、街の警備に異常なほど力を入れるようになったらしい」

「そいつはすげぇ」

リーアンはパチンと指を鳴らした。

「その司祭長を殺《や》ったの、もしかしてテッサ――」

しッと息を吐き、アーロウは人差し指を唇に当てた。

「その名前は口にするな」

彼は馬車を進め、審査待ちの列に並んだ。緊張で掌《てのひら》が汗ばむ。落ち着けと、アーロウは自分自身

に言い聞かせた。今回の旅の目的は文化交流、他都市の劇団と親交を深めることだ。旅行手形にもそう記されている。なんら怪しい点はない。堂々としていれば疑われることはない。

順番が回ってきた。

「お願いします」

愛想笑いとともに、アーロウは旅行手形を差し出した。

鉄兜《てつかぶと》を被った門番は手形を熟読し、咳払いをひとつして、それをアーロウに突き返した。

「立ち入りは許可出来ない」

「え？」愛想笑いが凍りつく。「そんな……なぜですか？」

「旅の目的に『他都市の劇団と親交を深める』とある。フローディアは清貧を旨とする清廉潔白な都市だ。穢らわしい娼館など存在しない」

「娼館はなくても劇場ならあるでしょう？」

「ない」

門番はアーロウに旅行手形を押しつけた。もう一方の手で左の側道を指し示す。

「立ち入りは許可しない。後がつかえている。早く道を空けろ」

そう言うや、門番は後ろの馬車を手招く。

「次！」

取りつくしまもない。アーロウは仕方なく、馬車を側道へと進めた。

それにしても解《げ》せない。以前フローディアに来た時は『新規劇団員の勧誘』という名目で旅行手形を出して貰った。それでも難なく市内に入れた。劇場も娼館も存在していたし、秘密裏にではあ

るが、人身売買も行われていた。

「清廉潔白が聞いて呆れる」

苦々しく呟いて、アーロウは思い出す。先日、嫌な噂を耳にした。長年北教区の司祭長を務めてきたリウッツィが、レーエンデの分割統治を最高議会に提案したというのだ。曰《いわ》く——

「司祭長が代わるごとに政策が変わっていては文化や産業の発展を阻害する。ならば教区の司祭長を世襲制としてみてはどうか。レーエンデを東西南北の教区ごとに切り分け、それぞれの教区を四大名家の領地とし、統治を任せてみてはどうか」

聖イジョルニ帝国の政《まつりごと》を行うのは法皇庁だ。その最高議会は始祖ライヒ・イジョルニの血を引く四大名家——リウッツィ家、コシモ家、ダンブロシオ家、ペスタロッチ家によって支配されている。分割統治を提案したリウッツィ家の現当主ミール・リウッツィは次期法皇帝と目される権勢の持ち主だ。もし彼がレーエンデの分割支配を推し進めようとするならば、最高議会は紛糾するだろう。四大名家が土地を奪い合い、内戦が勃発《ぼっぱつ》するかもしれない。イジョルニ人同士が殺し合うだけなら何の問題もない。勝手にすればいいと思う。が、実際に戦に駆り出されるのは社会の底辺で暮らす者達だ。イジョルニ人のためにレーエンデ人同士が殺し合う。人も家畜も炎に焼かれ、長閑な高原が血に染まる。遠からず、そんな未来が来るのかもしれない。

暗澹《あんたん》たる気持ちになって、アーロウは深いため息を吐いた。

「どうした、アーロウ？　野宿するのが怖いのか？」

彼の心中を推し量ることもなく、むしろ楽しげにリーアンは笑う。

「大丈夫だ。心配すんな。お前のことは俺が守ってやる」

そう言って、腰のあたりを右手で叩く。

この旅に備え、リーアンは護身銃を手に入れていた。薬莢《やっきょう》に火薬を詰め、雷管を発火させることで弾頭を発射するという最新式の弾込め銃だ。喧嘩も流血沙汰《ざた》も苦手なくせに、リーアンはこの手のものが大好きだ。「きっちり訓練を重ねてきた。今じゃ百発百中だ」と自慢する。が、どうにも怪しい。隙《すき》あらば兄貴風を吹かせたがるリーアンのこと。話半分に聞いておかないと、いざという時、痛い目を見る。

「出来れば野宿はしたくない。地図を見てくれ。近くに村がないか探してくれ」

アーロウがそう言うと、リーアンはフンと鼻を鳴らした。

「俺達みたいな素性の知れない若者が村に泊まったりしてみろ。村人達が徒党を組んで襲ってくるぞ。明日の朝には二人並んでフィゲロア湖に浮くことになるぞ」

「そんなこと――」

「ないと言い切れるか？　この辺の村にはウル族が多い。生活に困って家族を売るような連中だ。赤の他人である俺達に手を出さないはずがねぇ」

アーロウは返事に詰まった。もうすぐ陽が暮れる。前の宿場町まで戻っている時間はない。認めたくはないが、リーアンの言う通りだった。宿屋すらない小村で一夜の宿を求めるくらいなら、いっそ野宿したほうがいい。

彼は周囲を見回した。右手には牧草地、左手には雪解け水を湛《たた》えたフィゲロア湖が広がっている。湖の北側には『狂月の大火』を免《まぬが》れた東の森がある。太陽は西に傾いている。空は茜色《あかねいろ》に染まっている。急がなければ、暗くなってからでは身動きが取れなくなる。

「あっちだ」

リーアンが前方を指さした。

「あの森に入れ。湖畔に馬車を隠すのに丁度いい場所がある」

「いい加減なことを言うな」

アーロウはリーアンを睨んだ。地図には街道と町村の位置しか描かれていない。初めてこの道を通るリーアンに、野宿に適した場所がわかるはずがない。

「時間がないんだ。お前の戯れ言につき合っている暇はない」

「戯れ言じゃねぇ。泡虫が教えてくれたんだ。くるくる回ってあの森のほうへ飛んでいったんだ」

それを戯れ言というんだ——と言いかけて、アーロウは唇を引き結んだ。

湖畔に面した森ならば水も薪も手に入りやすい。誰が通るかもわからない街道沿いで野宿するより危険は少ない。そう判断し、彼は湖畔の森に馬車を乗り入れた。獣道をしばらく進み、風よけになりそうな大岩の陰で馬を止める。

「今夜はここで野宿だ」

アーロウは御者台から飛び降りた。馬具を外しながら、リーアンに呼びかける。

「薪を集めておいてくれ。俺は馬に水を飲ませてくる」

手綱を引いて、彼は湖畔に向かった。馬に水を飲ませ、濡らした布で身体を拭いてやる。糖蜜《とうみつ》の欠片《かけら》を与えて一日の労働を労《ねぎら》い、背中をぽんぽんと叩いてやる。

「お疲れ様。明日も頼むよ」

世話を終えて戻ると、幌馬車の向こう側から煙が上がっていた。赤々と燃える焚《た》き火《び》、枯れ枝を

集めた薪の山もある。その隣ではリーアンがニヤニヤ笑いながら煙草を吹かしている。言葉にせずとも顔を見ればわかる。「よく出来ました」と褒めてほしいのだ。

子供かよ――と胸の中で毒づいて、アーロウは馬の手綱を近くの木に繋いだ。

荷物の中から袋を取り出し、銀呪結晶の粉末をひとつまみ、焚き火へと投げ入れる。ぱあっと銀色の煙が上がり、夏の草いきれのような臭いが漂う。野生動物はこの臭いを嫌うという。これで獣は寄りつかなくなるはずだ。

銅製の鍋に湯を沸かし、黒麦パンとチーズだけの夕食を取った。後片づけを終えた後、アーロウは荷台から二枚の毛布を引っ張り出した。そのうちの一枚をリーアンへと差し出す。

「火の番は俺がする。お前は先に寝ろ」

「寝ろって……地べたでか？」

「そうだ」

上空に雲はない。雨が降る心配はなさそうだ。しかしながら大アーレス山脈から吹き下ろしてくる風は冷たい。防寒着を着込み、毛布をかぶっても冷気が肌身に染み込んでくる。

「幌馬車の中で寝たいなら勝手にしろ。朝までに凍死するけどな」

むう……とリーアンは唸った。身体が地面に触れないよう、きっちりと毛布に包まってから、おっかなびっくり枯れ葉の上に身を横たえる。

アーロウは肩をすくめた。ズボラなところはとことんズボラなくせに、妙なところで潔癖症が顔を出す。こんな調子でこの先やっていけるのだろうか。

ため息を吐いて、彼は空を見上げた。

梢《こずえ》の合間に星が瞬《またた》いている。さわさわと木の葉が揺れている。パチパチと薪が爆《は》ぜる音がする。静かだった。静寂が降り積もっていくようだった。野宿の経験はほとんどない。それでも怖いとは思わなかった。大きくて柔らかな何かに包まれているような不思議な安心感があった。

ぱしゃん、と水音がした。

アーロウは音のしたほう、フィゲロア湖へと目を向けた。

「おい見たか、今の！」

リーアンが飛び起きた。驚愕の面持ちで振り返る。

「なんだ、あれ？　なんなんだ、あれ？」

「すまない。見ていなかった」

黒い湖面、そこに銀色の波紋が広がっていく。

「魚でも跳ねたのか？」

「ただの魚じゃねぇ。これぐらいはありそうな――」と左右に大きく腕を広げる。「とびきり大きな銀色の魚だった」

「見間違いじゃないのか？」

うんざり顔でアーロウは応える。

「全身が銀色の魚なんて幻魚ぐらいしか見たことがない。幻魚は満月の夜、レーニエ湖にしか現れない。こんなところに出るはずが――」

再び水音がした。今度はアーロウも見た。

虹色《にじいろ》に光る鱗《うろこ》。柔らかな曲線を描くしなやかな体軀《たいく》。薄衣のように透き通った尾びれ。

魚だった。全身が銀の鱗に覆われた、美しい巨大魚だった。

「見たよな？　今度は見たよな？」

興奮気味にリーアンが言う。

「な？　いただろ？　本当にいただろ⁉」

「ああ、本当にいた！」

すごいものを見た。アーロウもまた興奮を隠しきれなかった。

「あれは『始原の海』の魚だ。もしかしたらフィゲロア湖は始原の海に繋がっているのかもしれない」

「何だ？　その始原の海ってのは？」

「ウル族の伝承にある、彼らの宗教観のようなものだ。すべての命は始原の海から生まれる。生を全《まっと》うした命は海に還《かえ》り、長い時を経《へ》て、再び命となって海より生まれるという」

「天国みたいなもんか？」

「少し違う。どちらかというと故郷に近い。長い旅をした命が最期《さいご》に戻っていく場所。それが始原の海なんだ」

「へぇ、そいつは面白いな」

「ウル族の伝承を集めた本がある。イザーク・ドゥ・エルウィンっていう、ウル族の作家が書いた本だ。今度貸してやるから読んでみろ」

「マジか。やった！」

リーアンがパチンと手を打った。

その音でアーロウは我に返った。不意に恥ずかしくなって目を逸《そ》らした。

ただ魚が跳ねただけだ。子供じゃあるまいし、なにを馬鹿みたいに喜んでいるんだ。

「なぁ、アーロウ」

いつになく神妙な声でリーアンが呼びかけてくる。

「お前、何を怒ってるんだ？」

「別に、怒ってない」

「嘘つけ」

リーアンは下唇を突き出した。

「お前は笑わなくなった。俺が何を言っても睨んでくる。なんでだ？」

眼球の裏側で怒りが爆ぜた。強い酒を呷ったみたいに腹の底が熱くなる。「お前のためだ」と言い残し、月光亭を出ていったリーアン。あの時のことを思い出すたび、胃の腑がねじ切れそうになる。

「尋ねる前に自分に問え」

刺々《とげとげ》しい声でアーロウは言い返した。

「胸に手を当ててよく考えろ」

「考えたよ。考えてもわからねぇから訊いてんだよ」

アーロウは拳を握った。答えるつもりはなかった。胸に渦巻く羞恥《しゅうち》と絶望。それを口にしてしまったら、もっと自分が嫌いになる。

「お前は俺を置いていった」

なのに止められなかった。言ってはいけないと、わかっていても止められない。

「お前は俺を見捨てた。一人で月光亭を出ていった」

「見捨てたわけじゃねぇ。残ったほうがお前のためになると思っただけだ」

「ああ、そうだろうとも。お前と違って俺には才能がないからな」

「なんでそうなるんだよ。月光亭に残ったからこそ、お前は人気役者になって、大金を稼げるようになったんじゃねぇか。仲間に頼られて、女性客に持《も》て囃《はや》されて、それの何が気に喰わねぇんだ」

「お前に何がわかる！」

喉から憤怒《ふんぬ》が迸《ほとばし》る。脳裏に悪夢が蘇り、ぶるぶると身体が震え出す。

「俺の最初の客は子供をいたぶるのが大好きな下衆野郎だった。そいつは罵りながら俺を犯した。ケツの穴が裂けてシーツが血だらけになってもやめてくれなかった。堪《こら》えきれずに泣き叫ぶと、今度は口に突っ込まれた。すぐに気持ちよくなると言われたけれど、野郎のモノをぶち込まれて、気持ちいいなんて思ったことは一度もない！」

初仕事の翌朝、「アーロウは偉いね」と言って、母はキスをしてくれた。「よく我慢したね」と言って、オレリアは砂糖菓子をくれた。「初《しょ》っ端《ぱな》から嫌な客に当たっちまったね」と言って、ライカは背中をさすってくれた。

月光亭の女達は優しかった。でも、優しいだけだった。

「俺は能なしだから暴力の捌《は》け口になるしかなかった。逆らっても痛い思いをするだけだと言われ、抵抗するのを諦めた。クソ野郎どもに媚《こび》を売り、悦《よろこ》んでいるふりをする。そんな自分が穢らわしくて、嫌で嫌でたまらなかった。でも誰にも打ち明けられなかった。この仕事が穢らわしいだな

んて、言えば俺だけでなく、月光亭の女達まで貶《おとし》めることになる」

「そういうところだ、アーロウ」

諭《さと》すようなリーアンの声に、彼は顔をはね上げた。

炎の向こう側、鏡像のような白面に深い影が落ちている。

「あの時、俺と一緒に月光亭を出たとして、お前は後に残してきたマレ……女達のことをすっぱり忘れることが出来たか？　自分だけが出ていくことに罪悪感を覚えずにいられたか？　後ろめたくて様子を見に戻ったりしなかったか？　戻ったところで、後ろ脚で砂をかけて出ていったお前のことを、女達が歓迎してくれたと思うか？」

「それは――」

特別な用事でもない限り、リーアンは月光亭に顔を出さなかった。アーロウの様子を見に戻ってくることもなかった。ひそかに劇場には来ていたらしいが、劇団員に挨拶もせず、その来訪を悟らせもしなかった。そんなリーアンのことを、マレナは「身勝手な薄情者」と呼んでいた。

「もし俺と一緒に来ていたら、お前は本当に何もかも失くしていた」

小さく息を吐き、リーアンは首の後ろをかく。

「お前は俺と違って優しい。困ってる人間を放ってはおけねぇ。だからお前は自然と皆に好かれる。人との絆は命綱だ。多けりゃ多いほどいい」

「だったら――」

言いかけて声がかすれた。小さく咳をして、アーロウは続ける。

「だったら、なんで、お前は出ていったんだ」

「表現者ってのは孤高の存在だからな。命綱は必要ねぇんだよ」

「悪かったな、凡人で」

「なんでそうなる？　そうは言ってねぇだろ？」

「能なしの俺は泳げずに溺《おぼ》れる。だから命綱が必要だ。でも天才であるお前は泳げる。だから命綱は必要ない。そういうことだろう？」

「ったく、話にならねぇ」

　リーアンは再び横になった。寝返りを打ち、アーロウに背を向ける。

　アーロウは毛布を羽織り、両手で膝を抱えた。風が冷たい。夜の寒さが身に染みる。ひどく惨めな気分だった。こうなることはわかっていたのに、なぜ言い返してしまったのだろう。いったい何を期待していたのだろう。

　かつては一枚の毛布に包まり、肩を寄せあって眠った。どんなに寒くてもリーアンがいれば大丈夫だと思えた。あの頃が懐《なつ》かしかった。だから夢を見てしまった。旅に出れば戻れるかもしれないと、あの頃の二人に戻れるんじゃないかと、馬鹿なことを考えてしまったのだ。

　俺達を鏡像たらしめていた鏡は割れてしまった。自分の半身を映そうとしても、歪んだ顔しか映らない。ひび割れた姿に苛立ち、欠点をあげつらい、互いの姿を罵り合う。

　時間よりも距離よりも、心が遠く離れてしまった。

　もう元には戻らない。冒険に心躍らせたあの頃には、もう二度と戻れない。


　夜通し火の番をするつもりが、いつの間にか眠っていた。

寒さに目を覚ますと、焚き火は消えかけていた。アーロウは慌てて枯れ枝を投げ入れ、火を熾《おこ》した。冷えた指を炎にかざし、夜が明けるのを待った。

やがて東の空が明るくなってきた。チヨチヨ、チチチ……と鳥の囀《さえず》りが聞こえてくる。

もういいだろう。アーロウは立ち上がった。

「起きろ、リーアン」

眠りこけているリーアンの肩を蹴る。

「とっとと喰って出かけるぞ」

簡単な朝食を取ってから、二人は再び馬車に乗った。周囲は朝靄《あさもや》に霞んでいる。春泥に車輪を取られないよう、アーロウは慎重に馬車を進めた。やがて靄が晴れ、太陽が姿を現した。今日もまた天候に恵まれた。空は青く、雲ひとつない。爽やかな風が木々の葉を揺らし、湿った土の匂いを運んでくる。

気持ちのいい朝だった。だが二人は黙したままだった。昨夜の喧嘩が尾を引いていた。会話もなく、鼻歌もない。惜しみなく降りそそぐ春の日差しも、冷たい沈黙を温めてはくれなかった。

正午を少し過ぎた頃、前方に尖った山頂が見えてきた。レーエンデの最東端に聳《そび》えるバルバ山だ。ダール村はバルバ山の麓《ふもと》、森に囲まれた谷間にある。こんな東の果てにある村がレーエンデ内外に広く知れ渡っている理由。それはダールに石炭鉱山があるからだ。

百年戦争の時代、ダール村の石炭はノイエレニエの製鉄所へと運ばれていた。それを燃料に多くの武器や防具が作られた。戦争が終わり、武具の需要がなくなると、いくつもの製鉄所が閉鎖へと追い込まれた。石炭の需要は激減し、炭鉱も衰退の一途を辿《たど》った。

それを蘇らせたのが蒸気機関の発明だ。現在のダール炭鉱はノイエスト鉄道と独占契約を結んでいる。採掘された石炭は陸路フィゲロア湖へと運ばれる。そこで荷方船に積みこまれ、ロア川を下って鉄道操車場へと届けられるのだ。

石炭を積載した荷馬車と幾度となくすれ違った。緑なす丘を越えると眼下に村が現れた。谷間を埋め尽くすようにして木造家屋が並んでいる。板張りの屋根、板張りの壁、木製の煙突からは白い煙が立ちのぼっている。どこにでもある貧しい小村、だがその奥には真っ黒な小山があった。ずんぐりとした丸山には雑草はおろか苔《こけ》さえも生《は》えていない。黒い斜面のあちこちから細い煙が立ちのぼり、燻《いぶ》したような焦げたような、鼻につく臭いが漂ってくる。

「くっせぇ！」

　幌馬車からリーアンが顔を出した。

「なんなんだ、この臭いは！」

「ボタ山の石炭屑が燃える臭いだ」

「ボタ山？」

「あれだ」アーロウは黒い丸山を指さした。「土や石塊《いしころ》、石炭と一緒に掘り出された炭鉱廃棄物だ。質の悪い石炭も混じっているから、一度燃え出すとなかなか消えない」

「ふぅん」リーアンは眉をつり上げた。「ずいぶんと詳しいじゃねぇか」

「ロランス夫人の旦那はノイエスト鉄道のお偉いさんだ。彼女と話を合わせるためには蒸気機関車の知識も必要なんだ」

「そりゃまたご苦労なこった」

「お前もたまには本を読め。活版印刷のある時代に生まれた幸福を甘受しろ」

「はいはい」ふざけた仕草で手を振って、リーアンは鼻の頭に皺を寄せた。「御託はいいから先を急げ。臭くってしょうがねぇ」

　ぬかるんだ坂道を下り、馬車はダール村へと入った。

　悪臭がさらに濃くなった。深く息を吸うと咳き込みそうになる。アーロウは埃よけのスカーフを引き上げ、鼻と口を覆った。

　大通りの両側には雑多な造りの小屋が並んでいる。道には男達が溢れかえっている。手押し車で石炭を運ぶ者、荷馬車に石炭を積み込む者、汗みずくになって働いているのはウル族だ。それを監視しているのは小麦色の肌をした男達。身なりからしてイジョルニ人ではない。彼らはティコ族、レーエンデ人だ。

「グズグズするな！　早く運べ！」

　ティコ族の男が居丈高に叫んだ。ペシリと鞭を打ち鳴らす。大荷物を抱えたウル族の老人がよろめいて膝をつく。

「またお前か！　この役立たずが！」

　骨が浮き出た背中を鞭で打ちすえる。

「早く立て！　この老いぼれが！」

　いたたまれなくなってアーロウは目を逸らした。

　レーエンデ人がレーエンデ人を使役する。レーエンデ人同士がいがみ合い、結果としてイジョルニ人が利を得る。これが正しいことであるはずがない。見過ごしていいはずがない。では飛び出し

ていくか。哀れな老人をかばい、あの男から鞭を取り上げ「同胞を辱めるな」と叫ぶのか。これまで何人もの罪なき少女達を売春婦に堕としてきた俺が、自分の罪を棚に上げて、あの男を糾弾しようというのか。

「馬の足、止まってんぞ」

リーアンの呑気《のんき》な声。アーロウは我に返った。意図せず引き絞っていた手綱を緩める。馬はぶるりと頭を振って、ぽっくぽっくと歩き出す。

「汗臭《くせ》ぇ村だなぁ」

スカーフで顔の下半分を覆ったリーアンが呟く。

「なんで男ばっかしかいねぇんだ？」

「ダール炭鉱は法皇庁の管理下にある。他の仕事よりも稼ぎがいいからな。募集をかければいくらでも男達が集まってくる」

「それも本で読んだのか？」

「今から行く娼館の主人から聞いた」

「レーエンデ義勇軍とやらのお仲間か？」

「同業者として交流があるだけだ」

咳払いを挟み、声を抑えてアーロウは続ける。

「義勇軍の名前を出すな。テッサの名前もだ。ダール村は法皇庁の直轄地だ。警邏に嗅ぎつけられてみろ。『冗談でした』じゃすまないぞ」

「わかってるって」

リーアンはヘラヘラと笑い、アーロウの肩をばしんと叩いた。

「そうカリカリすんな。俺だって命は惜しい。馬鹿な真似はしねぇよ」

アーロウは侮蔑の目で彼を睨んだ。

こいつ、本当にわかっているんだろうか？


ダール村にある唯一の劇場『ガート座』は『黒曜亭』という娼館の裏にあった。黒曜亭の主人であり、劇団の座長でもあるアンドル・ピエントは、満面の笑みを浮かべて二人を迎えた。

「ようこそダール村へ。高名なランベール兄弟にご来訪いただき、光栄の至りです」

「歓迎痛み入ります」

アーロウは帽子を脱ぎ、ピエントと握手を交わした。愛想よく微笑んで、小脇に抱えていた台本入れを差し出す。

「これはリーアン・ランベールの最新作です。どうぞお納めください」

「おお、これはこれはありがたい！」

脚本を受け取り、ピエントは上機嫌で続けた。

「長旅でお疲れでしょう。食事を用意させます。今夜はぜひ当館にご滞在ください」

「いいのですか？　これから夜公演でしょう？」

「なぁに、頭数だけは揃ってますのでね。心配ご無用です」

さあさあ、ご遠慮なくと袖を引かれる。無下に断るのも無作法だろうし、こちらにも訊きたいことがある。

「ありがとうございます。ではお言葉に甘えさせていただきます」

アーロウは幌馬車を中庭に運んだ。馬丁の少年に銀貨を渡し、馬の世話を頼んだ。案内された客室で埃塗れの旅装を解き、スーツに着替えてから娼館の一階にある酒場へと向かった。

二人が席に着くと見目麗しい女性達が皿を運んできた。カリカリになるまで炙《あぶ》った鳥肉の串焼《くしや》き、素揚げした山菜と新鮮な若菜のサラダ、ツチイモとヒゴネのスープ、焼きたての黒麦パンにはたっぷりとバターとチーズが添えられている。

「どうぞごゆるりとお寛《くつろ》ぎください」

一礼を残して女達が去っていく。その後ろ姿を見送って、アーロウは呟いた。

「大盤振る舞いだな」

「そうか？」

遠慮を知らないリーアンは、すでに鳥肉を口いっぱいに頬張っている。

「俺の最新作と引き換えだぜ？　こんなんじゃ足りねぇぐらいだ」

「そうじゃなくて……いや、それもあるんだが」

給仕をしてくれた女性達。入れ替わり立ち替わり、十人もの女が顔を見せに来た。彼女達は黒曜亭の娼婦だ。つまり「好みの女をご指名ください」という意味だ。

「気に入らないな」

月光亭の女主人オレリア・コマは吝い屋だが、店の女達を無償で働かせることはない。時間外労働もさせないし、契約通りに給金も払う。この黒曜亭の主人アンドル・ピエントはどうだろうか。あの女達全員に特別手当を払っているのだろうか。

「そもそも店の女達を『頭数だけは揃っている』と言うところからして好きになれない」

「なにブツブツ言ってんだ。早く喰わねぇと、せっかくの料理が冷めちまうぞ」

リーアンはスープ皿を持ち上げた。具だくさんのスープをぞるぞると吸い込んでいく。

気楽なもんだなと言いかけて、アーロウは頭を横に振った。考えたって仕方がない。黒曜亭には黒曜亭のやり方がある。部外者の自分に口を挟む余地はない。

彼は串焼き肉を手に取った。皮はパリパリ、汁気はたっぷり、噛めば噛むほど味が出る。野性味を感じる旨さだった。一串ペロリと平らげて、すぐに二本目に手を伸ばす。

「さて、と」

指についたバターを舐め取り、リーアンは立ち上がった。

「行ってくる」

「行くって、どこへ？」

「決まってるだろ。リーアン・ランベール脚本の芝居を観に行くんだよ」

観ないほうがいい――と言いかけてやめた。どうせリーアンは聞かない。俺の言うことになど耳を貸さない。

「好きにしろ。苛々しても喧嘩はするなよ」

アーロウはヒラヒラと手を振った。

リーアンは意外そうな顔をした。

「お前は来ないのか？」

「俺は休暇中だ。休みの間ぐらい芝居のことは忘れたい」

やれやれと肩をすくめ、アーロウは二本目の串焼き肉を口に運んだ。

悪態を残し、リーアンはテーブルを離れた。

「つまんねぇヤツ」


食事を終え、アーロウは客室に戻った。

暖炉に火が入っている。小さな椅子とテーブル、壁際には鏡台、奥には寝台がふたつ並んでいる。商売用の部屋ではない。黒曜亭はまっとうな宿屋も営んでいるらしい。

顔を洗い、歯を磨き、上着にブラシをかけていると、リーアンが戻ってきた。

「どうだった？」

アーロウの問いかけに、リーアンは腹立たしげに吐き捨てた。

「あれは芝居じゃねぇ。超特大のクソだ！」

煙草に火をつけ、せわしなく煙を吐き出す。それでも怒りが収まらないらしい。拳でテーブルを叩き、盛大な舌打ちをする。

「あのド素人ども！　演技もクソなら演出もクソだ。何の脈絡もなく脱がせやがって、俺の脚本を何だと思っていやがる！」

「やっぱりな。まあ、そうなるよな」

「やっぱりって、アーロウ！　お前、知っていやがったのか！」

「知っていたわけじゃない。でも想像はつく。ダール村には男が多い。おのずと芝居は煽情的なものになる。芸術性も物語性も二の次になるし、演技だってなおざりになる」

「そこまでわかってて、なんで抗議しねぇんだよ！　リーアン・ランベールの脚本を女を脱がすための小芝居に使うなんて無礼千万、不敬の極みだろうが！」

「でも物語が改竄《かいざん》されたわけじゃない」

　そうだろう？　と問い返し、アーロウは薄ら笑いを浮かべてみせる。

「もしそうなら今頃、お前は大暴れしている」

「う……」　リーアンは怯《ひる》んだ。どうやら図星だったらしい。

「効率よく金を稼ぐためには、観客の要望に応える必要がある。ピエントはダールの男達が求める演出を考えただけだ。妥当性はあっても違法性はない」

「何が妥当性だ。オレリアみてぇなこと言いやがって。お前まで金に魂売ったのかよ」

「生きていくには金がいる。お前に支払う原稿料だって、俺達が稼いだ金から出ているんだ」

「たった十ルーナで俺の新作が手に入るんだ。安いモンだろ」

「その十ルーナを捻出《ねんしゅつ》するために、店の女達が何人の男と――」

「失礼します」

　ノックとともに声がした。返事を待たずに扉が開き、ピエントが顔を出す。

「お食事はいかがでしたか？　お酒は足りていますでしょうか？」

「ありがとうございます。もう充分です」

　アーロウは素早く扉に歩み寄った。リーアンの渋面が視界に入らないよう、ピエントの前に立つ。

「長旅で少々疲れてしまいました。今夜はもう休ませていただきます」

「そうですよね！　かしこまりました！」

黒曜亭の主人は、ここぞとばかりに両手を揉み合わせた。

「して、どの女をご所望でしょうか？」

「胸のでかい女じゃなくて、演技力のある女を連れてこい！」

背後でリーアンが喚《わめ》いた。それを無視し、アーロウは答える。

「では店一番の古株をお願いします」

「おぉ？」ピエントは目を瞬いた。「か、変わったご趣味ですね？」

彼の誤解を幸いに、アーロウは莞爾《かんじ》として微笑んだ。

「ええ、美女は見飽きておりますので」

「なるほど……んん……なるほどですなぁ」

不可解そうに首を捻《ひね》りながら、ピエントは出ていった。

盛大な舌打ちをして、リーアンはベッドに倒れ込んだ。ガート座の煽情的な演出について、まだ文句を言っている。煩わしいことこのうえないが、口を挟めばますます面倒臭いことになるので放っておくことにした。

数分後、部屋に女がやってきた。髪はすでに真っ白で、肌にはシミが浮いている。目元はたるみ、口元には皺が刻まれている。月光亭のライカと同年代か、もう少し上かもしれない。

「こんばんは、旦那さま方」

女は俯いたまま、もじもじと両手の指を組み合わせた。

「ご指名承りました。あたしはクルヴァと申します」

「お入りください、クルヴァさん」

アーロウは彼女の手を取って、室内へと招き入れた。

「そう硬くならないで、どうか気楽にしてください。お話が聞きたいだけですから」

「話すだけで、いいんですか？」

クルヴァはおずおずとアーロウを見上げた。不安そうな目、困惑の表情。無理もないとアーロウは思う。この前、ライカも言っていた。「この歳になると若い男の相手は辛い」と。

「いくつか質問をさせていただきたいんです」

彼女を安心させるため、アーロウは木の椅子を引き寄せた。

「さあ、どうぞ。こちらにお座りください」

それでようやく表情が緩んだ。クルヴァが椅子に座るのを待って、アーロウは彼女の前に跪《ひざまず》いた。皺深い掌にルーナ金貨を一枚載せる。ピカピカ輝く金貨を見て、クルヴァは目を白黒させた。

「こ、こんな……あたし、こんな大金をいただくわけには……」

「これは口止め料です」

アーロウは彼女の手に自分の右手を重ねた。

「これから話すことは、すべて貴方の胸の内にしまっておいてください。誰に何を訊かれても、決して口外しないと約束してくださるなら、この金貨は貴方のものです」

クルヴァは小さく頷いて、金貨をぎゅっと握りしめる。

アーロウは立ち上がり、リーアンを振り返った。

「起きろ。始めるぞ」

返事はない。こちらに背を向け、寝たふりをしている。まだふて腐れているらしい。

アーロウは呆れた。なんだその態度は。お前がどうしてもと言うから、こんなところまで来たんじゃないか。そう思ったが、言わずにおいた。正直な話、黙っていてくれたほうが都合がいい。リーアンが口を開いても、おそらくろくなことにはならない。

アーロウは老女に向き直り、柔らかな声音で尋ねた。

「クルヴァさん、黒曜亭には長いんですか？」

「はい。ここに来て、もう三十年ほどになります」

「ということは、ダール村のご出身ではない？」

「違います」彼女は自嘲《じちょう》的な笑みを浮かべた。「こう見えても、あたしはウル族なんです。フローディアの北にあるエルデって村で生まれました。あたしが十五歳の時、人頭税が払えなくなって『畑を売るよりはましだ』って、父はあたしを人買いに売りました」

「それは、さぞ辛かったでしょうね」

「そうですねぇ。辛かったような気もしますが、なにせ大昔の話ですから、もう忘れてしまいました」

穏《おだ》やかな声、生気のない瞳。諦観《ていかん》の表情を見て、アーロウは眉根を寄せた。

忘却は時の薬という。辛いだけの記憶なら忘れてしまったほうがいい。だが辛すぎる記憶は癒えることのない傷になる。忘れたくても忘れられない。自分を捨てた親への恨みを、身体を売ることでしか生きられなかった悲しみを、そう簡単に忘れられるはずがない。

「あの、旦那さま？」

心配そうなクルヴァの声。

「すみません。あたし、なんか、お気に障ることを言ったみたいで――」

「いいえ、違います。貴方のせいじゃありません」

アーロウは慌てて手を振った。空いている椅子を引き寄せ、彼女の向かいに腰掛ける。息を吐き、雑念を振り落とし、改めてクルヴァと向かい合う。

「ええと、クルヴァさん。ダール村にまつわる昔話を聞いたことはありませんか？」

クルヴァの顔が強ばった。逃げ道を探すように目が泳ぐ。これは脈ありだ。何か事情がありそうだ。アーロウは膝に肘《ひじ》を置き、上体を乗り出した。

「貴方がここで何を言っても、僕らはそれを他言しません。貴方に迷惑がかかることはありません。どうか僕を信じて、話してくれませんか？」

クルヴァは首をすくめた。目線を床に落とし、歯切れ悪く、ぼそぼそとささやく。

「詳しくはあたしも知りません。けど、今あるダール村は、百年ぐらい前に造られたって聞きました。昔のダール村はボタ山が崩れて埋まってしまったんだって、そこで暮らしていた村人達はみんな、押し潰されて死んでしまったんだって、聞いてます」

「ほう？」

アーロウは顎に手を置いた。奇妙な話だと思った。今のボタ山は炭鉱と村の間にある。村の西側は小高い丘、東側は深い森だ。炭鉱廃棄物を積んでおけるような場所はない。もし今ボタ山がある場所に昔のダール村があったのなら、崩れる前のボタ山はいったいどこにあったのだろう。

「クルヴァさん」

押し殺した声でアーロウは尋ねた。

「レーエンデの英雄の話を聞いたことはありませんか？」

「いいえ」

「テッサ・ダールという名前に聞き覚えはありますか？」

「ありませんねぇ」

申し訳なさそうにクルヴァは答える。演技には見えない。彼女は何も知らない。レーエンデの英雄も、テッサの名前も彼女は知らない。

「質問は以上です。お疲れ様でした」

アーロウは立ち上がった。クルヴァの手を引いて部屋の外へと案内する。彼女を送り出し、扉を閉じてから、リーアンを振り返った。

「聞いていたか？」

「ああ」

「どう思う？」

「何か裏がありそうだ」

リーアンは上体を起こした。

「今のダール村が百年ぐらい前に造られたものなら、昔のダール村が潰されたのはそれよか前だ。テッサが生きていた時代と重なる。偶然にしては出来すぎてる」

「俺もそう思う。地形的に考えて、前のダール村が滅びたのはボタ山が崩れたせいじゃない。作り話が流布しているのは、都合の悪い真実を誰かが隠蔽しようとしたからだ」

「そんな芸当が出来るのは法皇庁だけだ。旧ダール村は帝国に滅ぼされたんだ」

「かもしれない。だが断言するには手がかりが少なすぎる」

「そりゃあ絶対とは言わねぇよ？　でも可能性は充分にある。テッサ・ダールが帝国に反旗を翻したから、彼の故郷であるダール村は潰された。そう考えれば辻褄《つじつま》も合う」

　ありそうな話ではある。しかし確たる証拠はない。記録を探しても無駄だろう。ダールはティコ族の村だ。ティコ族は文字を持たない。活版印刷が発明され、帝国文字が普及してもなおレーエンデ人の識字率は低い。ましてや百年以上も前の話だ。文字を理解する者も、歴史を書き残そうとする者も、まだいなかったに違いない。

「もっと話を聞こうぜ。他の売春宿にも当たってみようぜ」

　嬉々《きき》としてリーアンは両手を擦り合わせる。

「片っ端から聞いて回れば、テッサのことを知ってるヤツにブチ当たるかもしれねぇ」

「冗談じゃない」アーロウは目を剝いた。「娼館では自由発言が許されているとはいえ、すべての娼婦が反帝国の気質を持っているわけじゃない。誰彼かまわずテッサのことを聞いて回るなんて危険すぎる」

「じゃ、どうしろって言うんだよ。テッサの名を出さずに、どうやって情報を集めるつもりなんだよ」

　リーアンの反論に、ノックの音が重なった。

　ギクリとしてアーロウは扉を振り返った。

　誰だ？　今の話、聞かれただろうか？

彼は急いで扉を開けた。

「こんばんは、旦那さま」

そこには一人の娼婦が立っていた。結い上げた髪は漆黒で、肌は透けるように白い。しかしアーロウは娼館育ちだ。滅多なことでは騙されない。白粉で隠された肌のシミ、髪から漂う白髪染めの匂い。若々しく装ってはいるが、四十歳は超えているだろう。

「部屋をお間違えになったのでは？」

動揺を押し隠し、アーロウは紳士的に微笑んでみせた。

「こちらではお呼びしていませんよ」

「あらあら冷たいこと。せっかくいい話を持ってきましたのに」

赤い唇をつり上げて、女は艶《つや》っぽく笑う。

「若い色男の二人連れが年増女を指名するなんて、絶対ワケありだと思ったんですよ。だからね、無作法だとは知りつつも、お話聞かせて貰っちゃいました」

婀娜《あだ》っぽく片目を閉じ、ちろりと舌先を覗かせる。

「旦那さまはレーエンデの英雄に興味をお持ちでいらっしゃる。そうですよね？」

アーロウは返答に詰まった。どう切り抜けるべきか、必死に考えを巡らせる。

「やってくれるじゃねぇか！」

高笑いが響いた。リーアンが勢いよく寝台から立ち上がる。

「お前、俺達をゆすりに来たのか？」

「まさか、違いますよ。言ったでしょう？　いい話を持ってきたんだって」

女は媚びるように目を細めた。

「事と次第によっちゃ、お役に立てると思いますよ？」

「事と次第って？」リーアンが首を傾げる。

賢いくせに、こういうところは本当に鈍《にぶ》い。

「金を寄越せってことだ」

「ああ、なるほど！」

ぽんと手を打ち、リーアンは財布からルーナ金貨を一枚取り出した。

「これでいいか？」

「あらあら、まあまあ、お月さまじゃございませんか！」

女は金貨を受け取った。しっかりと帯の間に挟み込んでから、再びリーアンに右手を差し出す。

「けど、あたしの話はそんなに安くないですよ？」

リーアンは彼女の掌にもう一枚、金貨を載せる。

「もう一声」

さらに一枚。

「ありがとうございます」

金貨を帯に押し込んで、女は艶然と微笑んだ。

「あたし、ダール村に来る前は古都レイルの娼館にいたんです。北教区の司祭長ミール・リウッツィ様は理解のあるお方でしてね。レーエンデ人にも寛容で、監視も甘いものでした。あたしがいた娼館では帝国に不満を抱く人達が日夜集会を開き、外には出せないような危ない言葉が、それはも

うたくさん飛《と》び交《か》っていました。とはいえ、面倒事に巻き込まれたくはありませんから、なるべく関《かか》わらないようにしていたんですけどね。あたしったらどうにも間が悪くって、ある男が『レイルにはレーエンデ義勇軍の遺産がある』って言っているのを、うっかり聞いてしまったんです」

何がうっかりだ。どうせそれも立ち聞きしたんだろう。

そう思ったが、アーロウは黙っていた。

「そうそう、その男はこうも言っていました」

女は思わせぶりに、赤く染めた爪《つめ》で下唇をなぞった。

「『まず墓参りをしろ』って。『そうすればわかる』って」

「墓参り？　何の暗喩《あんゆ》だ？」

「さあ？」知りませんよと女は肩をすくめた。「そういう話を聞いたってだけです。どんな意味があるのかは、旦那さまが考えてくださいな」

それじゃ失礼します――と言い、忍び笑いを残して女は去った。身元を知られたくなかったのだろう。ついに名乗りもしなかった。

「やったな、アーロウ！」

リーアンが彼の肩を叩いた。

「次の目的地が決まったぞ！」

「お前、あの女の言うことを信じるのか？」

「ああ、信じるね。『まず墓参りをしろ』なんて台詞、素人が考えつくとは思えねぇ」

そうかもしれないが、あの手の女は信用出来ない。金目当てに大芝居を打ったという可能性も否

めない。しかしリーアンは、もうすっかりその気になっている。

「今度は宝探しか。なんだかワクワクしてきたぜ！」

「ワクワクって——お前なぁ」

「明日は朝一でここを出て、レイルに向かうぞ！」

高らかに宣言し、リーアンはオイルランプの火を吹き消した。

暗闇に取り残され、アーロウは嘆息した。

話の信憑《しんぴょう》性には疑問が残る。しかしレイルに向かうという考え自体は悪くない。法皇庁の直轄地であるダール村よりも、自由な気風が残る古都レイルのほうが話も聞きやすいだろう。それにレイルにはレーエンデ義勇軍の同志がいる。彼に頼めばきっと有益な情報が手に入る。

アーロウは手探りで服を脱いだ。窓から差し込む儚き月光、それを受けて胸元の月光石が青く輝いている。これを押しつけてきたマレナのことを思い出すと、胸の奥がほんのりと温かくなった。

彼女はどうしているだろう。月光亭の皆は元気にしているだろうか。

アーロウは両手で月光石を包み、「おやすみ」とささやいた。

ベッドにもぐりこみ、翌朝までぐっすりと眠った。

第三幕

焼け焦げた壁と柱。舞台を埋め尽くす無数の白骨。

「ごめん、アレーテ！　今、あたし、逃げようとしてた！」

テッサの悲痛な叫びが劇場内にこだまする。


観客達が息を呑む。

真実の歴史を知って驚いているのだろうか。こんなもの嘘八百《うそはっぴゃく》だと憤《いきどお》っているのだろうか。

前者ならよし。後者だとしても悪くはない。関心を抱き、正しい歴史を知りたいと思ってくれたら、それは成功と言える。たとえ悪評でも沈黙よりは幸いだ。驚くことも憤ることもなく看過されること。それが一番恐ろしい。


薄暗い舞台に立ち尽くすテッサ、キリル、イザークの三人。

彼らの頭上に死者達の声が厳かに響く。

『レーエンデに自由を！』

真っ白な灰が降ってくる。

『レーエンデに自由を！』

金色の埃が舞う。

『レーエンデに自由を！』
死者の声が生者を導く。
自由を求める若者達に、進むべき道を指し示す。

リーアンは思い出す。
夕陽《ゆうひ》に染まった碑文を。赤く染まったエンゲ山の山頂を。
道半《なか》ばで潰《つい》えた夢の記憶。熱く激しく駆け抜けた革命の記録。
はるか未来を生きる同胞へ、残された死者達からの伝言。
あの墓は、今もまだ同胞達を待っているのだろうか。

「あたしはレーエンデのために戦う！　レーエンデに自由を取り戻すために戦う！」

かくして英雄は立ち上がる。打倒帝国の旗を掲げ、革命へとひた走る。
これは芸術か。それとも反逆か。
判断するのは観客だ。

もう後戻りは出来ない。

第四章　赤い頭《テスタロッサ》

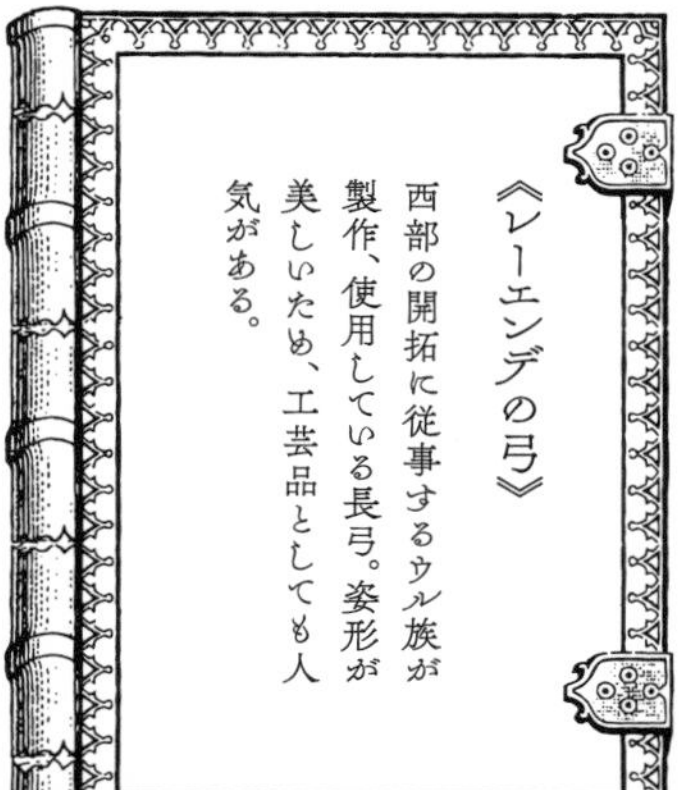

翌朝早く、馬車に荷物を積み込むリーアンとアーロウを見て、黒曜亭の主人アンドル・ピエントは目を剝いた。

「ええっ、もうご出立ですか!?」

「すみません、急用が出来てしまって」

「お待ちください！　せめてダール村名物のミンスパイを召し上がって――」

「お世話になりました！」

アーロウは御者台から山高帽を振った。

「どうか皆さん、ご健勝で！」

馬車はダール村を出て、春泥の道を西へと向かった。フローディアまで引き返し、今度は北街道に入る。

幸い天気に恵まれた。雪をかぶった大アーレス山脈が青空に映えている。険峻《けんしゅん》な峰々が春光に白く輝いている。山脈の裾野《すその》には肥沃《ひよく》な大地が広がっている。耕された黒土に農夫達が黒麦の種を蒔《ま》いている。

ダール村を出て四日目。新緑萌える野原を馬車は進んだ。

この日もまた雲ひとつない晴天だった。北街道は敷石《しきいし》で舗装されている。おかげで揺れも少ない。実に快適な旅だった。

ぽっくぽっくと蹄鉄《ていてつ》が鳴る、暖かな日差しが眠気を誘う。アーロウは欠伸《あくび》を噛み殺した。睡魔を振り払うために伸びをする。まったくリーアンが羨ましい。たまには自分も休みたい。馬車に揺られて昼寝がしたい。

そんな心の声が届いたのだろうか。

背後の幕が左右に開き、リーアンが顔を出した。

「止めてくれ」

「どうした？　また二日酔いか？」

「いいから止めてくれ」

顔色が悪い。額には脂汗が浮いている。

腹でも痛いのだろうか？

アーロウは手綱を引いた。大人しく馬が立ち止まる。幌馬車の車輪も停止する。

「あんまり遠くに行くなよ。泥にはまって抜けられなくなるからな」

だがリーアンは馬車を降りなかった。御者台に上り、アーロウの隣に腰掛ける。

「なんだ？　用足しに行くんじゃないのか？」

リーアンは背を丸め、むっつりと黙り込んでいる。いったい何を見ているのか、目だけが忙しなく動いている。

ふとアーロウは思い出した。

昨夜、宿屋の主人から聞いた奇妙な話を。

「あんたがた、レイルに向かうんでしたな。だったら気ぃつけなさい。こっから先は『ささやきヶ原』っていいましてな。誰もいない野っ原から人の声が聞こえてくるんですわ。別段、悪さをするわけじゃあないんですがね。声の主を探しに行って、泥にはまって動けなくなる人が、けっこういるんですわ」

それを聞いてアーロウは苦笑した。ノイエレニエの下町で暮らしていれば、夜な夜な子供の泣き声が聞こえるとか、幽霊の笑い声が響いてくるとか、その手の話は事欠かない。どうせ聞き間違いに決まっている。岩穴や木の洞を吹き抜ける風音が人の声に聞こえただけだ。そう思い、気にも留めずに忘れていた。

しかしリーアンは違う。彼には妄想癖がある。その旺盛な想像力が荒唐無稽な妄想となって暴走するのだ。それがリーアンの才能の源泉であることは間違いない。が、彼の妄想には限度も果てもない。いい加減、つきあわされるのはうんざりだ。

「人の声が聞こえる——とでも言うつもりか？」

アーロウは鼻で笑った。

「言っておくが、それは幻聴だ。お前の頭の中だけにある妄想だ」

「ああ、ほんと。全部妄想だったらいいのにって俺も思うよ」

陰気な声で応え、リーアンはうっそりと笑った。

「けど実際、俺には視えちまうし、聞こえちまうんだから仕方がねぇ」

ふう……息を吐き、困った顔をして空を見上げる。

「とてつもなくデカい木が生えてる。あっちにもこっちにも。幹は白くてバカ太くて、あちこちに窓や扉がついてる。白い枝の間に吊り橋がある。階段や梯子もある。これはたぶん古代樹林だ。このあたりは『狂月の大火』で焼き払われる前、古代樹の森だったんだ」

『狂月の大火』と呼ばれる大火事はレーエンデ北部の森を焼き尽くした。その焼け跡に作られたのが現在レーエンデ北部に広がる黒麦畑だ。フローディアとレイルを繋ぐこの北街道も『狂月の大火』の後に敷設された新道だ。

「なんでわかった？」

用心深くアーロウは尋ねる。

「何を見た？　何を読んだ？　地図か？　歴史書か？」

答える代わりに、リーアンは立ち上がった。

「ほら、そこ」

何もない一点を指差す。

「狩りから戻った若者達がいる。大きなシジマシカを抱えて自慢げな顔をしていやがる。あっちではおばちゃん達が洗濯してる。おしゃべりに夢中で手が止まってる。でも楽しそうだ。大口を開けて笑ってる。泉の周りを子供達が走り回ってる。おっと、一人転んだ。泣くか？　泣くのか？　お、泣かずに立ち上がった！　懲りずにまた走り出した！　まったく、いつの時代も子供は元気だな」

アーロウは周囲を見回した。広大な野原が広がっている。春泥の中、ちらほらと白い花が咲いている。所々に林はあるが、古代樹の森を思わせるようなものは何もない。白い巨木も見えないし、

そこで暮らす人々も見えない。

「こいつは古代樹の森の記憶、レーエンデの大地の記憶だ」

リーアンは目を細め、何もない野原を眺める。

「『狂月の大火』で古代樹の森は焼け落ちて、大勢のウル族が焼死した。その時の記憶だってあるはずなのに、思い出すのは何の変哲もねぇ日常だ。古代樹の森はウル族のことが大好きだったんだろうな。だから今もこうして彼らのことを思い出してる。とっくの昔に失われて、もう二度と戻ってこない日々のことを繰り返し思い出してる。切ねぇよな」

確かに切ない話ではある。

だが、すべてはリーアンの妄想だ。土地が歴史を記憶し、それを再現してくれるのであれば、最初から土地に尋ねればいい。テッサはどんな人間だったのか。どんな風に生きて、どんな風に死んだのか。土地に記憶を見せて貰えばいい。

「それは次回作の構想か何かか？」

アーロウはわざとらしく肩をすくめた。

「今日中にレイルに着きたいんだが、そろそろ馬車を出してもいいか？」

リーアンはアーロウを見た。鼻の頭に皺を寄せた。

「もういい」

吐き捨てるように言って、荷台へと戻っていく。

「レイルに着くまで起こすな」

アーロウは薄く笑った。あのリーアンをやり込めた。そう思うと気分がよかった。御者台に座り

直し、大人しく待っている馬に声をかける。

「レイルまであと一息だ。さあ、頑張ってくれ」

コォン、という音が間近に聞こえた。

木を叩くような音だ。コォン、コォンと繰り返し聞こえてくる。

「なんだ？」

アーロウは周囲を見回した。道の前後に馬車はない。野原にも人影はない。一番近い林まで、ゆうに十サガンある。音はもっと近かった。もっと近くから聞こえた。

「なんなんだ？」

水滴が落ちる音がする。階段を上り下りする足音がする。パチパチと薪が爆ぜる音、子供達の歓声、軽やかな足音が通り過ぎていく。

姿は見えない。しかし聞こえる。

当惑するアーロウの頬を春風が撫でた。湿った土の匂いがする。青々とした夏草の匂いがする。波音のような梢のざわめき。かすかな笑い声。そして——

『わ、笑わないでください！』

『ごめんなさい……ちょっと、油断しました』

声が聞こえた。

少女と青年の声だった。

『もう、まだ笑いますか！』

『だって、まさか、そこで嚙むとは思わなくて』

その瞬間、アーロウは見た。

鬱蒼とした森に聳える乳白色の大木を。

木漏れ日の中に立っている白い少女と黒髪の青年を。

驚いて、目を瞬いた。

茫洋と霞んだ春の空、春泥の野原が広がっている。深緑の森も白い巨木も、少女も青年も消え失せていた。一瞬にも満たない出来事だった。

春の陽気のせいで刹那《せつな》の夢を見たのだと思った。

だが夢とは思えない臨場感があった。

「まさか――」

今のが古代樹の夢だろうか。俺は土地の記憶を見たのだろうか。

「まさかな」

アーロウは耳をすました。もう一度、声を聞こうとした。

しかし、何も聞こえない。

さわさわと若草が揺れている。

ただ風だけが吹いている。


その日の午後、二人を乗せた馬車は古都レイルに到着した。

大通りの両脇にはホテルやレストラン、洒落《しゃれ》たカフェや百貨店などが軒を連ねている。貴婦人のシルエット、夕陽に染まったエンゲ山、可愛らしい砂糖菓子などが描かれた看板が、街に彩《いろど》りを与

えている。道行く人々の表情は明るく、心なしか洒脱《しゃだつ》に感じられる。

北教区を統治する司祭長ミール・リウッツィはこのレイルに居をかまえている。リウッツィ家は芸術と文化を愛する洒落者の一族だ。レーエンデ人にも寛容で、警邏兵による監視も甘い。そのため街の裏通りでは売春宿や連れ込み宿、銀夢煙草を供する店など、よからぬ文化が花開いている。

やがて馬車は広場に出た。噴水の向こう側に大きな白い建物がある。リウッツィ家が贅を尽くして建設したレイル歌劇場だ。出入り口の両脇に大きな垂れ幕が下がっている。帆船の前で抱き合う美男美女の下に、飾り文字で『ヴェスト号の大航海』と書かれている。二年ほど前、ミケーレ・シュティーレが演出して大評判を呼んだ冒険劇だ。

アーロウは羨望の眼差しでレイル歌劇場を見つめた。正面に並ぶ八本の柱には美しい文様が刻まれている。柱の上部には天使の彫刻が並んでいる。内装はどんな風だろう。舞台装置は、照明は、いったいどうなっているのだろう。

「『ヴェスト号の大航海』をやってるのか！」

リーアンが荷台から顔を出す。垂れ幕に目を向けたまま、アーロウの背中をバシバシと叩く。

「なあ！　なあ！　観ていこうぜ！」

「無理だ」

アーロウは出入り口に立てられた白い看板を指さした。

『イジョルニ人専用／レーエンデ人お断り』

「歌劇場にはイジョルニ人しか入れない」

「お前と俺ならバレやしねぇよ」

「身分詐称が発覚したら五年間の労働罰が科せられる。この先の五年、日の当たらない炭坑でツルハシ振って過ごしたいか？」

アーロウは冷ややかな目でリーアンを睨んだ。

「今回の旅の目的は何だ？　お前にとって一番大切なものは何だ？　軽率な行いをすれば、すべての努力が台無しになる。それを忘れるな」

リーアンは舌打ちをした。荒っぽく、御者台に腰を下ろす。

「じゃあ、どこに行くつもりなんだよ？」

「交流のある娼館を訪ねる。今回は仲間がいる。きっと有益な情報を与えてくれる」

「『まず墓参りをしろ』じゃねぇの？」

「まずは情報だ。墓参りをしようにも、誰の墓に参ればいいのか、どこで何を探せばいいのか、何もわかっていないんだ」

「なら急げ。早いとこ情報を聞き出して、宝探しに行こう」

「何が宝探しだ。これは遊びじゃない。下手をすれば命を落とすかもしれないんだぞ」

「わかってる。だから面白いんじゃねぇか」

リーアンは目を細め、ふふんと鼻で笑った。

目的の娼館『琥珀《こはく》亭』は歌劇場にほど近い、大通り沿いにあった。さすがは芸術の都だけあっ

て、道に面しているのは娼館ではなく劇場だ。係員に馬車を預け、リーアンとアーロウは中に入った。こぢんまりとしたエントランスホール、壁は深緑色、燭台とシャンデリアは艶のない金色だ。

「申し訳ございません、お客様」

壁紙と同じ色の制服を着た案内係が駆け寄ってきた。

「ご入場は午後六時からになっておりまして――」

「ご挨拶が遅れて申し訳ございません」

アーロウは山高帽を脱ぎ、礼儀正しく一礼する。

「私はアーロウ・ランベールと申します。エルシー座の座長ツバル・コーントさんにお目通り願えますでしょうか？」

「あ、はい！　承っております！　ただちに呼んで参ります！」

少々お待ちくださいと言って、案内係は奥へと消えた。

この旅に出る前、コーントに手紙を出し、訪《おとな》いを告げておいた。そのかいがあって、すぐに一人の男が現れた。年の頃は四十前後、灰色の髪に琥珀色の瞳、立派な口髭を蓄《たくわ》えている。恰幅《かっぷく》のいい身体に仕立てのいいコートを羽織り、襟元に臙脂《えんじ》色のスカーフを巻いている。

「お待ちしておりました、ランベールさん。エルシー座の座長を務めますツバル・コーントと申します」

「初めまして、コーントさん。アーロウ・ランベールです」

アーロウはコーントと握手を交わした。それから一歩退いて、今度はリーアンを前に押し出す。

「これは私の兄、劇作家リーアン・ランベールです」

「おお、貴方が！」

コーントは嬉々としてリーアンに歩み寄り、両手で彼の右手を握った。

「お会い出来て光栄です。貴方の脚本は最高に素晴らしい。読むたびに胸を打たれます。演じるたび感涙に咽《むせ》びます。独創性においても芸術性においても他の追随を許さない。エストレニエで活躍する有名劇作家でさえ貴方にはかないません。リーアン・ランベールはレーエンデ人の誉れ、レーエンデの至宝です！」

「まあ、当然だな」

　手放しで褒めちぎられ、気分をよくしたらしい。リーアンは肩をそびやかし、革製の台本入れをコーントの眼前に突き出した。

「新作を持ってきた。今回のも自信作だ」

「それは心が躍ります！」

　コーントは台本入れを受け取り、崇めるように押しいただいた。

「さっそく拝読させていただきます」

「おっと、その前に――」リーアンはいたずらっぽく片目を閉じた。「テッサ・ダールについて、お前の知っていることを教えてくれ」

　コーントの笑顔が凍りついた。きょときょとと周囲を見回し、誰もいないことを確かめてから、亀《かめ》のように首を縮める。

「それは忌《い》むべき者の名です。ここでは口にしないでいただきたい」

「はぁ？」リーアンは眉をつり上げた。「あんた、レーエンデ人だろ？　だったらテッサのことを

悪く言うんじゃねぇ。忌むべき者なんて呼ぶんじゃねぇ！」

「困ります、ランベールさん。お願いですから大きな声を出さないでください」

「おい、アーロウ！」リーアンは勢いよく彼を振り返った。「こいつもレーエンデ義勇軍なんだろ？　なんでイジョルニ人の手先みたいなこと言いやがるんだ？」

「さあ、なぜだろうな」

　アーロウは腕を組み、エルシー座の座長を睨んだ。

　顔色を失っているコーントに向かい、厳しい声音で問いかける。

「貴方はレーエンデ義勇軍の考えに賛同を示してくれました。自分も活動に加わりたい、レーエンデの自由のために行動したいと言ってくれました。あの言葉は嘘だったのですか？　貴方の手紙に綴《つづ》られていた革命への情熱は、すべて偽りだったのですか？」

「神に誓って偽りではありません」

　苦しそうにコーントは言う。秀でた額には脂汗が光っている。

「私とてレーエンデ人です。帝国支配からの解放を望んでおります。ですが、争うばかりが革命ではございません。このレイルでは上級市民も下級市民も等しく自由を甘受しております。私達は話し合いを重ねることで、平和な暮らしを維持しているのです」

「クッだらねぇ！」リーアンが吐き捨てた。「等しく自由を甘受してるなら、なんでレイル歌劇場は『レーエンデ人お断り』なんだよ！」

「あれは住み分けです。イジョルニ人好みの芝居は歌劇場で、レーエンデ人が好む芝居はこのような小劇場で上演するのが習わしです。リーアン・ランベールの戯曲は傑作揃いですが、残念ながら

イジョルニ人の好みには合わないのです」

「詭弁《きべん》ですね」アーロウは言い返した。「どのような舞台を観るのか、どんな芝居を好むのか、それを決めるのは個人です。出自や人種によって差別されるべきものではありません。ましてや恣意《しい》的に住み分けを図るなど、帝国支配への恭順以外の何ものでもありません。それについては貴方も理解してくださっていると思っていたのですが——」

　残念ですと呟いて、目を細める。

「レイルに暮らすレーエンデ人は幸いですね。不当に搾取されることなく、蔑まれることもなく、『犠牲法』の恐怖に怯える必要もないのですから。リウッツィが与える限定的な自由を受け入れ、帝国から下賜される安寧を甘受する貴方が、世界の変革など望むはずがない。なのに、なぜ貴方は私達の活動に賛同してみせたのですか？」

　答えはない。コーントは台本入れを抱えたまま身体を震わせている。

「私がリーアン・ランベールの血縁者だったからですか？」

「それは……」

「私と懇意にしていれば、労せずリーアン・ランベールの新作を手にすることが出来る。それが目的だったんですね」

「すみません」

　消え入りそうな声でコーントは言う。

「申し訳ございません」

　謝罪するということは、その通りですと認めたも同然だった。

アーロウは自嘲的に微笑んだ。

「謝る必要はありません。これまで多くの書簡を交わしてきたにもかかわらず、私は貴方の真意を見抜けなかった。疑って然るべきだったのに、私はそれを怠った。同志達を守る立場にありながら、軽率にも貴方のような人間を信用した。まったく情けない話です。己の不明を恥じるばかりです」

彼は山高帽を被り、鍔を引き下げて顔を隠した。

「もはやお会いすることもありますまい。エルシー座の皆様の、今後一層のご活躍とご発展をお祈りいたします」

そう言い残し、コーントに背を向ける。呼び止める声が聞こえたが、アーロウは立ち止まらなかった。劇場を出て、先程の劇場係員にルーナ金貨を一枚渡し、「馬車を出してきてくれ」と頼む。

破格の手間賃に青年は笑顔で首肯した。弾むような足取りで劇場の裏手へと走っていく。

「弟よ、兄を置いて先にいくな」

アーロウの右横にリーアンが並んだ。紙巻き煙草を咥《くわ》え、マッチを擦って火をつける。

「いいのか、何もしなくて？」

ふーっと煙を吐き出し、のんびりとした口調で尋ねる。

「一発ぐらい殴っとけよ。お前にはその権利がある」

「暴力は嫌いだ」

「ああ、俺もだ」

煙草を吹かし、リーアンは空を見上げる。

「けど、お前は我慢しすぎだ。怒りも悲しみも全部飲み込んで、吐き出すってことをしねぇんだ。だから負の感情が腹に溜《た》まって苦しくなるんだ。なあ、アーロウ。もっと自分の気持ちに正直になれよ。お前だって泣いていい。怒ったっていいんだ」

「泣くつもりはない。怒ってもいない」

「そうかい」

会話が途切れた。気を悪くしたのか、呆れたのか、リーアンは無言で煙草を吹かし続けている。

「お前、言ったよな」

正面を向いたまま、アーロウは呟く。

「ビラを撒いたり、広場の壁にメッセージを書くことは自己満足だって。ひとりよがりの内輪ウケにすぎないって。でも俺は、義勇軍の活動をしている時だけは、自分はクソ袋じゃないって、まっとうな人間なんだって、思うことが出来たんだ。俺はレーエンデの未来に希望を繋いでいる、こんな俺でも誰かの役に立てている。そう思うと少しだけ息をするのが楽になったんだ」

ふっと息を吐き、アーロウは唇だけで笑う。

「お前が正しかった。全部、俺の自己満足だった」

「ああ、そうだ。お前はお人好《ひとよ》しの大馬鹿者だ。でも、だからって、騙していいってことにはならねぇ。私利私欲のためにお前を利用した、あのコーントってやつは最低最悪な下衆野郎だ」

リーアンは彼に向き直り、真顔で拳を握ってみせる。

「泣き寝入りは性に合わねぇ。お前がやらねぇなら俺がぶん殴ってくるけど、それでもいいか？」

「いいわけないだろう」

アーロウは、つい笑ってしまった。

「お前の右手は傑作を書くためにあるんだ。下衆野郎をぶん殴って、ペンが握れなくなったらどうする」

「けどよ――」

そこへ劇場係員が馬を引いてきた。

「お待たせしました」

二人の前で幌馬車が止まる。

「乗れ」アーロウは言った。「どんな理由があるにせよ、暴力は駄目だ」

リーアンは不満そうな顔をした。小声で悪態をつき、荷台によじのぼる。

アーロウは係員に礼を言い、御者台に上った。

「ああ、そうだ」と振り返る。「この街で墓参りをするにはどこに行けばいい？」

「墓参りですか？」

係員の青年は怪訝そうに首を傾げた。

「レイル共同墓地なら、街の北側にありますけど」

アーロウは帽子の鍔に手を当てた。

「ありがとう」

「行ってみることにする」


レイル共同墓地は郊外の公園内にあった。

墓守に馬車を預け、リーアンとアーロウは林に入った。若葉の隙間から光が差し込んでくる。木漏れ日が敷石に斑《まだら》模様を描いている。林を抜ける遊歩道に沿って墓標が並んでいる。真新しい墓標には死者の名前と没年月日が刻まれている。

「で、誰の墓を探せばいいんだ？」

頭の後ろで両手を組み、呑気な口調でリーアンが問う。

「お前のことだ。何か考えがあるんだろ？」

「考えというほどのものじゃない」

アーロウは足下に視線を落とした。

「『まず墓参りをしろ』ということは、誰かの墓に手がかりが記されているということだ。本当に義勇軍の遺産が存在するのだとしたら、それはテッサの没後、聖イジョルニ暦六七四年よりも後に隠されたことになる。だとすれば、探すべきは昨今に建てられたものじゃない。六七四年から数年以内に建てられた墓だ」

「なるほど」

リーアンは感心したように頷いた。

「お前ってそういうとこ、ホントよく頭が回るよな」

アーロウはぎょっとしてリーアンを見つめた。

「お前が俺を褒めるなんて……熱でもあるのか？」

「なに言ってんだ。けっこうちょくちょく褒めてるぞ？」

「記憶にない」

「お前の演出をクソ扱いしたことは一度もねぇだろ」

「それは褒めたことにはならない」

「そこは、ほら、意図を汲《く》めってやつ？」

「お前と違って俺は悲観的な人間なんだ。悪い意味に曲解することはあっても、良い意味に解釈することはない」

「ったく、面倒くせぇ男だなぁ」

盛大にぼやいて、リーアンはガリガリと頭をかいた。

「脚本家としてのお前は三流、役者としては二流、だが演出家としては一流、もしくはそれ以上だ。お前は俺の脚本を最高の舞台に仕立て上げる。そこが気に入っている」

アーロウは目を剥いた。あまりにリーアンらしくない。開いた口が塞《ふさ》がらない。

「お前、もしかして、俺が落ち込んでいると思って、慰めようとしてるのか？」

「違う！」リーアンは歯を剥いた。「褒めてんだ！　褒めてんだよ！　てか、悲観的にもほどがあるだろ！　今のはどう聞いたって褒めてんだろうが！」

「それは……どうも」

ありがとう。その一言が出てこない。アーロウは右手で口を押さえた。心臓が高鳴る。頬が熱い。リーアンに褒められて赤面するなんて屈辱もいいところだ。

アーロウは横目でリーアンを盗み見た。偉そうに勝ち誇っているだろう――と思いきや、リーアンも真っ赤になっていた。頬や鼻の頭だけでなく、首筋や耳朶まで赤い。

「ああ、もう、なんで野郎と顔見合わせて、赤面しなきゃなんねぇンだよ！」

独り言にしては大きすぎる声でリーアンが叫ぶ。

「馬鹿か？　馬鹿なのか？　だからイヤなんだよ、こういうこと口にすんのは！」

ぶつぶつ文句を言い、のしのしと通路を進んでいく。

林の奥に向かうにつれ、墓石が古くなってきた。没年も過去へと遡《さかのぼ》っていく。二人は先を急いだ。あと一時間もすれば陽が暮れる。林の中には街灯がない。陽が暮れたら何も見えなくなる。そうなる前に、何らかの手がかりを得ておきたかった。

木々の向こう側に、ひときわ大きな墓石が見えてきた。記された名前はマルコ・リウッツィ。名前からして北教区の司祭長ミール・リウッツィのご先祖様だろう。マルコの墓は両脇に小さな墓石を従えていた。右側の墓はレオナ・リウッツィ、左側の墓はカミーロ・リウッツィ。享年から推察するに、レオナはマルコの妻でカミーロは子供だ。

「この三人、没年が一緒だ」

リーアンが指摘する。三つの墓石に刻まれた没年は聖イジョルニ暦六七四年。これは初代法皇帝が即位した年であり、テッサが処刑された年でもある。始祖の血を引く名家リウッツィ親子が三人同時に自然死したとは考えにくい。激動の六七四年、このレイルもリウッツィ家も、無傷ではすまなかったのかもしれない。

「こいつは怪しいな」

リーアンは両手で墓石を撫で回す。

「どこかに秘密の入り口が隠されてるんじゃねぇのか？」

「義勇軍は法皇帝に追われていた。そんな大がかりなものを造れたはずがない」

アーロウはマルコの墓の裏側に回った。背面には帝国文字が刻まれている。風化が進んでいて、かなり読みにくい。

「なんて書いてある？」

リーアンが横から碑文を覗き込んだ。文字を指でなぞりつつ、その文面を読み上げる。

「――マルコ・リウッツィ司祭長は優れた為政者であった。公明正大を旨とし、イジョルニ人でありながらレーエンデの民にも愛された。聖イジョルニ暦六七四年、暴徒がレイルを襲った。リウッツィ司祭長はレイルを守るために戦い、自らの命を差し出すことでレイルの民を救った。このような悲劇が二度と繰り返されることのないよう、我らレーエンデの民は戒《いまし》めと誓いを込め、この碑《いしぶみ》を残す」

「驚いたな」

碑文を見つめ、アーロウは独《ひと》りごちた。

「イジョルニ人である司祭長の墓を、レーエンデ人が建てたのか」

刻字の下には大アーレス山脈とその最高峰エンゲ山のレリーフがある。木々の間からは本物のエンゲ山の山頂が見える。山の形は変わらずともレーエンデは変わった。レーエンデ人にも愛される司祭長なんて、今ではとても考えられない。テッサが生きた時代よりも俺達が生きるこの時代のほうが、暗く冷たく無慈悲なのかもしれない。そう思うと、余計に気持ちが塞いでくる。

「これだ、アーロウ。間違いねぇ！」

しかしリーアンは嬉々として手を打った。

「レーエンデ人が建てたイジョルニ人の墓なんて、そうそうあるもんじゃねぇ。ここに遺産が隠さ

れてるに違いねぇ。なぁ、ちょっと押してみていいか？」

「やめろ」墓石を勝手に動かすなんて論外だ。「この墓標、少なく見積もっても二〇リドルはある。とてもじゃないが、俺達二人では動かせない」

「これじゃねぇってことか？」

「そうは言っていない。俺もこの墓は怪しいと思う。レーエンデ人が帝国への恭順を示すため、司祭長の墓を建てましたと言えば、何者もこれを破壊しようとは思わないだろう。遺産を隠すにはうってつけだ」

「だったらどうする？　どうやって探す？」

「考え方を変えてみよう」

アーロウは右手の人差し指を立てた。

「レーエンデ義勇軍の遺産とはいったい何だ？」

「遺産といえば、やっぱ金だろ」

「義勇軍はレーエンデ人の集団だ。圧政に苦しんでいたレーエンデ人が、後世に残せるほどの金品を持っていたとは考えにくい」

「じゃあ、武器とか？」

「当時の武器は剣か槍《やり》だ。数年も放置すれば錆《さ》びついて使い物にならなくなる。後生大事に保存しておく価値はない」

「てことは、食糧でもねぇな」

「そういうことだ」

アーロウは顎に拳を当てた。

「テッサが処刑され、義勇軍はちりぢりになった。自分達の時代には、もう革命はかなわない。帝国は英雄の存在を消しにかかる。レーエンデ人への弾圧を強めていく。絶望に向かう世界、暗黒時代が迫る中、お前なら何をする？　後世の人間に何を残す？」

「俺なら自分達の戦いを戯曲にして残す。俺達の遺志を歌にして託す」

「たぶん、彼らも同じだ。義勇軍の遺産とは彼らの戦いの歴史、彼らが果たせなかった夢の記録。だとしたら探すべきは宝箱じゃない。レーエンデ人にしかわからない符丁、もしくは暗号のようなものだろう」

「そうなると、ますます手に入れたくなるな！」

リーアンはリウッツィの墓碑を見上げた。ああでもないこうでもないと矯めつ眇めつしてるうちに、太陽は西に傾いた。林も石碑も夕日に染まる。あたりが暗くなってくる。

「うう、わからねぇ！」

堪《こら》え性《しょう》のないリーアンが音を上げた。

「腹減った。今日はこのへんにして、明日また出直そうぜ」

「そうだな」

陽が落ちれば、このあたりは真っ暗になる。ランプは馬車に置いてきてしまった。暗い墓地を手探りで歩くのは気が進まない。

「腹が減った、腹減った、腹ン中のヤミオオカミが肉を喰わせろと鳴いている」

歌いながらリーアンが歩き出す。

彼に続こうとして、最後にもう一度、アーロウはリウッツィの墓碑を振り返った。

「うっ？」

思わず声が出た。

低い位置から差し込む赤光、墓石に彫られた文字のひとつひとつに影が落ちる。その中に、ひときわ濃い影をつくる文字がある、他の文字よりも深く彫られている文字がある。

アーロウは震える指でそれを辿った。上から順に読みあげる。

「F、R、E、E、L、E、E、N、D、E」

「《FREE LEENDE》《レーエンデに自由を》！」

いつ戻ってきたのか、彼の隣でリーアンが叫んだ。

「こいつは伝言だ！　レーエンデ義勇軍からの伝言だ！」

「なら、このレリーフにも何か意味があるはずだ」

アーロウは墓石の傍《かたわ》らに膝をついた。本物のエンゲ山と同様、墓石に彫られたエンゲ山も夕陽に赤く染まっている。

「大アーレス山脈の最高峰であるエンゲの山頂は、周囲の山々が闇に沈んだ後も赤く輝き続ける。ゆえにエンゲ山は中央高原地帯で暮らすティコ族に『赤い頭』と呼ばれている。今は廃《すた》れたティコ族の言語で『赤い頭』は『テスタロッサ』。このエンゲ山の浮き彫りは、おそらくテッサのことを示している」

そこで言葉を切り、アーロウはリーアンを見上げた。

「そういえば、ここに来る途中、夕陽に染まったエンゲ山が描かれた看板を見た」

「どこで？」

「大通り、広場の手前だ」

「娼館か？」

「いいや、パン屋だった」

アーロウは立ち上がった。

「急ごう。早くしないと店が閉まる」

二人は林を駆け抜けた。墓守に手間賃を渡し、急いで馬車に飛び乗った。来た道を引き返し、広場を抜けたところで夕陽を浴びるエンゲ山の看板を見つけた。

店の窓には明かりが灯っている。まだ中に人がいる。店の前に馬車を停め、リーアンとアーロウはパン屋『テスタロッサ』に入った。

店内に客はいなかった。すでに閉店時刻を過ぎているのか、店員の姿も見当たらない。

「ああ、すみません」

店の奥から声がした。前掛けで手を拭いながら年配の男がやってくる。すっかり白くなった髪、透き通るような青い目。若い頃はさぞいい男であっただろう。そう思わせるのに充分な、品のある佇《たたず》まいだ。彼は困ったように眉を寄せ、二人の顔を交互に見た。

「今日の分は全部売れてしまったんです。申し訳ございません。出直していただけますか？」

パンを買いに来たわけじゃありません——と言いかけて、アーロウは気づいた。カウンターの後ろに古い絵画が飾られている。夕陽に照らされ、赤く輝くエンゲ山を描いたものだ。右隅には署名がある。Ｒで始まる名前のようだが、色が暗すぎて判読出来ない。

「その絵、エンゲ山ですよね。店名の『テスタロッサ』は、確かエンゲ山の異名でしたよね」

「ええ、そうなんです。お若いのによくご存じですね」

店の主人は嬉しそうに微笑んだ。

「お二人は旅のかたですか？　レイルには初めてですか？」

「はい」

「エルシー湖の畔《ほとり》から望むエンゲ山は見事ですよ。ぜひご覧になってください」

「それは良いことを聞きました。明日にでも行ってみます」

道楽者の旅行者を装って、アーロウはパン屋の主人を観察した。優しい笑顔、穏やかな口吻《こうふん》、物腰も上品だ。帝国との戦いに身を投じたレーエンデ義勇軍とは縁もゆかりもなさそうに見える。リウッツィの墓のことを尋ねてみるべきなのだろうが、なかなか踏ん切りがつかない。解釈が間違っていたら、自分の思い違いだったら、最悪の場合、警邏兵を呼ばれる可能性もある。

「マルコ・リウッツィの墓参りをしてきた」

いきなりリーアンが切り出した。そして、止める間もなく続けた。

「義勇軍の伝言を見つけた。それでここに来た」

アーロウはリーアンを睨みつけた。

しかしリーアンは止まらない。

「教えてくれ。義勇軍の遺産って何だ？」

パン屋の主人は答えなかった。表情ひとつ変えず、黙って二人を見つめている。春空を思わせる青い瞳、その奥に刃がある。先程までは感じなかった鋼《はがね》の冷徹がある。アーロウは直感した。俺達

は試されている。秘密を打ち明けるのに相応しいかどうか、器の大きさを測られている。ここが正念場だ。臆《おく》していては何も得られない。まずはこちらの手の内を明かさなければ、相手の信頼は得られない。

アーロウは帽子を脱いで胸に当てた。

「私はアーロウ・ランベール。ノイエレニエにあるルミニエル座の座長を務める役者です。これはリーアン・ランベール。劇作家です」

改めて、礼儀正しく一礼する。

「私達はノイエレニエの下町で活動する反帝国組織、レーエンデ義勇軍の一員です。レーエンデの英雄、テッサ・ダールの足跡をたどってここまで来ました。教えてください。レーエンデ義勇軍の遺産とは、いったい何を指しているんですか？」

パン屋の主人はガラス玉のような目で二人を見て、言った。

「扉の鍵を閉めてくれませんか？」

「お安い御用だ」

リーアンが請け合った。扉に近づき、鍵を閉める。丁寧にブラインドを下ろし、店の主人を振り返る。

「これでいいか？」

「ありがとうございます」

主人が深々と頭《こうべ》を垂れた。再び顔を上げた時、彼の手には拳銃《けんじゅう》が握られていた。

「動かないでください」

銃口で二人を牽制《けんせい》し、店主は奥に向かって呼びかけた。

「リカルド、警邏兵を呼んできてください」

アーロウは下唇を噛んだ。この人は帝国側の人間だ。義勇軍の遺産の噂も、リウッツィの墓に刻まれた伝言も、レーエンデ義勇軍の遺志を継ごうとする者達をあぶり出すための罠《わな》だったのだ。捕まれば反逆者としてレーニエ監獄に送られる。見せしめとして『犠牲法』が適用される。警邏隊が到着したら逃げられない。

「逃げろ、リーアン！」

叫びざま、アーロウは店の主人に飛びかかった。銃身を握り、彼の手から拳銃を奪おうとする。

「行け！　早く逃げろ！」

汗で手が滑った。アーロウを振り払い、店主は後じさった。二人の間に距離が出来る。

店主は再び銃をかまえた。

アーロウは死を覚悟した。咄嗟に両手を広げた。

「よせ！」リーアンの叫び声。「やめろ！　撃つな！　撃たないでくれ！」

パン屋の主人が引き金を引く。

かちん、と乾いた音が響いた。

「年代物でね。壊れてるんですよ」

彼はカウンターに拳銃を置いた。アーロウを見上げ、にこりと微笑む。

「驚かせてすみません。貴方達の覚悟、拝見させていただきました」

言い返す言葉もなく、アーロウは息を吐いた。今さらのように膝が震える。冷や汗がどっと噴き

出してくる。

「やりすぎだぜ、爺《じい》さん」リーアンは床に尻餅《しりもち》をついた。「ったく、寿命が縮んだぜ」

「ご理解ください。こちらも命懸けなのです」

「では――」

言いかけて声がかすれた。喉が痛い。口の中がカラカラだ。アーロウは苦労して唾を呑み込み、咳払いをしてから言い直した。

「では、貴方は本物のレーエンデ義勇軍なのですか？」

「いいえ。私はしがないパン焼き職人です」

「でも義勇軍の遺産とは何か、ご存じなんでしょう？」

「義勇軍の遺産とは真実の歴史です。聖イジョルニ暦六七四年、レーエンデで何が起こったのか。私は父から、父は祖父から、代々伝え聞かされてきたのです」

「俺達に、それを教えてくれませんか？」

「お話しするのはやぶさかではありません」

しかし――と言い、彼は再び瞳に刃の輝きを宿した。

「一度聞いてしまったら、もう元には戻れません。命を脅かす秘密を生涯抱えて生きることになります。それは貴方達の心を蝕《むしば》み、今ある幸福を奪うことになる。貴方達はまだ若い。悪いことは言いません。何も聞かずにお帰りなさい。野望など抱かず、今ある生活を大切になさい」

「断る！」

リーアンが立ち上がった。アーロウを押しのけ、前に出る。

「俺はテッサの戯曲を書くと決めたんだ。彼のことをもっとよく知る必要があるんだ。生半可な覚悟で言ってるんじゃねぇ。俺はこの戯曲に命を懸けてる。劇作家としての人生を、俺の魂を懸けてるんだ！」

「リーアンの言う通りです」とアーロウが続ける。「真実を語り継ぐことは、俺の使命でもあるんです。命惜しさに逃げ出したら一生後悔します。それこそ死んでも死にきれません」

老人は肩をすくめた。どうなっても知りませんよ、というように。

「そこまで言うならお話ししましょう。ですが、その前に馬を預けてきてください。裏に厩舎があります。馬車もそこで預かってくれます」

アーロウは窓の外に目を向けた。西の空はまだ明るいが、陽はすでに落ちている。夕闇の中、幌馬車に繋がれたままの馬が寂しげな目でこちらを見ている。

「わかりました。すぐに移動させます」

「それと、脅かしてしまったお詫《わ》びに今夜は我が家に泊まってください。男やもめの一人暮らしで、ろくなおもてなしも出来ませんが、気兼ねだけは無用です」

歴史の秘話を聞こうというのだ。彼の家を使わせて貰えるなら願ったりかなったりだ。断る理由は何もない。

「ありがとうございます。そうさせていただきます。ええと……すみません。まだ貴方のお名前を伺っていませんでした」

「私はリカルド・ハロウ。六代目です。我がハロウ家の男達は皆リカルドを名乗るのです」

そこで彼は背後の絵画を指さした。

「この絵を描いたのが最初のリカルドです。彼はテッサと言葉を交わし、彼女の行動に感銘を受け、彼女のことを語り継ごうと決意したそうです」

「え？」アーロウは目を瞬いた。「今、『彼女』とおっしゃいましたか？」

「はい」

「テッサ・ダールは女性だったのですか？」

「そうです」

リカルド・ハロウは慎《つつ》ましく微笑んだ。

「レーエンデの英雄テッサ・ダールは『彼』ではありません。『彼女』なのです」

衝撃的な告白だった。

数秒間の沈黙。その後、リーアンとアーロウは同時に言った。

「女なのに帝国と戦ったのか！」

「女性であることさえ、俺達には伝わっていなかったのか」

「そうです」

リカルド・ハロウは首肯した。

「テッサは女性でありながら義勇軍の先頭に立ち、もう一歩というところまで帝国を追い詰めました。しかし奸計《かんけい》に敗れ、ノイエレニエで処刑されました。彼女はレーエンデのために戦い、レーエンデのために死んだ。なのにレーエンデ人は、彼女の功績も偉業も、名前や性別さえも忘れ、英雄の存在とともに自分達の矜持まで葬り去ってしまったのです」

その夜、リーアンとアーロウはパン屋の二階にあるリカルドの家に泊めて貰った。ハムとチーズをのせた黒麦パンと、トウモロコシのスープをご馳走になり、リカルドが受け継いできた真実の歴史に耳を傾けた。

テッサ率いるレーエンデ義勇軍が人々の噂に上るようになったのは、聖イジョルニ暦六七三年。彼らはラウド渓谷で帝国軍の補給部隊を襲撃し、多数の武具を強奪した。六七四年には難攻不落といわれていたアルトベリ城を落としてみせた。この偉業にレーエンデ人は活気づき、レーエンデの各地で多くの反帝国集団が立ち上がった。しかしながら、それは初代法皇帝エドアルド・ダンブロシオが打ち出した救済と恩赦により、鎮静化してしまう。多くの仲間を失ったテッサは捕らえられ、六七四年十二月にノイエレニエで処刑された。

「私の家系は代々パン焼き職人を生業《なりわい》としておりまして、最初のリカルド・ハロウもここレイルでパンを焼き、それを売って暮らしておりました」

「そいつがテッサと一緒に戦ったのか？」

「リカルドはこの街を愛しておりましたので、戦いには参加しませんでした。レイルが暴徒に襲われ、店を破壊されても、この地を離れようとしませんでした。蓄えの黒麦も底をつき、残されたパンもあと数個になった時、作戦の中止を告げるため、テッサがレイルにやってきました。暴徒に殺された司祭長夫妻とその息子の遺体を見て、彼女は打ちのめされていたそうです。レイルの町が破壊されたのも、リウッツィ親子が殺されたのも、すべては自分の責任だと言って、滂沱《ぼうだ》の涙を流したそうです」

「でも、テッサはレーエンデのために戦ったんだよな？　レイルを破壊したわけでも、リウッツィ

家のご先祖様を殺したわけでもねぇんだよな？　なのになんでテッサが責任を感じなきゃならねぇんだ？」

「帝国兵と戦うために、テッサはレーエンデの民に武器を配ったんです。レイルを襲った暴徒達はその武器を使ったんです」

「ということは、その暴徒というのはレーエンデ人だったのですか？　レーエンデ人がレーエンデ人を襲ったってことですか？」

老人は静かに頷いた。

「ひどい話だ」

アーロウは呻いた。

レーエンデ人同士が殺し合う。遠くない未来、そういう時代が来るのではないかと危惧《きぐ》していた。まさか想像もしていなかった。レーエンデ人をレーエンデ人が襲うという悲劇を、レーエンデはすでに経験していたのだ。

「なぜわからないんだろう。自分の手で自分の首を絞めていることに、なぜレーエンデ人は気づかないんだろう」

「テッサも同じことを思ったでしょう」

やるせないというように、店主は小さく首を横に振る。

「レーエンデの反帝国組織は一枚岩ではありませんでした。古代樹の森という安全圏から出てこないウル族に、ティコ族とノイエ族は不信感を抱いていました。初代法皇帝は、まさにその急所を突いたのです。ティコ族とウル族は反目し合い、半ば同士討ちのような形でレーエンデ義勇軍は瓦解

したそうです」

「それでテッサはどうなった？」

リーアンが身を乗り出す。

「どこで、どうして帝国軍に捕まったんだ？」

「投降しなければ古代樹の森を焼くと脅され、やむなく従ったのだと聞いています」

「でも古代樹の森は焼かれちまった」

「ええ、おっしゃる通りです」

聖イジョルニ暦六七四年、狂月王エドアルドの命令により古代樹の森に火がつけられた。後に『狂月の大火』と呼ばれる大火災は一ヵ月近くも燃え続け、古代樹の森の大半が焼失した。

「ですがテッサが時間を稼いでくれたおかげで、ウル族は避難する時間を得て、多くの命が救われたのだと聞いています」

「時間を稼いだって、どうやって？」

「詳しくは存じません。ただ『テッサ以外には不可能な方法だった』とだけ伝え聞いております」

リカルドは交互に二人を見た。

「ティコ族であるテッサが、ウル族を救うために命を捧げる。この行いにはテッサの信念が込められています。レーエンデに自由を取り戻すためにはレーエンデ人の結束が必要なのだと、レーエンデ人が手を取り合わなければ帝国を倒すことは出来ないのだと、後世に生きる私達に教えるために、彼女は死んだのです」

アーロウは嘆息した。

レーエンデの英雄は実在した。テッサ・ダールはレーエンデの自由のために戦い、レーエンデの未来のために死んだ。その事実に感動を覚えると同時に、深い失望を感じずにはいられなかった。英雄が命を賭《と》してレーエンデ人の結束を訴えても、種族間の断絶はなくならなかった。しかもこれだけの偉業を成した英雄のことをレーエンデ人は忘れてしまった。保身のために帝国に従い、英雄の存在を自ら進んで忘却の淵へと葬り去ってしまった。

ならばリーアンがテッサの生涯を戯曲にしたとしても、また同じことが起きるのではないだろうか。上演を禁じられ、脚本を焼かれ、その存在を封印されてしまうのではないだろうか。

「お聞かせ出来る物語は以上です」

静かな声でリカルドは言った。夜は更け、食後のお茶も冷め切っている。それを一口すすってから、彼は穏やかな笑みを浮かべた。

「ハロウ家のリカルドは代々真実の歴史を語り継いできました。ですが、残念ながら私には子供がありません。語り継いできたこの物語も私の代で絶えるのだと、誰にも伝わることなく果てていくのだと思うと、とても心苦しいものがありました」

しかし――と言い、彼は背筋を伸ばした。

「ありがとうございます。今宵、お二人が来てくれたおかげで長年の苦労が報《むく》われました」

「お礼を言うのは私達のほうです」

彼の目を見つめ、アーロウは応えた。

「安易に打ち明けることの出来ない秘密を抱え、孤独な戦いを続けてきたすべてのリカルド・ハロウに、心からの謝意と敬意を表します」

「安心しろ、爺さん。もうじき秘密は秘密じゃなくなる」

不遜《ふそん》な口吻でリーアンは言う。

「俺がテッサの戯曲を書けば、世界中の人間がそれを観る。英雄が残した矜持と信念は観る者の心に刻み込まれる。テッサのことを忘れるなんて、もう二度とさせねぇよ」

その言葉にアーロウは胸を突かれた。

今を生きるレーエンデ義勇軍の一員として、テッサのことはそれなりに知っているつもりでいた。だが実際には性別さえも間違って伝わっていた。それだけ法皇庁の隠蔽工作が徹底していたということだ。嘆かわしいことではある。が、考えようによっては、これはまたとない好機だ。

テッサの名を知る者は少ない。ことイジョルニ人に限れば皆無に等しい。ならばテッサの生涯を書いた戯曲がエストレニエの帝国歌劇場で上演されたとしても、それが史実だと気づくイジョルニ人はいないのではないだろうか。舞台の好評が帝国中を席巻《せっけん》すれば、法皇庁も圧力をかけにくくなる。公演を中止させたり、関係者を投獄したりすれば、戯曲に描かれていることは真実であると認めることになるからだ。

レーエンデの英雄テッサ・ダール。その奮闘むなしく彼女は忘れ去られた。剣では世界は変わらなかった。力では人の心は動かせなかった。だがリーアンの戯曲は直接、心に働きかける。刃のような切れ味で心臓に突き刺さってくる。全身が震えるような感動を人は決して忘れない。粛清と弾圧の嵐が吹き荒れても、心の炎を消すことは出来ない。それは胸の奥底で、熾火《おきび》のように、いつまでもいつまでも燃え続ける。

リーアンの言う通りだ。

彼の戯曲は世界を変えるかもしれない。
本当に、変えられるかもしれない。

その夜は眠れなかった。借りた毛布に包まって、ストーブの前に身を横たえても、寝付くことが出来なかった。興奮が収まらない。革命の熱が身体中を駆け巡っている。リーアンも同様であるらしく、先程から幾度となく寝返りを繰り返している。

「なぁ、起きてるか？」

リーアンの声が聞こえた。

「ああ」目を閉じたままアーロウは答えた。「どうした？」

「あのさ――」

言ったきり、なぜか黙り込む。

長い長い沈黙を挟んで、ようやく続けた。

「さっき、なんで俺をかばった？」

「何のことだ？」

「俺に逃げろって叫んで、銃口の前に立ち塞がっただろ？」

「ああ、あれか」

そんなのリーアンを守るために決まっている。より正確に言うならば、リーアンの才能を守るためだ。けれどそんなこと、口が裂けても言いたくない。

「理由なんてない。咄嗟に身体が動いただけだ」

「本当に？　俺のことを守ろうとしたんじゃないのか？」

「くだらないことを言ってないで寝ろ」

「くだらなくねぇよ。下手したら、お前、死んでたかもしれねぇんだぞ」

　死んだってかまわない。惜しむような命じゃない。そう言おうとして気づいた。

　いいや、まだ死ねない。リーアンが書くテッサの戯曲を読むまで、俺は死にたくない。

　アーロウは目を開いた。寝返りを打ち、リーアンへと向き直る。

「すまなかった」

「んん？」

「許してくれ。お前を誤解していた」

　知らない場所で過ごす夜。夜には人を正直にさせる魔力があるという。本当だなとアーロウは思う。白日の下ではこんな台詞、絶対に言えない。

「お前がテッサの戯曲を書こうとするのは富と名声を得るためだと、著名な演出家に自分を売り込むためだと思っていた」

「ああ、それな」

　リーアンは拳で鼻の下を擦った。

「誤解じゃねぇよ。俺がテッサに目をつけたのは、彼女が最高の素材になると思ったからだ。最高の素材を元に大傑作を書き上げりゃ、歴史に名を残す超有名な劇作家になれると思ったからだ」

「……やっぱり」

「仕方ねぇだろ！　あのミケーレ・シュティーレの依頼だぞ？　エストレニエの帝国歌劇場で俺の

戯曲が上演されんだぞ！　浮かれるだろ！　そりゃ舞い上がるだろ！」

「静かにしろ。リカルドさんが起きてしまう」

ちぇッ、という舌打ちの音が聞こえた。

「でも今は違うからな。俺だってレーエンデ人だ。テッサがやろうとしてかなわなかったこと、成し遂げたいって本気で思ってるし、俺ならそれが出来ると信じてる」

「ああ、俺も信じるよ」

暗い天井を見上げ、アーロウは笑う。

「頼んだぞ、リーアン。期待してるからな。とびきりの大傑作を書いてくれよ」

当然だ。俺は天才劇作家だ。お前の想像の百倍良いものを書いてやる。

そう答えるだろうと思っていた。しかし——

「テッサの動機がわからねぇ」

リーアンはガリガリと髪をかきむしる。

「帝国に喧嘩を売るなんて正気じゃねぇ。生半可な覚悟で出来るもんじゃねぇ。しかもテッサは女だ。男ってのは一番強いやつを決めるために殴り合いの喧嘩をする生き物だけど、女ってのは殴り合うより話し合いで解決しましょうって考える生き物だ。女であるテッサが、なぜ帝国に反旗を翻そうと思ったのか。その理由がわかんねぇ」

「故郷であるダール村を帝国軍に滅ぼされたから、とか？」

「それだと動機は復讐《ふくしゅう》ってことになるだろ？　けどそれは違う気がするんだ。テッサは帝国への恨みを果たすためじゃなく、帝国をぶっ潰すためでもなく、レーエンデに自由を取り戻すために戦

った。そいつは間違いねぇ。だからこそわからねぇ。ダールの田舎娘だったテッサが、レーエンデの英雄になろうと決意する。そこには何か、大きなきっかけがあったはずなんだ」

言われてみれば、確かにそうだ。

初代のリカルド・ハロウはレイルのパン屋だった。テッサと直接言葉を交わしたことはあっても、一緒に戦ったわけではない。彼女がなぜレーエンデのために戦おうと思ったのか、その理由までは知らない。それを知っている者がいるとしたら、それこそ本物のレーエンデ義勇軍ぐらいなものだろう。

だがテッサの死後、彼らはちりぢりになってしまった。どこに行ったのか、どのように生きたかもわからない。テッサのことを語り継いでほしいと願い、誰かに真実の歴史を託したとしても、秘密を抱えて生きるのは並大抵のことではない。責務を放棄した者、伝承に失敗した者、見つかって処刑された者もいただろう。何の手がかりもないまま、帝国の目から隠れて生きる伝承者達を探し出すのは不可能に近い。

「いや、待てよ？」

アーロウは顎に手を当てた。

「そうだ。アルトベリだ。アルトベリの娼館になら、手がかりが残っているかもしれない」

「どういうことだ？」

「さっきリカルドさんの話に出てきただろう。テッサ率いるレーエンデ義勇軍は警備が手薄になる厳冬期を狙って、アルトベリ城を陥落させた。でも真冬の寒さの中、戦《いくさ》支度《じたく》をして雪深い山道を登り、疲れきった身体で戦いを挑んで、難攻不落のアルトベリ城を攻め落とせるとは思えない」

「つまり――？」

「城の近くに拠点があったんだ。アルトベリの宿場村に協力者がいたんだ」

「それぐらい法皇庁だって気づくだろ。記録が残ってたとしても、とっくに消されちまってるだろ」

「かもしれない。でも初代法皇帝の御世《みよ》は長くは続かなかった。『娼館保護法』を制定したのは第二代法皇帝だ。以来、娼館は法に守られてきた。アルトベリにある娼館なら、テッサのことを語り継いでいたとしてもおかしくはない」

むう……とリーアンは唸った。絶対に喰いついてくると思ったのに、唇をねじ曲げたまま沈黙している。

「どうした？　なにが不満なんだ？」

アーロンは手を伸ばし、リーアンの肩を小突いた。

「動機が知りたいんだろう？　テッサが英雄になることを決意した理由がわからなきゃ、納得したものが書けないんだろう？　だったら探しに行こう。少しでも可能性があるならどこへでも行ってやる――って、これ、本来ならお前が言うべき台詞だぞ？」

「お前こそ、なんでそんなに乗り気なんだよ」

拗《す》ねたような声でリーアンが問い返す。

「アルトベリは遠い。今から向かったんじゃ五月までに戻れなくなる。来月一日までに戻るってマレナと約束してただろ。ルミニエル座の連中だって、お前を信じて準備してんだ。だったら約束通りに戻らなきゃ駄目だろ」

アーロウは目を剝いた。

なんと、リーアンがマレナやルミニエル座の心配をしている！

「お前がそんなこと言うなんて、逆に気持ち悪いな」

「うるせぇ！　ニヤつくんじゃねぇ！」

リーアンはアーロウを殴る真似をした。

「俺はマレナに恨まれたくねぇだけだ。オレリアの説教を喰らいたくねぇだけだ」

「心配するな。マレナには俺から説明する。オレリアには俺も一緒に謝る」

だから——と言い、アーロウは月光石のお守りを握った。

「アルトベリに行こう。そこで手がかりが見つからなければレーエンデ中の娼館を訪ねて回ったっていい。時間なんて気にするな。お前が納得のいく答えを見つけるまでとことんつき合ってやる。その代わり約束してくれ。何があってもテッサの戯曲を書き上げるって。リーアン・ランベールの名前を歴史に刻む最高傑作にしてみせるって。でないと俺は死んでも死にきれない」

「またそういうことを言う」

リーアンは鼻の頭に皺を寄せた。

「言っとくが、テッサの戯曲は手始めだ。まずは大傑作をぶち込んで、エストレニエの演劇界に衝撃を与える。次々に最高傑作を送り出して、イジョルニ人の度肝を抜いて、芸術に貴賤はねぇんだってことを認めさせる。俺の戯曲でイジョルニ人達を感服させ、腐った性根を徹底的にたたき直して、上級も下級もない世界を造る。誰もが認める世界的戯曲作家になって、あの胸糞悪《むなくそわる》い『イジョルニ人専用／レーエンデ人お断り』の看板を叩き割り、レイル歌劇場に凱旋する。あの劇場でオー

ケストラを指揮し、俺の最高傑作を上演し、自由の歌をレーエンデ中に響かせてやる」

アーロウは目を閉じた。瞼の裏にその光景が浮かんだ。絢爛豪華《けんらんごうか》な大劇場。光り輝くシャンデリア。観客達が総立ちになってリーアンの名を呼び、割れんばかりの大喝采を送る。

想像するだけで胸が熱くなってくる。

「いいな、それ。その舞台、俺も観てみたいよ」

「そいつは無理だな」

リーアンは寝返りを打ち、アーロウに背を向ける。

「まだまだ先の話だ。お前みたいな死にたがり、到底たどり着けねぇよ」

いつも通りの憎まれ口。だがかすかに語尾が震えていた。

アーロウは何も言えなくなった。

これまでずっとリーアンのことを恨み、妬《ねた》み、羨んできた。嫉妬と羨望が強すぎて、彼の言葉を額面通りに受け取れなかった。けれど、もしかしたらリーアンはいつも本当のことを話していたのかもしれない。彼が一人で月光亭を出ていったのは俺のためを思ってのこと。そのせいで俺が苦しんできたことを知って、リーアンも傷ついたのかもしれない。

割れてしまった鏡は元には戻らない。ひび割れてしまった心も戻らない。胸に刻まれた痛みも、怒りも悲しみも忘れられない。

それでも、もう一度、やり直すことは可能だろうか？

「なぁ、リーアン」

ささやくように呼びかけた。

「なら、そこまでは生きるよ。お前の一世一代の晴れ舞台を観て、子供みたいにボロボロ泣いて、カーテンコールに応えるお前に、割れんばかりの拍手を送るよ」

リーアンは答えない。

「だから泣かないでくれ。お前に泣かれると調子が狂う」

「泣いてねぇ」

今度は即答した。

「誰が泣くかよ」

明らかに涙声だった。

アーロウは笑った。

さすがリーアン、素直じゃない。

第四幕

「では諸君、仕事の時間だ！」

舞台の中央、テーブルの上に立ち、テッサは拳で胸を叩いた。

「アルトベリ城を盗《と》りに行こう！」


手の甲で額の汗を拭い、リーアンは指揮棒をかまえ直した。

いよいよ正念場だ。帝国軍との戦闘。アルトベリ城の攻略。もはやごまかしはきかない。ここからは聖イジョルニ帝国への反逆が描かれる。

レイル歌劇場は娼館ではない。『娼館保護法』は適用されない。次の瞬間にも、劇場の扉を破って警邏兵がなだれ込んでくるかもしれない。

恐怖と緊張で身体が強ばる。掌が汗ばむ。

しまった！　と思った時にはもう、手から指揮棒が飛んでいた。


テッサ達は止まることなく突き進む。

勇ましく吹き鳴らされるホルン。

力強い太鼓の音が、アルトベリ城へと向かう義勇軍の足音を再現する。

それに勇気づけられて、リーアンは背筋を伸ばす。

大きく激しく腕を振る。身体全体を使って指揮を執る。

雪を描いた薄幕の向こう、黒々とした城の影が浮かび上がる。
悪名高きアルトベリ城。
難攻不落と恐れられたあの城も今はすっかり寂れてしまった。
宿場町は廃墟《はいきょ》と化し、春陽亭もまた姿を消した。
しかしテッサの活躍とレーエンデ義勇軍の奮闘は今も語り継がれている。
黒髪のエルウィンに。
青い目をした『知られざる者』に。

リーアンは拳を頭上に突き上げる。

聞こえるか、シレン。
俺は約束を果たしたぞ。

第五章　知られざる者

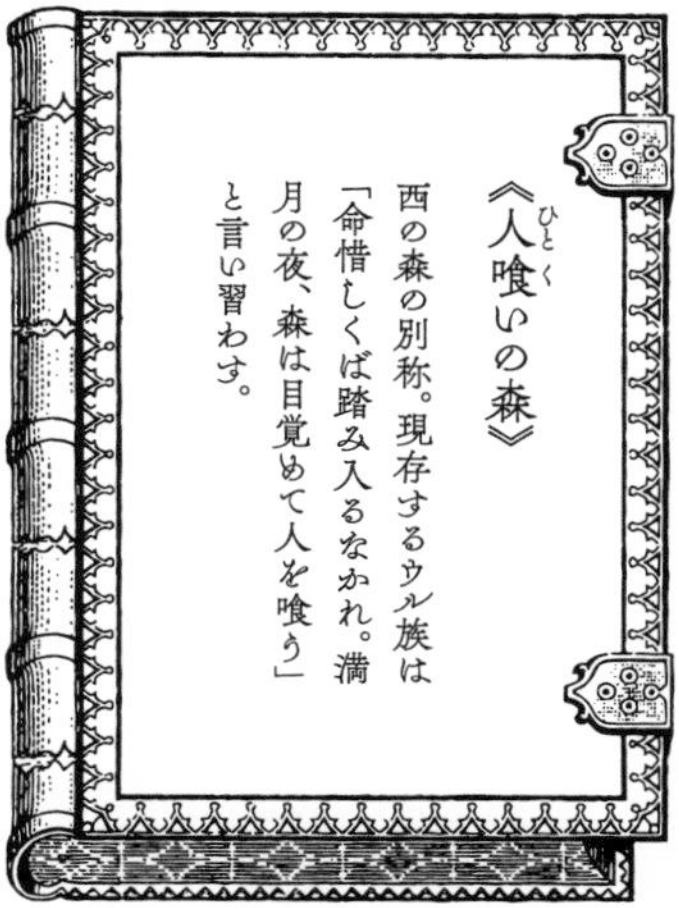
《人喰《ひとく》いの森》
西の森の別称。現存するウル族は「命惜しくば踏み入るなかれ。満月の夜、森は目覚めて人を喰う」と言い習わす。

「アルトベリに行く」

翌朝起きて、開口一番にリーアンは言った。

「そこに答えがあれば上々、たとえ何も見つからなくても五月一日までにはノイエレニエに戻る。別にお前に気を遣ってるわけじゃねぇからな。リーアン・ランベール脚本の舞台に、初日から穴があくのは我慢ならねぇだけだからな」

アルトベリはレーエンデと外地ロベルノ州との境にある。レイルからだと旧街道をオランまで下り、一度ノイエレニエに戻ってから西街道をボネッティへと向かい、そこからラウド渓谷路に入るしかない。ラウド渓谷は道が狭く、幌馬車では通れない。徒歩で山路を登るとなれば、アルトベリの宿場村に着くのは四月十六日か十七日になる。帰路のことを考えればすでにギリギリだ。悪天候に見舞われたり、情報集めに手間取ったりすれば、五月一日には間に合わない。

リーアンとアーロウは地図を広げ、検討を重ねた。

「いっそ街道を使わず、中央高原の西側を抜けるってのはどうだ？　農道はあるみたいだし、コモット湖まで行けばボネッティは目と鼻の先だ」

「悪くはないと思うが、農道は舗装されていないからな。悪天候に見舞われたら動けなくなる」

「問題は他にもありますよ」

リカルドが朝食を運んできた。ハムとチーズを挟んだ黒麦パンと山羊《やぎ》の乳が入ったグラスを二人の前に並べる。「どうぞ召し上がれ」と言って、彼も椅子に腰を下ろした。

「リーアンさんの言う通り、中央高原の西側を通ればボネッティまで最短四日で行けます。けれど、お薦めはしません」

「理由を訊いてもいいですか？」

「危険だからです」

リカルドはテーブルの上で両手を組んだ。

「失礼ながら、貴方達は品がよすぎます。荒事は得意そうに見えないし、実際慣れてもいないでしょう。もし護衛もつけずに西に行けば、まず間違いなく強盗に襲われます」

「では護衛を雇います」

「信頼出来る護衛を探すのは容易ではありません。雇った護衛に襲われて、積み荷のすべてを奪われたという話も、ここレイルでは珍しくありません」

アーロウは眉間に皺を寄せた。

「西部って、そんなに治安が悪いんですか？」

リカルドは頷いた。

「レーエンデ西部は未開の土地。開拓のために送り込まれたウル族は、食べていくこともままならないほど困窮しています。追い詰められた人間は法を犯すことに頓着《とんちゃく》しなくなります。銅貨一枚のために人を殺すことだってあり得ます」

確かに彼の言う通りだ。現行の帝国刑法はイジョルニ人を守るためにある。レーエンデ人が強盗被害を訴えたところで、警邏隊は小指一本動かさないだろう。「危険なところに行ったお前らが悪い」と一蹴されるだけだろう。

「わかりました」

嘆息し、アーロウは答えた。

「時間はかかっても、やはり街道を行くことにします」

食事の後片づけをすませた後、厩舎に馬と幌馬車を引き取りに行った。

「お世話になりました」

「ありがとな、爺さん！」

それぞれに礼を言い、二人は馬車に乗り込んだ。

「道中お気をつけて」リカルドは左手を挙げた。「また遊びに来てください」

「ええ、必ず！」

再会を約束し、二人は古都レイルを後にした。

ノイエスト鉄道が開通する前、レーエンデと外地を繋ぐ道はひとつしかなかった。それがラウド渓谷路だ。ラウド渓谷とノイエレニエを繋ぐ西街道には多くの商隊が行き交い、街道沿いの街は大いに賑わったという。

だがノイエスト鉄道が開通すると、ラウド渓谷路を通る商隊の数は激減した。行く者も来る者もいなくなった西街道は廃れた。かつての栄華は泡沫《うたかた》の夢。いまや石畳は無残《むざん》にひび割れ、雑草が我

が物顔で生い茂っている。

閑散とした西街道を幌馬車は進んだ。

レイルを出て六日目、木々の向こうに教会の尖塔《せんとう》が見えた。林を抜けると灰色にくすんだ街が現れた。西の要衝ボネッティだ。大木戸の前で馬車を止め、旅行手形を差し出すと、門番はろくに読みもせずにそれを突き返してきた。「入れ」というように顎をしゃくる。アーロウは旅行手形を胸ポケットにしまい、再び手綱を握った。

ボネッティの街並みには異国情緒が漂っていた。大通りの両側には二階建ての瀟洒《しょうしゃ》な家が並んでいる。手摺付きのテラス、蔦《つた》模様が彫刻された鎧戸《よろいど》、小洒落た玄関扉。街の端々《はしばし》にかつての繁栄が見て取れる。だが西街道の衰退は西部最大の都市ボネッティにも暗い影を落としていた。建物の壁には黒い雨染みが出来ている。窓枠の塗装も剝げ落ちている。テラスの柱は折れたまま放置され、屋根が傾きかけている。留め金の壊れた看板が風に揺れ、キィ、キィと鳴いている。

「止めろ！」

リーアンが叫んだ。

何事かと手綱を引き、アーロウは振り返った。

「どうした？」

「あれを見ろ！」

興奮した様子で大通りの右側を指さす。

そこにはひときわ大きな建物があった。両開きの扉の前に人だかりが出来ている。壁に立てかけられた看板には、鎧に身を包んだ凛々《りり》しい騎士が描かれている。その背後には城があり、飾り文字

で『ウルトベリ城の陥落』と書かれている。

「嘘だろ？」

開いた口が塞がらなかった。あまりにひねりがなさすぎる。なにが『ウルトベリ城』だ。『A』を『U』に変えただけじゃないか！

「札を売ってる。まだ間に合う！」

荷台からリーアンが飛び降りた。

「おい待て！」

言ったところで止まるはずもない。リーアンは一直線に劇場へと走っていく。

「ったく！」

アーロウは周囲を見回した。脇道の奥に厩舎を見つけた。馬丁に金を渡し、馬車と馬を預け、急いで劇場に戻った。入場札を買い求め、場内へと滑《すべ》り込《こ》む。

芝居はすでに始まっていた。椅子は観客で埋まっている。立ち見客が所狭しとひしめいている。これではリーアンを見つけるのは無理だ。アーロウは出入り口近くの壁際に立ち、小さな舞台に目を向けた。

書き割りには雪山、舞台の中央には城砦《じょうさい》に見立てた木箱が積み上げられている。赤毛の女が木箱をよじ登っていく。彼女が投げたロープを使い、二人の男が後に続く。一言の台詞もない。なのに空気がピンと張り詰めている。城に侵入した三人が衛兵に見つかりそうになると、観客達は息を止めて身を乗り出した。壁を登る女が手を滑らせると、観客席から悲鳴が上がった。

やがて塔の天辺《てっぺん》に到達した三人は、白煙を噴き出す煙突に布を被せた。煙が城内へと逆流し、窒

息した兵士達がバタバタと倒れていく。

「行くぞ！」

赤毛の女が叫んだ。扉を破って城内に乗り込む。大きな斧《おの》を振り回し、敵兵をなぎ倒していく。続く男達も負けじと戦う。一方は大剣を振るい、もう一方は弓を使って二人を助ける。三人は梯子《はしご》を使い、梁《はり》の上へと駆け上がった。待ちかまえる敵兵を蹴散らし、前へ前へと進んでいく。そうはさせまいと敵兵が襲いかかる。梁の上での激闘、躍るような剣戟《けんげき》。激しい息づかいが聞こえてくる。演者の額には汗が光っている。

歌もない。踊りもない。台詞だってほとんどない。

なのに手に汗を握っていた。アーロウは息を呑み、梁の上の攻防を見守った。

「テレサ！　ここは俺達に任せて先に行け！」

赤毛の女に男が叫ぶ。女は彼を振り返り、白い歯を見せて笑う。

「キルリ、ミザーク、二人とも死ぬんじゃないよ！」

彼女は敵兵と斬り結び、一人、また一人と叩き伏せていく。手傷を負いながらも梁の上を半周し、再び舞台へと戻ってくる。演者に目を奪われている間に、舞台の中央には大きな扉が運び込まれていた。手負いの女がよろよろと扉に到達する。斧を捨て、回転式のハンドルに手をかける。

「動け……動いて……動いてよ！」

しかし力が入らない。ハンドルが回せない。

悲痛な叫びが場内に響く。

「頑張れ！」客席から声援が飛ぶ。「頑張れ、テレサ！」

ハンドルがわずかに動いた。獣のような咆哮《ほうこう》、女が最後の力を込める。

「もう一息だ！」

「行け、テレサ！」

観客が叫ぶ。手を叩き、足を踏みならす。「行け！　行け！」の大合唱に劇場が揺れる。

横棒が外れた。同時に女は舞台に倒れる。

扉はまだ開いていない。

「頑張れ！」

「立って！」

「目を開けろ！」

激励の声が飛ぶ。

舞台の奥から一人の女が現れた。青みを帯びた銀の髪、しみひとつない純白の長衣《ながぎぬ》、嫋《たお》やかな手に握られているのは銀色の杖《つえ》だ。

血生臭い戦場に現れた聖女。

あれは人ではない。女神だ。

観客席が静まりかえった。水を打ったような静寂の中、女神はおもむろに銀の杖を頭上に掲げた。

「レーエンデの民よ。思いをひとつに祈りを捧げよ。汝《なんじ》らがそれを望む時、奇跡は再び訪れるであろう」

唱えよ――と女神は言う。

「レーエンデの民よ。望みを唱えよ」

「レーエンデに自由を！」

若い女が叫んだ。

「レーエンデに自由を！」

中年の男が叫んだ。

「レーエンデに自由を!!」

観客達が拳を振り上げた。足を踏みならし、声を限りに叫ぶ。

「レーエンデに自由を!!」

「願いは聞き届けられた」

女神は杖を振り下ろした。目映い光が舞台で弾ける。

目が眩んだ。一瞬、何も見えなくなった。

次の瞬間、女神は消えていた。薄暗い舞台に鎮座する扉。それに縋るようにして赤毛の女が立っている。彼女は全体重をかけ、分厚い扉を押し開く。

鬨《とき》の声を上げ、兵士達がなだれ込んできた。その中の一人が、倒れ込む赤毛の女を抱き止める。

「テレサ、よくやった。よくやった！」

頬を叩かれ、女が目を覚ます。仲間に支えられ、よろめきながらも立ち上がる。

「同胞達よ、聞こえるか」

観客席に向かい、女が呼びかける。

「ウルトベリ城は陥落した。ついに我らはやり遂げた！」

勝利を告げるラッパの音。勇ましい太鼓の響き。

「レーエンデに自由を！」

赤毛の女が右の拳を突き上げる。

「レーエンデに自由を!!」

拳を上げて観客席が応える。

雪が舞う。紙吹雪が舞う。万雷の拍手の中、役者達が横一列に並んで挨拶する。歓声に応え、カーテンコールを繰り返す。やがて薄衣の幕が閉じ、舞台のランプが消されると、観客達は名残惜《なごりお》しそうに立ち上がった。

「面白かったぁ」

「格好よかったねぇ」

「もう三度目なのに、また泣いちまったよ」

満足そうに出口に向かう人々。だがアーロウは動けなかった。心寂《うらさび》れた街の小さな劇場で、こんな芝居を目にするとは思わなかった。演者の技量はもちろんのこと、奇術めいた演出も素晴らしかった。それにあの脚本、間違いなく史実を元にしている。アルトベリ城の陥落をそのまま芝居にするなんて、とんでもない命知らずだ。こんなもの、いったい誰が書いたんだ？

「この戯曲を書いたのは誰だ？」

リーアンの声がした。舞台によじ登ろうとして、若い男に止められている。

「この戯曲を書いたヤツに会わせろ！」

気持ちはわかるが強引すぎる。アーロンは彼に駆け寄った。

「やめないか」

暴れるリーアンを羽交《はが》い締《じ》めにする。その肩越しに若い男に非礼を詫びる。

「すみません。連れがご迷惑をおかけして――」

「なぁに、いいってことよ！」

威勢のいい声が降ってきた。いつからそこにいたのだろう。舞台の上に黒服の女が立っている。歳は二十歳前後、肌は浅黒く、髪も黒い。彼女は腰に両手を当て、アーロウ達を見下ろした。

「お兄さん達、ずいぶんと垢抜けてるね？　もしかしてイジョルニ人？」

「誰がイジョルニ人だ！」

アーロウを振り払い、リーアンは自分の胸を拳で叩いた。

「俺達はノイエ族。れっきとしたレーエンデ人だ、ど阿呆《あほ》め！」

「ど阿呆はお前だ」

アーロウはリーアンの頭を平手で叩いた。表情を改め、黒髪の女に頭を下げる。

「重ねてのご無礼、どうかお許しください」

「んんん……？」

女は目を細め、リーアンとアーロウを交互に見つめた。

「あんた達の顔、見覚えがあるんだけど、ええと……どこで見たんだっけ」

「申し遅れました。私はルミニエル座のアーロウ・ランベールと申します。この無礼者は――」

「リーアン！」

女の顔がぱっと華やいだ。

「そうだ！　リーアン・ランベールだ！」

彼女は舞台から飛び降りた。リーアンの手を両手で握り、大きく上下に振り回す。

「あんたの戯曲が大好き！　あんたみたいな脚本を書くのが夢で、あたし劇作家になったんだ！」

「ってことは、今のヤツを書いたのはお前か？」

「そう。すごいでしょ？」

「すごいな。俺の次ぐらいにすごい」

「ほんと？　やったあ！」

女は飛び上がった。よほど嬉しかったのだろう。両手を突き上げたまま観客席を一周する。

「あたしはペネロペ。『ボネッティ座』の座長で、脚本と演出も担当してる。ねぇ、リーアン、あんたのこと師匠って呼んでいい？」

「ダメだ」

「ええ？　どうして？」

「あんだけのホンが書けるんだ。教えることなんか何もねぇ」

「そんなこと言わないでさ。いろいろと訊きたいことがあるんだよ！」

ペネロペはリーアンに抱きついた。形のいい乳房をぐいぐい押しつけ、子犬のように鼻を鳴らす。

「お願いだよ！　一晩だけでいいからつき合ってよ！」

「そんな時間はねぇ。俺達は先を急いでるんだ」

「そこをなんとか、ちゃんとお礼もするからぁ！」

「ダ、ダメだって言ってんだろ！」

リーアンはペネロペを振りほどこうとした。しかし彼女の腕はリーアンの首に絡みついて離れない。一歩退いた場所から二人を眺めていたアーロウは確信した。ペネロペは俺の同業者だ。しかもかなりの手練《てだ》れと見た。童貞のリーアンに勝ち目はない。とんでもない口約束をさせられる前に、悪いが横槍《よこやり》を入れさせて貰おう。

「方便じゃありません。本当に先を急いでいるんです」

アーロウはペネロペの右手を取った。腕を引き、腰を抱き寄せ、円舞曲《ワルツ》を踊るように半回転してリーアンから引き剝がす。

「私達はアルトベリまで行かなければならないんです」

にっこりとアーロウは笑った。幾人もの女性を虜にしてきた自慢の微笑みだ。

だがペネロペは、あからさまに顔をしかめた。

「ねぇ、師匠」首をねじ曲げ、リーアンを振り返る。「なんでアルトベリに行きたいの？　道は悪いし、山路は険しいよ？　歩き慣れた者にとっても危険な難所の連続だよ？」

それに——と言って、眉根を寄せる。

「アルトベリ城の警備兵は、あたし達レーエンデ人のこと、虫けら程度にしか思ってない。近づいただけでも撃たれるよ。本当だよ。嘘じゃないよ。城に荷物を届けに行っただけなのに、何人ものレーエンデ人が撃ち殺されてるんだから」

彼女の声には怒りがある。嫌悪感が滲んでいる。帝国支配に忸怩《じくじ》たる思いがなければ、あんな舞台は創《つく》らない。テッサと義勇軍の活躍を知らなければ、あの脚本は書けない。

アーロウは周囲を見回した。観客席は空になっている。舞台の上には数人の裏方がいるけれど、皆、片づけ作業に集中している。こちらを見ている者も、聞き耳を立てている者もいない。

「他言無用に願います」

アーロウはペネロペの耳元でささやいた。

「私達はテッサ・ダールの軌跡を探しているんです」

英雄の名を聞いても、案の定、ペネロペは驚かなかった。

ふうん……と息を吐き、大きな黒い目でアーロウを見つめる。

「それ、探してどうしようっての？」

「戯曲を書く」リーアンが答えた。「けど情報が足りねえ。なんで彼女は武器を手に取ったのか。何が彼女に革命を決意させたのか。真実が知りたい。納得のいく答えがほしい」

口下手なリーアンに代わり、アーロウが事情を説明した。自分達の旅の目的、ダール村から始まり、レイルを経て、ここに至るまでの経緯を話した。

「そういうことなら行くだけ無駄だわ」

ペネロペは肩をすくめた。

「アルトベリの宿場村にあった娼館、『春陽《しゅんよう》亭』っていうんだけど、あの店はもうないんだ。鉄道が出来たせいでお客さんが減って、仕事になんなくて、店をたたんで河岸《かし》を変えたんだ」

ニヤリと笑って天井を指さす。

「それがここ、『春光《しゅんこう》亭』ってワケ」

「あ——」

まさかと思い、だからかとも思った。

それにしてもなんという偶然、なんという僥倖《ぎょうこう》だろう。こんなことがあり得るものなのか。あまりに出来すぎていて気味が悪い。

「春陽亭には記録が残っていたんですね。だから貴方はアルトベリ城の陥落を舞台化することが出来たんですね」

「そう」

ペネロペは誇らしげに胸を叩いた。

「テッサに協力した春陽亭の娼婦達。彼女達に敬意を払い、あたし達はその名前を襲名する。娼館の主人は『ミラ』、座長は『ペネロペ』、一番人気の女優は『シーラ』だ。ちなみに今のシーラは、さっきの舞台で女神を演じた子だよ」

「ならテッサのことにも詳しいってことだよな？」

真剣な顔でリーアンが問う。

「教えてくれ。テッサがなぜ帝国に戦いを挑んだのか。何を思って義勇軍の先頭に立ち続けたのか。どうやって死んでいったのか。俺に真実を教えてくれ」

「師匠、本当にテッサのことを戯曲にするつもりなの？」

「ああ」

「けど師匠、あんたは有名人だ。あたし達がボネッティの片隅《かたすみ》でワイワイやるのとはわけが違う。ノイエレニエのルミニエル座っていえば、イジョルニ人だって足を運ぶ超有名な劇場じゃん。そこでテッサの戯曲を上演したら、さすがにただじゃすまないよ。『娼館保護法』があるから捕まるこ

とはないとしても、事故を装って殺されるとか、濡《ぬ》れ衣《ぎぬ》着せられて『犠牲法』の生贄にされるとか、そういうの、絶対あると思うよ」

「覚悟の上だ」リーアンは即答した。「俺はこの戯曲で世界を変える。そのためなら何でもする。命だって懸けてやる」

「師匠……」

ペネロペはリーアンを見つめた。つやつやとした黒い目で彼の瞳を覗き込む。

「師匠はレーエンデの女神に選ばれたんだね。師匠が今日ボネッティに来たのも、この劇場を見つけたのも偶然じゃなくて、すべてが必然なんだね」

「かもしれねぇな」

リーアンは自嘲めいた笑みを浮かべた。

「レーエンデの神様は女神じゃなくて、くたびれたおっさんだけどな」

「なら、止められないね」

ペネロペは目を伏せた。悲しそうに、くすんと鼻を鳴らした。泣き出すのかと思いきや、彼女は凛《りん》とした眼差しでリーアンを見上げた。

「じゃあ、いい人を紹介してあげる。テッサのこと、詳しく知ってる人に会わせてあげる。聞いたことないかな？『知られざる者』って呼ばれてるんだけど？」

「いいや」リーアンは首を横に振り、アーロウに目を向ける。「お前、知ってるか？」

「いや、俺も初耳だ」

「知られざるっていってもこのあたりじゃ、けっこう知られた存在なんだけどね」

ペネロペは肩の高さに左手を掲げた。その掌には直交する二本の線が描《えが》かれている。

「繋ぎをつけるよ。四、五日もすれば返答があると思う」


五日後、知られざる者から返事が来た。

「二人だけでラウド渓谷路の登攀《とうはん》口まで来いって」

知られざる者はその名の通りの隠形《おんぎょう》の衆。よほどのことがない限り姿を見せないのだという。当然ボネッティにも足を踏み入れないし、どこに住んでいるのかもわからない。

リーアンとアーロウはラウド渓谷路の登攀口に向かった。そこからさらに移動することを想定し、馬も馬車も使わなかった。

ボネッティを出て、歩くこと小一時間。ラウド渓谷路の入り口に到着した。登攀口を示す看板の前で二人は知られざる者が現れるのを待った。

吹き抜ける風に森の木々がざわめいている。遠くから鳥の囀りが聞こえてくる。西街道に人影はない。ラウド渓谷路を下ってくる者もいない。足音も人語の響きも聞こえない。

太陽が中天にさしかかっても、誰も現れなかった。

痺れを切らしたリーアンが煙草に火をつけようとした時だった。

「待たせた」

声とともに、看板の後ろから背の高い男が現れる。目は青く、肌は白く、髪は黒檀《こくたん》のように真っ黒だ。裾《すそ》と袖口《そでぐち》に刺繍《ししゅう》が入った風変わりな服を着て、首から月光石の首飾りを下げている。

「貴方が知られざる者ですか？」

アーロウの問いかけに対し、男は肩の高さに左手を挙げた。彼の掌にはペネロペと同じく、直交する二本の線が刻まれている。

「俺の名はシレン・ドゥ・エルウィン」

彼の発音には不思議な抑揚《よくよう》があった。今まで耳にしてきた、どの地方の訛《なま》りとも違った。

「革命の話をしよう」

秋風にも似た乾いた声色。シレンはアーロウを見て、リーアンを見て、同じ言葉を繰り返した。

「革命の話をしよう」

そう言うと、答えも待たずに歩き出す。

看板の後ろには岩場が続いていた。道なき道をシレンは苦もなく登っていく。リーアンとアーロウは必死にそれを追いかけた。ロイズ川の支流を渡り、沢を遡る。複雑に入り組んだ淵、まるで迷路だ。どこを見ても同じような光景が続いている。目印らしい目印もない。自分がどこにいるのか、どの方角に向かっているのか、まったくわからない。

「おい、アーロウ」

しんがりを歩くリーアンが、ひそひそ声で呼びかける。

「俺達、つけられてるぞ」

「なんだって?」

そんなはずはない。ボネッティを出る時も、ボネッティを出てからも、幾度となく振り返って誰もいないことを確認した。きっと何かの間違いだ。岩か何かを人と見間違えたのだ。

アーロウは背後の森に目をこらした。

新緑萌える沢辺の森、目に眩しい青葉が滴る。枝葉が水辺に影を落としている。清流を割って、尖った岩が突き出している。

その後ろに誰かいる。岩陰に黒い頭が見える。枝葉が落とす影のせいで顔や容姿はわからない。だが間違いない。こちらを見ている。隠れて様子をうかがっている。

「ヤバい」

リーアンが呟いた。

「俺達が気づいたことに、気づかれたぞ」

岩陰から影がぬるりと這い出してくる。丸い頭、細長い手足。かろうじて人の形をしているが、頭髪も耳も顔もない。身体は黒一色で、しかも厚さがまったくない。地を這う影が立ち上がったとしか思えない。

「なんだあれは？」

アーロウは瞠目した。

「なんなんだ、あの化け物は」

影が動いた。滑るように一気に距離を詰めてくる。

咄嗟に逃げようとした。だが苔生《こけむ》した石で靴底が滑った。転んでしたたかに脇腹を打つ。

影がアーロウに追いついた。覆い被さるように伸び上がり、厚みのない右手を振り上げる。何の根拠もない。でも直感した。この右手は刃だ。こいつは俺を斬り殺そうとしている！

呆然としてアーロウは漆黒の刃を見上げた。

いつ死んでもかまわないと思ってきた。いっそ誰か殺してくれと思いながら生きてきた。

でも——今は嫌だ。

死ねない。死にたくない。テッサの舞台を見るまで俺は死ねない！

「システウィアートル」

不思議な呪文が聞こえた。

「システウィアートル、システウィアートル」

ぱしゅっ！

音を立て、影が霧散した。

空が見える。雲が見える。何事もなかったかのように川は流れ、梢が風に揺れている。

アーロウは息を吐いた。額の汗を拭った。

生きている。よかった。まだ生きている。

「大丈夫か、アーロウ！」

リーアンが駆け寄ってくる。

「怪我はないか？」

「ああ……なんとか」

リーアンの手を借りて、アーロウは立ち上がった。打ちつけた右脇腹が痛む。だが骨には異状はなさそうだ。

「何だったんだ、今の？」

薄気味悪そうにリーアンは周囲を見回した。

「あんな幽霊、見たことねぇ」

「あれは影、ラウド渓谷の追い影だ」

素っ気ない声が降ってくる。シレンが岩場の上から二人を見下ろしている。

「普段は黄昏時にしか見かけない。こんな昼間に出ることはない。よほど君達が美味しそうに見えたのだろう」

「うげ……」リーアンが呻いた。「あいつ、人間を喰うのかよ」

「影が食べるのは可能性だ」

シレンは興味深そうにリーアンとアーロウを交互に見た。

「早く登ってこい。また影に追われたら面倒だ」

リーアンとアーロウは顔を見合わせた。

あれ一体だけじゃねぇのか。

また出るかもしれないのか。

そりゃゾッとしねぇな。

急ごう。

二人は競い合うように岩場を登った。彼らが追いつくのを待って、シレンは森に分け入った。右も左もわからなくなりそうな鬱蒼とした森の中を、迷うことなく歩いていく。追いつこうと急ぐほどに、濡れた落ち葉で靴底が滑る。ともすると、すぐに距離が開いてしまう。

必死に歩き続けること三十分あまり。

「ここだ」

シレンが立ち止まった。正面に岩山が聳えている。灰色の岩壁に横穴が開いている。彼はその横

穴に入った。リーアンが先に行き、アーロウも後に続いた。

細い亀裂を抜けると広い空間に出た。自然窟を掘削したのだろう。壁には鑿《のみ》の跡がある。天井に穴が開き、そこから光が差し込んでいる。

「座ってくれ」

壁際には椅子とテーブルが置かれていた。テーブルは木製だが、椅子は石で出来ている。リーアンとアーロウが横並びに腰掛けると、シレンはその向かい側に座った。

「何が知りたい」

「テッサのことだ」

テーブルに肘を置き、リーアンは身を乗り出した。

「彼女はなぜ帝国に戦いを挑んだのか。どうやって仲間を集め、どのようにして勝利を重ね、どんな風に死んでいったのか。あんたが知っていること、すべて教えてくれ」

「わかった」シレンは鷹揚《おうよう》に首肯した。「長い話になる。とても過酷で残酷な話だ。これ以上は聞きたくないと思ったら、すぐにそう言ってくれ」

「言わねぇよ」リーアンが毒づいた。アーロウは頷き「わかりました」と答えた。

シレンは両手を組み、中空を見つめた。

「テッサはダール村で生まれた。生まれる前に父を亡くし、病で母も亡くした。だが姉のアレーテ、幼馴染みのキリル、ウル族の友人イザークらに囲まれ、元気で明るい娘に成長した」

二十歳になった彼女はダール村の負債を肩代わりするため民兵に志願する。外地の戦場で師と仰ぐギヨム・シモンと巡り合うも、ダール村が神騎隊に襲われたことを聞き、軍を脱走してレーエン

デへと舞い戻る。

「ダール村で彼らは見た。おびただしい数の白骨を。神騎隊によって鏖殺《おうさつ》された村人達の姿を」

愛する姉を失ってもテッサは挫《くじ》けなかった。レーエンデに自由を取り戻すというアレーテの遺志を継ぎ、レーエンデ義勇軍を結成し、ついにはアルトベリ城を陥落させる。そして各地で立ち上がった反帝国勢力とともに、ノイエレニエに攻め上がろうとした矢先——

「法皇ユーリ五世が死に、エドアルド・ダンブロシオがその後継となった」

初代法皇帝エドアルドの奸計により反帝国勢力は瓦解し、多くの仲間達が去っていった。レイルでレーエンデ人による暴動が起き、大勢のレーエンデ人が亡くなったことを知り、テッサは自責の念を抱えてアルトベリ城に戻ってくる。

「そこに帝国軍がやってきた。かつてテッサが所属した第二師団第二大隊第九中隊だ。彼女はアルトベリ城を賭《か》け、シモン中隊長との一騎打ちに挑んだ」

レーエンデのため、仲間達のため、テッサは敬愛するシモンを倒した。しかし、そうまでして死守したアルトベリ城も、同胞達の裏切りのために手放さざるを得なくなる。ともに戦ってきたキリルを失い、古参の仲間達とも別れたテッサは帝国軍に投降する。ノイエレニエに運ばれた彼女は、ウル族が古代樹の森から避難する時間を稼ぐため、初代法皇帝と恐ろしい賭けをする。

「テッサが生きている間は古代樹の森に火はかけない。だが彼女が降伏を申し出たら古代樹の森に火を放つ。彼女が死んでも古代樹の森に火を放つ。その条件のもと、テッサは城壁門の上に置かれた磔刑台《たっけいだい》に繋がれた」

水も食糧も与えられず、眠ることさえ許されない。普通の人間であれば数日と保《も》たずに死んだだ

ろう。しかしテッサは生き続けた。飢えと渇きに苛《さいな》まれ、痩《や》せ細《ほそ》って骨と皮だけになっても、彼女は死ななかった。皮膚が爛《ただ》れ、傷口に蛆《うじ》が湧き、壊死《えし》した身体が腐り落ちても、テッサは死ななかった。

「テッサが死んだのは磔刑台に繋がれてから一ヵ月後の聖イジョルニ暦六七四年十二月十六日だった。鉄枷《てつかせ》を破壊するまでもなく、彼女の手足は枯れ枝のように折れたそうだ。遺骸はその場で帝国兵によって踏み躙《にじ》られた。跡形もなく潰れた彼女の血肉は、汚れた革袋に詰められ、埋葬されることもなく、レーニエ湖に投げ捨てられた」

シレンは黙禱《もくとう》するように目を伏せた。

数秒後、再び顔を上げ、目の前の二人に問いかける。

「他に訊きたいことはあるか」

アーロウはリーアンを見た。しかしリーアンは俯いたまま何も言わない。その額には汗が光っている。小刻みに身体が震えている。

無理もない。真実の歴史は想像以上に残酷だった。テッサ・ダールの生涯は不条理の連続で、物語の英雄譚のように明朗でも快闊《かいかつ》でもなかった。ただただ過酷で陰惨で救いがなかった。

「お願いがあります」

リーアンに代わり、アーロウが口を開いた。

「今お聞きしたテッサの生涯を戯曲化させてください。その作品を来年の四月、エストレニエで開催される聖イジョルニ帝国建国八百年祭で披露させてください。テッサのことを、彼女が起こした革命のことを、多くの人に知って貰いたいんです。帝国の下僕となっているレーエンデ人に、もう

一度、レーエンデ人の矜持を取り戻してほしいんです。この戯曲が支持されて、多くの賛同を得ることが出来れば、世界だって変えられると思うんです」

シレンはわずかに首を傾げ、やがて静かに頷いた。

「帝国が消し去ろうとしたテッサの存在を、公にすることが出来るのであれば、私達はそれを歓迎する。だが、ふたつだけ、伏せておいてほしいことがある。ひとつはエルウィンの場所、もうひとつは竜の首の設計図だ」

その意図をアーロウはすぐに理解した。すべてを聞いた今ならわかる。シレンは隠れ里エルウィンの住人だ。知られざる者とは、テッサとともに戦ったレーエンデ義勇軍の末裔《まつえい》なのだ。そしてテッサが発見した竜の首の設計図、そこにはレーエンデとシュライヴァ州を繋ぐトンネルを復活させる術《すべ》が記されている。これは大きな切り札になり得る。帝国に知られるわけにはいかない。

どちらももっともな要求だった。

アーロウは肘でリーアンを小突いた。

「わかったか？」

リーアンはのろのろと顔を上げた。青白い頬、血の気のない唇、震える声で彼は問う。

「教えてくれ。テッサは何歳で死んだ？」

「二十五歳だ」

「嘘だ！」

リーアンは両手で頭を抱えた。獣のような唸り声。苦痛の呻きが喉の奥から絞り出される。

アーロウは驚いた。リーアンの肩に右手を置いて尋ねる。

「どうした？　大丈夫か？」

「そんなに若いはずがねぇ！」

　弾かれたようにリーアンは立ち上がった。

「これだけのことをしたんだ。二十五歳なんてあり得ねぇ。三十か？　三十五か？　本当はいくつだったんだよ！」

「二十五歳だ」

「嘘をつくなッ！」

　リーアンは上着の裾を撥ね上げ、ホルスターから護身銃を引き抜いた。銃口をシレンに向け、裏返った声で叫ぶ。

「言えよ！　本当のことを言え！」

「やめろ、リーアン！」

　アーロウはリーアンの前に立ち塞がった。シレンを背後にかばい、両腕を広げる。

「何を血迷ってるんだ！　その銃を下ろせ！」

「あと一年――」

　譫言《うわごと》のように呟いた。血の気の失《う》せた顔の中、赤みを帯びた目だけがギラギラと光っている。

「時間がねぇ。ぜんぜん足りねぇ。無理だ、出来るわけがねぇ！」

　リーアンは慟哭《どうこく》した。酔っ払いのように身体がふらつく。護身銃を握った右手が左右に揺れる。

「落ち着け、リーアン！　俺を見ろ！　俺を見るんだ！」

　アーロウは彼に近づいた。刺激しないよう、ゆっくりと右手を差し出す。

「暴力は嫌いだろう？　血を見るのは嫌だろう？　誰かが怪我をする前に、その銃を俺に渡せ」

そこで気づいた。

シレンがリーアンの背後に回り込んでいる。かと思うと素早く間合いを詰め、リーアンの首に右腕を巻きつける。さほど力を入れたようには見えなかった。しかし抵抗する間もなくリーアンは脱力した。膝が砕け、くたくたと床に倒れ込む。

「リーアン！」アーロウは彼に駆け寄った。「大丈夫か、リーアン！」

「気を失っただけだ」

素っ気なくシレンが答えた。

「命に別状はない」

アーロウはリーアンの首筋に触れた。脈はある。呼吸もしている。

ほっと息を吐き、アーロウはシレンを見上げた。

「止めてくれて、ありがとう」

「礼はいらない」

シレンはリーアンの腕を掴み、軽々と彼を背負い上げた。

「登攀道の入り口まで送ろう」

そう言うと、やはり答えを待たずに歩き出す。

いつの間にか、差し込む光が赤みを帯びていた。この様子では日没まで、あと一時間もないだろう。アーロウは洞窟を出て、シレンに続いて支流を下った。沢は入り組んでいて、どこをどう歩いたのか、やはりわからなかった。もう一度、あの洞窟に行こうとしても、絶対にたどり着けないだ

ろう。

登攀道の入り口まで――と言ったにもかかわらず、シレンはリーアンをボネッティのすぐ近くまで運んでくれた。西街道の道端にリーアンを下ろし、アーロウへと向き直る。

「ここまでだ」

知られざる者が集落に足を踏み入れることはない。おそらくここが彼の限界なのだ。

「達者でな」

言い残して歩き出す。その背中にアーロウは問いかけた。

「いつか、また会えますか？」

「いいや」

知られざる者は振り返ることなく答えた。

「二度とは会うまい」

シレンは道を外れ、西の森へと分け入った。生い茂った藪《やぶ》の中、その姿が見えなくなる。

足音が遠ざかり、やがて薄暮の静けさが戻った。

背後から呻き声がした。リーアンが目を覚ましたのだ。

「大丈夫か、リーアン？」

アーロウは彼に駆け寄った。

答えることなくリーアンは身体を起こした。アーロウには見向きもせず、両手で顔を覆っている。ぎりぎりと歯ぎしりの音が聞こえる。喰いしばった歯の間から苦しげな嗚咽《おえつ》が漏れてくる。

「いったいどうしたんだ？」

その傍らに膝をつき、アーロウはリーアンの肩に手を置いた。

「話してみろ」

リーアンはしゃっくりをした。小さな咳をして、軋むような声で言う。

「俺には、生まれた時の記憶がある」

「ああ、知ってる」

「それだけじゃねぇ。それより前の記憶――生まれる前の記憶もある」

アーロウは眉根を寄せた。どんな話が出てくるのかと思えば、また妄想の話なのか？

いつものように一笑に付すことも出来た。そうしなかったのは、リーアンの怯え方が異常だったからだ。尊大な態度は鳴りを潜め、顔面蒼白《そうはく》で全身をわななかせている。こんなリーアンは見たことがない。テッサの話が応えたのだろうか。だが思い出す限り、彼の様子がおかしくなったのは英雄の享年を聞いた時からだ。

「それで？」アーロウは先を促《うなが》した。「生まれる前の記憶が、どうテッサの話と結びつくんだ？」

「英雄と等しき年月」

「英雄と等しき年月？」

そうだ――と答え、リーアンは続ける。

「青とも緑ともつかない不思議な色をした湖から、俺達は生まれた。いや、たぶん、あれは湖じゃなくて、お前が前に言っていた、始原の海ってやつだったんだ」

始原の海はウル族の伝承に登場する、すべての命が生まれ、そして還っていく場所だ。

「その浜辺に、くたびれたおっさんが立っていた。そいつは掌の上に銀色に燃える光球を載せてい

た。神々しくて眩《まぶ》しくて、ぞくぞくするほどきれいだった。それを差し出しておっさんは言った。『これは歴史に名を残す運命。そして英雄と等しき年月』だと」

　リーアンはぶるりと身体を震わせる。カチカチカチと奥歯が鳴る音がする。彼は目を閉じ、両手で自分の肘を抱きしめた。それでも震えは止まらない。

「俺はそいつを受け取った。歴史に名を残す運命を得た。でもそれには代償があった。『英雄と等しき年月』。つまり英雄と同じ寿命だ。けど、ずっと先だと思ってた。まだまだ大丈夫だって思ってた。だって英雄だぞ？　まさか二十五歳で死んだとは思わねぇだろ？　そんな若くして死ぬなんて、普通思わねぇよ！」

　リーアンは頭皮に爪を立てた。ガリガリと力任せにかきむしる。

「俺達は来年二十五歳になる。残された時間は一年……たった一年ぽっちで何が出来る？　エストレニエの演劇界をぶん殴る？　上も下もない世界を創る？　レイル歌劇場で凱旋上演をする？　んなの絶対無理に決まってる！」

　リーアンは空を仰いだ。

「教えてくれ、神様！」

　血を流したような夕焼けに悲痛な叫びが響く。

「あと一年で、どうやって名を残せばいいんだ！」

　神を呪い、運命を呪い、リーアンは涕泣《ていきゅう》した。拳を振り上げ、罵声を撒き散らし、頭を抱えて慟哭した。

　アーロウは困惑した。なんと言葉をかけたらいいのかわからなかった。

子供の頃からリーアンは迷信の類いを信じていた。空を指さして「泡虫がいる」と言ったり、城壁の上で「幽霊の声が聞こえる」と言ったり、虚言とも妄想ともわからない発言を繰り返してきた。

溢れんばかりの想像力で強化されたリーアンの妄想には、ずっと辟易させられてきた。病的だと思ったこともある。

しかしリーアンが感じている恐怖は本物だ。彼には他者には見えないものが見えているのだ。泡虫が飛び、幽霊が話しかけてくる世界。夢と現実が入り交じった世界。それがリーアンの目に映るレーエンデなのだ。彼にとって『英雄と等しき年月』は死の宣告、逃れることの出来ない死の呪いだ。死の恐怖に苛まれていては世界を変える戯曲など書けるはずもない。リーアンにそれを書かせるためには、彼と同じ世界に立ち、彼の視線で物事を考えるしかない。

「教えてくれ、リーアン」

彼の膝に手を置いて、アーロウは問いかけた。

「神様は『歴史に名を残す運命の者に、英雄と等しき年月を与える』と言ったんだな？」

「……そうだ」

「ということは『歴史に名を残さなければ英雄と同じ年齢で死ぬことはない』んだな？」

「え……？」

リーアンはのろのろと顔を上げた。赤い頬、充血した目、鼻の頭も真っ赤になっている。

彼の目をしっかりと見返し、アーロウは噛んで含めるように言う。

「それでいうと『リーアン・ランベールの名を歴史に残さない』ようにすれば、『リーアン・ラン

ベールが二十五歳で死ぬことはない』ということになるが、合ってるか？」

「合ってる……と思う」

「よし」アーロウは頷いた。「ならばやりようはある」

「書かなければいいってことか？」

不安げにリーアンが尋ねてくる。

「ミケーレからの依頼を断ればいいのか？」

それもある。が、それでは困る。

「聞いてくれ、リーアン。神がお前に才能を与えたのは、お前が天賦の才を受け入れる器を持っていたからだ。お前ならば世界を変える戯曲が書けると見込んだからだ。お前は神に選ばれた。特別な才能を持った特別な人間なんだ」

だから——と言い、リーアンの手をぎゅっと握る。

「お前は書かなきゃならない。俺達を信じて秘密を打ち明けてくれた人達のために、弾圧に負けることなくテッサのことを語り継いできた人達のために、パン屋のマウロやレイルのリカルド、春陽亭のペネロペのように、絶望の暗闇の中、それでも夜は明けると信じて戦い続けている人達のために、お前はテッサの戯曲を書かなきゃならない。世界中の人間の心を揺さぶる戯曲を書いて、この世界の在り方を変える。それがお前の使命なんだ」

「わかってる。わかってる、けど——」

リーアンは両手で顔を覆った。

「戯曲を書いたら俺は死ぬ」

「いいや、死なない」

予言者のごとき威厳《いげん》を込めて、アーロウは宣言する。

「お前の名前で発表しなければ、お前は死なない」

「うぅ？」

そう言われるとは思っていなかったのだろう。顔を上げたリーアンは眉間に皺を寄せていた。アーロウを見て、せわしない瞬きをした。

「俺のホンを、架空の名義で世に出す、ってことか？」

「歴史に名を残す代償が英雄と同じ寿命、つまり二十五年間の人生なのだとしたら、寿命も人生も持たない架空の名は使わないほうが賢明だろう。お前に死の呪いが降りかかるのだけは避けたいからな」

「じゃあ――」

言いかけて、リーアンの顔が凍りついた。驚きと疑いの眼差しでアーロウを凝視する。

「まさか、お前の名前で出すってことか？」

「いい考えだろう？」

アーロウは莞爾《かんじ》として笑う。

「俺とお前は生まれた日付も容姿も同じだ。同じ服を着たら見分けがつかない。神様だって騙される。そう思わないか？」

「思わねぇよ！」

噛みつくように言い返し、リーアンは立ち上がった。

「お前、俺にホンを書かせて、名声だけかっさらおうってのか！」

「ひどい言い草だな」

顔をしかめ、アーロウも立ち上がった。

怒りに頬を紅潮させるリーアンの胸の中央を指で突く。

「盗みたいのは名声じゃない。それに付随する死の呪いだ」

リーアンの喉がグゥと鳴った。一歩、二歩と後じさる。みるみるうちに頬から血の気が引いていく。

「くそ……なんでだよ」

弱々しい声で言い返す。

「生きるって言ったじゃねぇか。俺の一世一代の晴れ舞台を観て、子供みたいボロボロ泣いて、カーテンコールに応える俺に、割れんばかりの拍手を送るって言ったじゃねぇか」

「ああ、言った。だがそれも、お前がテッサの戯曲を書いてこそだ」

「書いたって、そんなもん書いたって、死んじまったら観られないだろうが！」

両手でぐしゃぐしゃと髪を引っかき回し、かすれた声でリーアンは呟く。

「なんでお前はそうなんだよ。どうしてそんなに死に急ぐんだよ。死んだらそれでおしまいなんだぞ？　もう舞台に立つことも、芝居を観ることも、歌うことも踊ることも出来なくなっちまうんだぞ？」

「別に死に急いでいるわけじゃない」

アーロウは微笑んで、リーアンの頬を軽く叩いた。

「俺に世界を変える戯曲は書けない。お前の代役は務まらない。でもお前の代わりに死の呪いを受けることなら出来る。ああ、誤解するなよ？　死にたくて言ってるわけじゃない。リーアン・ランベールの最高傑作を読むためならば、何を差し出しても惜しくない。そう思っているだけだ」

リーアンの顔が歪んだ。色を失った唇から、声にならない吐息が漏れる。

そして――

「馬鹿にするな！」

大声で叫んだ。蠟細工のように白い顔、赤みを帯びた瞳が熾火のように光っている。

「俺はビビってなんかねぇ！　死を恐れたりしねぇ！　劇作家は俺の天職だ！　世界を変える大傑作が書けるなら、残りの人生なんかいらねぇ！」

彼はアーロウの胸倉を摑んだ。ぐいと引き寄せ、額と額を突き合わせる。

「才能を摑んだのは俺だ。テッサの戯曲を書くのも、歴史に名を残すのも、死の呪いを受けるのも俺だ。お前には譲らねぇ。なにひとつ譲らねぇ！」

「待て……待ってくれ」

アーロウは慌てた。落ち着けというようにリーアンの二の腕を叩く。

「気に障ったのなら謝る。俺はお前に戯曲を書いてほしいだけだ。真問石《しんもんせき》に手を置いて誓う。お前から手柄を奪うつもりはない。お前を臆病だと思ったこともない」

舌打ちをして、リーアンはアーロウから手を離した。

「ビビってなんかねぇ」

目を合わさずに言い放つ。

「死の呪いなんか、怖くねぇ」

彼はくるりと背を向けた。肩を怒らせ、大木戸に向かって歩き出す。

アーロウはひそかにため息を吐いた。

あれは嘘だ。どう見ても虚勢だ。リーアンは明らかに死の呪いを恐れている。このままでは死の運命を恐れるあまり、戯曲の執筆を断念してしまうかもしれない。だが俺達はレーエンデ義勇軍の仲間達に、レイルのリカルドに、春光亭のペネロペに、世界を変えると誓った。もう後戻りは出来ない。今さら「書けませんでした」は通用しない。

世界を変える戯曲が書けるのはリーアンだけ。

ならば、それを書かせるのが俺の使命、俺の存在理由だ。

「書かせてみせる」

遠ざかるリーアンの背中を見つめ、アーロウは決意を込めて呟いた。

「書いて貰うぞ、絶対に」

第五幕

激動の六七四年。

吹き荒れた革命の嵐。

それはレーエンデがもっとも自由に近づいた夏。


テッサは窓辺に立ち、空を見上げる。

歌うように、誓うように、観客席へと呼びかける。

「月は欠け、また満ちる。季節は巡り、自然は刻々とその姿を変えていく」

「人の世も同じだ。時は流れ、時代は変わる」

「ここまで来た。ついにここまで来た」

「もうじき帝国の圧政は終わる。百三十二年ぶりにレーエンデは自由を取り戻す」

「誰もが夢物語だと思っていたレーエンデの解放が、ついに現実のものとなる」


リーアンは怒りを込めて右手を振る。

響き渡るシンバル！

時代が変わる！

流れが変わる！

テンポが上がる。どんどん加速する。

身体中の骨が悲鳴を上げる。全身が燃え上がるように熱い。
腕を振り下ろすたび、肩の関節が外れそうに痛む。

「自由を求め、レーエンデに吹き荒れた革命の嵐」
「風向きが変わったのは聖イジョルニ暦六七四年八月八日」
「法皇ユーリ五世が急死したのだ」

リーアンは拳を握った。
すべての音がピタリと止まる。
打って変わった静けさの中、秋風に似た口笛が響く。
観客席からすすり泣きが聞こえてくる。
泣いてくれる者がいる。それだけで勇気が湧く。
この世界は変わる。今夜を境に変わっていく。
深呼吸をして、彼は右手を頭上に掲げた。

革命の夏が終わり、受難の秋がやってくる。
本当の悲劇はここから始まる。

第六章　憐憫《れんびん》と懊悩《おうのう》

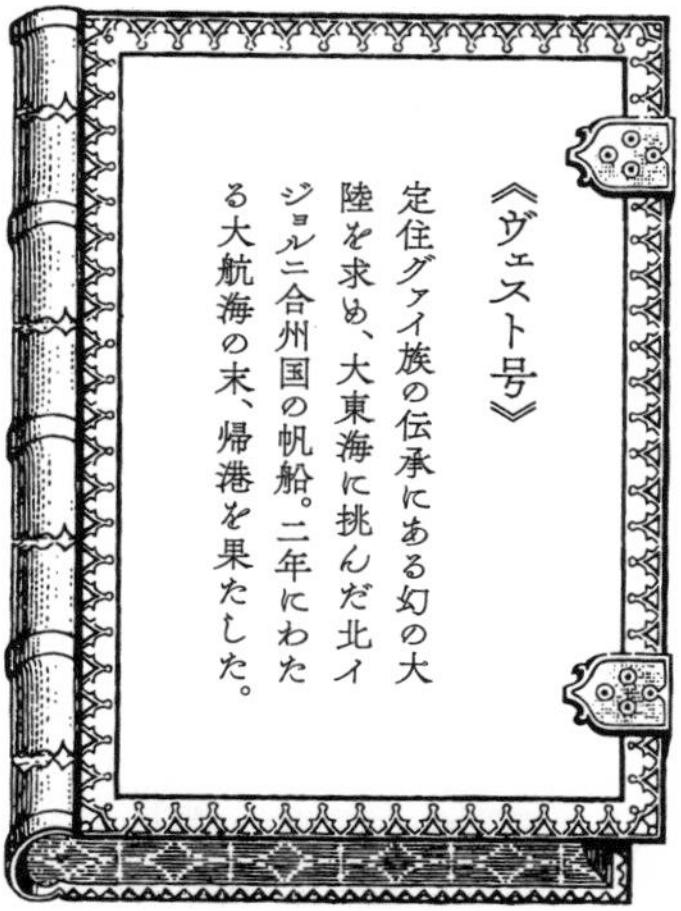

聖イジョルニ暦七九九年四月二十四日。リーアンとアーロウはノイエレニエに戻った。

翌々日の五月一日。ルミニエル座は新作舞台『橋』の初日を迎えた。通し稽古《げいこ》は一度だけ。衣装が完成したのは開演の十分前という綱渡りだった。

しかし、いざ幕が開けば舞台は大成功。観客達は総立ちで、拍手はなかなか鳴りやまなかった。最前列ではロランス夫人が感涙に咽《むせ》び、惜しみない拍手を送っていた。

いつものことながらマレナの演技は完璧だった。他の演者も裏方も頑張ってくれた。ルミニエル座の全員が力を合わせ、稽古不足を補ってくれた。

「すまなかった。俺が勝手をしたせいで、みんなに迷惑をかけてしまった」

喜びに沸く舞台裏でアーロウは仲間達に頭を下げた。

「みんなに助けて貰った。ありがとう。本当にありがとう」

「いいってことよ！」

「んなの気にすんなって！」

「座長にはいつも世話になってるし、たまには恩返しさせてよね！」

仲間達の温かい声にアーロウは喜びを噛みしめた。

心が浮き立つような多幸感は、驚くべきことに、舞台を降りてからも続いた。役が落ちるたび、襲ってくる自己嫌悪と希死念慮。それを感じずにいられるのは、たぶんリーアンが取り乱す様子を目の当たりにしたからだ。

リーアンが恐れる死の呪い。『英雄と等しき年月』はリーアンの心が生み出した怪物だ。知られざる者から聞かされたテッサの過酷な運命。英雄がたどった残酷な末路。それを戯曲にするという重圧。そのすべてが今までに経験したことのない圧力となって、彼の心を押し潰そうとしているのだ。

テッサの戯曲を書き上げたら死ぬという思い込みは、それを書くのが怖いという気持ちの表れだ。あれほど多彩な名作を生み出してきたリーアンでさえ、創作に悩み、逃げ出したいと思うことがあるのだ。天才リーアンも人の子だった。そう思うと親近感が湧いてくる。

アーロウは鼻歌を歌いながら服を着替えた。弾むような足取りで、ロランス夫人の元に向かった。

「お待たせしました」

「アーロウ！　会いたかったわ！」

彼をひしと抱きしめて、ミラベル・ロランスはうっとりと息を吐いた。

「感動的な舞台でしたわ。すっかり見入ってしまいましたわ。しばらく見ない間に、貴方はますます魅力的になりましたわ」

「それは嬉しいな。ありがとうございます」

「素晴らしい休暇を過ごされたようですわね。今夜はゆっくりと旅の土産話を聞かせていただかな

くちゃ」

「お望みとあらば、喜んで」

　二人は月光亭を出て、迎えの馬車に乗った。後部座席に並んで座る。ミラベルはいつにも増して上機嫌だった。よほど気に入ったとみえて、先程の舞台のことをひっきりなしに褒めてくる。

「切なくて悲しくて、でも愛に溢れていて、最後は涙が止まりませんでしたわ。わたくしもあんな恋をしてみたい。あんな風に貴方の腕に抱かれてみたい。マレナさんのことを、今日ほど羨ましいと思ったことはありませんわ」

「おや、嫉妬してくれるんですか？」

「いいえ。前にも申し上げた通り、わたくしは誰も束縛したくありませんの。嫉妬などという感情、抱いたこともありませんわ」

「それはちょっと残念です」

「嫉妬はいたしませんが、羨望はいたします。わたくしも舞台に立ってみたい。マレナさんのように、貴方と同じ舞台に立ってみたい」

「それ、本気で言っているんですか？」

「ええ、もちろん。だって舞台の上でなら何者にだってなれますでしょう？　お姫様にも女騎士にも、貴方の恋人にだってなれますでしょう？」

　嫌悪感を隠しきれず、アーロウは眉根を寄せた。

　俺達がどんな人生を歩んできたのか知りもしないで、よくもそんな台詞が吐けたものだ。舞台に立つということが何を意味するのか、知らないわけでもなかろうに。

「どうなさったの？　難しい顔をして？」

ミラベル・ロランスは笑う。さながら天使のように。無垢《むく》で無邪気な子供のように。それは侵されざるものの特権だ。人の善性を信じたまま大人になれるのは、人の悪意に晒《さら》されることなく大人になった人間だけだ。

「……胸糞《むなくそ》悪い」

「ん？」

ミラベルが首を傾げる。彼が悪態をついたとは考えもしない純真な瞳。

「何かおっしゃいまして？」

アーロウは彼女を抱き寄せた。その白い耳朶を甘噛みし、吐息に乗せてささやく。

「早く貴方を抱きたくて、胸が苦しいと言ったんです」

「まあ……」

ミラベルは目を見開いた。

「本当に？」

答える代わりにアーロウは彼女の唇に唇を重ねた。口腔《こうこう》に分け入り、舌を絡める。葡萄酒のように芳醇《ほうじゅん》、蜂蜜《はちみつ》のように濃厚、甘い果実を貪るような情熱的な接吻。

「あぁ……んん……う」

ミラベルが不明瞭《ふめいりょう》な声を漏らした。頬が上気している。翠玉《すいぎょく》の瞳が濡れている。彼女はアーロウを見つめ、蕩けるような声で告げた。

「夕食はキャンセルしますわ。すぐにお部屋に参りましょう」

翌朝、まだ眠っているミラベル・ロランスを残し、アーロウは『シャイア・ヒル』を出た。

昼と夜の公演をこなした後、オレリアの許可を得て、リーアンの家に向かった。

五月の夜は優しく霞んでいる。一ヵ月前に較べ、ずいぶんと暖かくなった。ノイエレニエに戻ってきてから休む暇もなかったが、不思議と疲れは感じない。望んで出かけた旅ではないが、行ってよかったとしみじみ思う。

広場を囲む建物はすでに眠りについていた。時刻はすでに真夜中近い。窓の明かりはすでにない。人の気配も感じられない。ひとつだけ、煌々《こうこう》と光を放つ窓がある。城壁に面した建物の四階、リーアンの部屋だ。

旅から戻った直後、リーアンは着替えもせずベッドに倒れ込んで眠ってしまった。

気にはなったがルミニエル座の皆を待たせるわけにもいかず「きちんと飯を喰えよ」と言い残して部屋を出た。アルヌー夫人に帰宅を告げ、リーアンの様子を見てくれるように頼んだ。

突然の余命宣告に狼狽していたリーアンも、ノイエレニエに戻る頃にはかなり落ち着きを取り戻していた。アーロウが提案した呪いの肩代わりは断固拒否していたし、呪いのことを恐れてもいたけれど、リーアンは天性の劇作家だ。あれだけの話を聞かされて無視出来るはずがない。書かずにいられるわけがない。

あれから三日、少しは前向きになってくれただろうか？

屋敷に入り、軋む階段を上りかけた時だった。

「あの……」

聞き慣れない声がした。見れば一階廊下の暗がりに人影が佇んでいる。

アーロウはぎょっとした。一瞬、追影かと思ったのだ。

「ごきげんよう、ランベールさん」

丁寧な挨拶とともに人影が近づいてきた。寝間着の上にショールを羽織った老齢の女性。アルヌー夫人だった。アーロウがここにうつって十二年。その間、幾度も顔を合わせてきたが、彼女の声を聞いたのはこれが初めてだった。

「ごきげんよう、アルヌー夫人」

気を取り直し、アーロウは帽子を取って挨拶した。

「いつもリーアンのお世話をしていただいて、ありがとうございます」

「実は、そのリーアンさんのことで、お話が」

「また何か問題でも起こしましたか？」

「ええ、いえ、その――」

アルヌー夫人は心配そうに階上を見上げた。

「リーアンさんの様子がおかしいのです。お酒は召し上がるのですが、ずっとお食事をとっていらっしゃらないんです。部屋の掃除もさせてくださいませんし、着替えてもいないようなのです。そればかりか、真夜中に大声で叫んだり、どすんどすんと床を踏みならしたり。『どうしましたか』と声をおかけしても、返事はなく、扉も開けてくださらず、気を揉んでいたところなのです」

ぞわりと肌が粟立《あわだ》った。

あのリーアンが部屋の掃除をさせない？　着替えてもいない？

それは異常だ。

「ご心労をおかけして申し訳ありません」

不安を押し隠し、アーロウはにっこりと笑った。

「もう遅い時刻ですゆえ、どうぞお休みください。私が様子を見て参ります。明日改めてご挨拶に伺います」

では失礼——と一礼し、急ぎ足で階段を上った。

四階に到着した途端、嫌な臭いが漂ってきた。酒と脂と排泄《はいせつ》物の臭いだ。

「俺だ、入るぞ」

一声かけてから、アーロウは扉を開けた。

饐《す》えた臭いが鼻を刺す。汗と糞尿の臭い。酒と煙草の臭い。そこに甘いエールデフラワーの香りが入り交じり、吐き気をもよおす悪臭と化している。

アーロウは左袖で鼻と口を押さえ、頭上にランプを掲げた。

室内はひどい荒れようだった。床には脱ぎ散らかしたシャツや靴下、煙草の吸い殻が散乱している。テーブルの上には葡萄酒の空き瓶《びん》が何本も転がっている。カラカラに乾いたパンの欠片、腐りかけた果実、手をつけた様子のないスープには油膜が張り、汚れた皿には蝿《はえ》が集《たか》っている。

「リーアン？」

窓辺にランプが置かれている。机に向かうリーアンの背中が見える。椅子に座って羽根ペンを握り、一心不乱に何かを書き殴っている。

異様だった。不衛生《ふえいせい》な部屋も、それを放置するリーアンも、リーアンがすでにペンを握っている

ことも、明らかに尋常ではなかった。

リーアンは物語の構想が出来上がるまでペンを取らない。日がな一日、ベッドの上で過ごすこともある。怠けているわけではない。創作に必要な過程のひとつなのだ。ミケーレ・シュティーレとの契約の期限は十二月末だ。まだ七ヵ月もある。リーアンのことだ。あと二、三ヵ月は酒を飲み、煙草を吸い、グダグダして過ごすだろうと思っていた。

あんなに怖がっていたのに、もう書き始めたのか？

アーロウは足音を潜め、リーアンに近づいた。彼の肩越しに机の上を覗き込む。

ガリガリガリとペン先が音を立てている。真っ白な紙に奇っ怪な文字が書き連ねられていく。

いや、これは文字ではない。文字の形をなしていない。まるで子供の落書きだ。

「うああああああ！」

リーアンが叫んだ。紙をくしゃくしゃと丸め、投げ捨てる。新しい紙を机に置き、そこにまた奇妙な図形や線を書き殴り始める。リーアンの奇行には慣れているつもりだったが、さすがにこれは常軌を逸《いっ》している。

アーロウは用心深くリーアンの肩に手を置いた。

「大丈夫か？」

羽根ペンを持つ手が止まった。リーアンは上体をのけぞらせ、虚《うつ》ろな目でアーロウを見上げる。

「おう、アーロウ。元気そうだな」

目の焦点が微妙にずれている。声音も著《いちじる》しく抑揚を欠いている。

「この有様《ありさま》はいったいなんだ？」

アーロウは机上の紙を指さした。

「そいつはいったい何なんだ？」

「気晴らしだ」

素っ気なく答え、リーアンは肩をすくめた。

「考えをまとめるために、手を動かしてるだけだ」

それを聞いて安堵した。恐怖と重圧で箍《たが》が外れてしまったのかと思ったが、どうやらそうではないらしい。なかなか構想が固まらない苛立ちを紙面にぶつけるなんて、まったくリーアンらしくない。けれど、そんな彼の様子に、アーロウはますます親近感を覚えた。

「何も食べてないそうじゃないか。そんなに根を詰めたら身体に毒だぞ？」

「……時間がねぇんだよ」

「まだ七ヵ月もあるじゃないか。今から無理をして身体を壊したら元も子もない」

リーアンは目を閉じた。「それもそうだな」と独りごち、勢いをつけて立ち上がる。

テーブルに置かれたバスケットから乾いた黒麦パンを取り出すと、バターもつけずにバリバリと齧《かじ》る。葡萄酒の瓶を手に取って、直接喉へと流し込む。

「そう慌てることはないさ」

アーロウは出窓に腰かけ、鷹揚《おうよう》に微笑んだ。

「話が上手くまとまらないのはままあることだ」

俺なんかいつもそうだと言い、戯けた仕草で肩をすくめる。

「まだ旅の疲れが残っているんだろう。ゆっくり休めばいつも通り、天から言葉が降ってくるさ」

「お前に何がわかる！」

リーアンは葡萄酒の瓶をテーブルに置いた。ダァンという音が天井に響く。

「降ってこねぇんじゃねぇ。がんがん降ってくるんだよ。聞きたくない言葉や見たくもない光景が、次から次へと降ってきやがるんだよ！」

彼は部屋の隅に置かれていた箒を手に取った。

「うるせぇ！　黙れ！　黙りやがれ！」

それを振り回し、天井に張り巡らされた蜘蛛の巣を払う。住み処を壊された銀の蜘蛛が床の上を逃げ惑う。

「見てンじゃねぇ！　このクソ野郎！　俺はてめぇの道具じゃねぇ！」

蜘蛛を追いかけ、箒を振り上げる。力任せに床を叩く。

「何を書くかは俺が決める！　書くか書かねぇかも俺が決める！　誰の指図も受けねぇ！」

箒がテーブル上の酒瓶に当たった。瓶が床に落ちて砕ける。リーアンは肩で息をしながら、なおも箒を振り上げ、銀の蜘蛛を追い散らす。

「その辺にしておけ」

アーロウは箒の柄を摑んだ。リーアンの手からそれを取り上げる。

「蜘蛛に当たり散らすなんて、お前らしくないぞ」

「あいつらは蜘蛛じゃねぇ。目だ。あいつらを通して、あの野郎、俺を見ていやがるんだ」

「……あの野郎？」

「あああ、クソ！　うるせぇ！　うるせぇんだよ！」

リーアンは苦悶の表情で頭を抱えた。

「いい加減、黙れ！　てめぇの勝手にはさせねぇ！　神の御子がどうなろうと知ったこっちゃねぇ！　俺の人生は俺のモンだ！　レーエンデのために犠牲になるなんてまっぴらだ！」

「リーアン」

不安になって、アーロウは彼の右腕を摑んだ。

「何を言っている？　誰と話している？」

リーアンは答えなかった。アーロウの手を振り払い、よろよろと後じさり、オルガンに尻をぶつけた。そこに置かれていた葡萄酒の瓶を手に取り、喉を鳴らして中身を呷る。

「なぁ、アーロウ」

口元にこぼれた葡萄酒を手の甲で拭い、喉の奥でくつくつと笑う。

「お前、楽しんでるだろ。俺の惨めな姿を見るのが嬉しくて仕方がねぇんだろ。そうだよな、アーロウ？　この悪趣味な下衆野郎め！」

「それは違う！」

思わず叫んだ。でも、その先が続かない。

本当に違うのか？　絶対に違うと言い切れるのか？

「ほら見ろ！」

リーアンが葡萄酒の瓶を投げつけた。かろうじてかわしたが、瓶は後ろの壁に当たって砕けた。ガラス片が飛び散る。まるで鮮血のように赤い葡萄酒が滴り落ちる。

「憐憫なんかいらねぇ！」

バスケットからチーズを摑み出して投げつける。それはアーロウまで届かず、床に落ちてグチャリと潰れた。

「出ていけ！　目障《めざわ》りだ、出ていけッ！」

「わかった、出ていく。出ていくから、物を投げるな」

アーロウは両手を上げて後じさった。後ろ手で扉を開き、廊下に出る。

「ちゃんと寝ろよ。きちんと飯も喰うんだぞ」

言い残して扉を閉じる。

直後、陶器が扉に当たって砕ける音がした。


リーアンから罵詈《ばり》雑言をぶつけられても、不思議と怒りを感じなかった。

「お前に何がわかる」とリーアンは言ったが、納得のいくものが書けない苛立ちは嫌というほどよくわかる。何かに八つ当たりしたくなる気持ちもよくわかる。それにリーアンの気まぐれはいつものことだ。いちいち振り回されていては身が持たない。数日もすれば、いつも通り、コロッと忘れてしまうだろう。

五日後、アーロウは葡萄酒を持って、リーアンの部屋を訪ねた。

「俺だ、入るぞ」

いつものように声を掛け、扉を開く。

「入ってくんな！」

インク壺が飛んできた。黒インクを撒き散らし、壺が床に転がる。甘酸っぱいエールデフラワー

の香りが立ちこめる。

「出てけ！」

目をつり上げ、リーアンが叫んだ。右手にフォークを、左手に皿を摑んでいる。

「今度そのツラ見せたら、ぶっ殺す！」

凄まじい剣幕だった。本当に襲いかかってきそうだった。葡萄酒を渡すのも忘れ、アーロウは早々に退散した。

さらに五日後。

扉を開けただけで罵声と灰皿が飛んできた。

さすがにアーロウも困惑した。八つ当たりにしても度が過ぎている。先日の態度を謝りたいと思っても、これでは弁明することさえ出来ない。これ以上、物を壊されても困るし、こちらも怪我はしたくない。

逡巡《しゅんじゅん》した末、マレナを頼ることにした。

マレナは五歳の時、月光亭にやってきた。貧しい農民であった両親が口減らしのために彼女を売ったのだ。当時リーアンとアーロウは六歳。リーアンが月光亭を出ていくまでの六年間、三人は兄妹《きょうだい》同然に育てられた。

年下にもかかわらず、マレナは甲斐甲斐《かいがい》しくリーアンの面倒を見た。人見知りで気難しいリーアンもマレナにだけは懐いていた。彼女が相手なら、リーアンも邪険にすることはないだろう。

昼興行が終わった後、アーロウは舞台裏でマレナを呼び止めた。

「悪いけど、ひとつ頼まれてくれないか？」

「珍しいわね。あんたが頼みごとなんて」

マレナは意外そうに長い睫《まつげ》を瞬かせた。

「で、何なの？」

「俺の代わりにリーアンの様子を見てきてほしいんだ。ついでに戯曲の進捗《しんちょく》を確認してきてくれるとありがたい」

「って、あんたねぇ」マレナは腕を組み、きりりと眦《まなじり》をつり上げた。「野郎の部屋に女を使いにやらせるわけ？　それであたしが襲われたらどうすんの？」

アーロウは面喰《めんく》らった。言われてみれば、その通りだ。お互いにもう子供ではない。しかも今のリーアンは情緒不安定だ。さすがに襲いかかったりはしないだろうが、ルミニエル座の花形女優であるマレナに万が一のことがあっては困る。

「悪かった。今の話はナシだ。忘れてくれ」

「いいわよ。行ってあげても」マレナはツンと顎を上げる。「あたし、護身術習ってるもの。リーアンなんて怖くない。襲ってきたらぶん投げて、コテンパンに叩きのめしてやる」

「叩きのめすのはいいが、頭と右手は残してくれ。でないと戯曲が書けなくなる」

「了解です、隊長」

戯けた仕草で敬礼し、マレナは探るような目で彼を見た。

「それでアーロウ隊長は労働の引き換えに、あたしに何をくださるの？」

「リーアンに持っていく酒とつまみの購入代、それに手間賃を合わせて、このくらいでいいか？」

アーロウはポケットからルーナ金貨を二枚取り出した。

マレナは半眼になった。目を眇め、彼を睨んだ。

「あんたって最低」

「え？」アーロウはうろたえた。「ごめん、少なすぎたか？」

「知らない」

ひったくるように金貨を奪った。ドレスの裾を翻してマレナは去っていく。

何を怒っているんだろう？

アーロウは困惑し、その後ろ姿を見送った。


そうこうしているうちに一ヵ月が過ぎた。

五月の昼公演『橋』は大盛況のうちに最終日を迎えた。連日満席で入場札の奪い合いが起きるほどの大人気だった。とはいえ、急ごしらえの舞台だ。準備不足だと感じる場面も多々あった。よって休演となる六月中に稽古を重ね、七月にも『橋』を上演することになった。より完成度を上げ、ルミニエル座の最高売上を更新しよう。結果がよければさらに九月、十一月と公演を延長するのも悪くない。異例の長期公演になるが、これほどの人気作だ。勝算は充分にある。

だがオレリアは強欲だった。「出来れば年内にもう一本、傑作がほしいねぇ」と聞こえよがしに独りごちる。「今なら稿料も弾むんだけどねぇ」

いつものリーアンならば二つ返事で引き受けるだろう。しかし今のリーアンには余裕がない。ならばこそ、テッサの戯曲を書くことだけに専念して貰いたい。

アーロウは地下室に机を持ち込んだ。紙と羽根ペンとインク壺を揃え、脚本の構想を練り始め

た。
今までは気負いがあった。リーアンへの対抗心もあった。しかし執筆に苦しむリーアンを見て、考え方が変わった。リーアンが書く戯曲が素晴らしいのは、彼が天賦の才を持っているからではない。天賦の才に相応しい努力をリーアンが積んできたからだ。今までそういう姿を見せなかっただけで、本当はリーアンも懊悩していたのだ。苦難を乗り越え、努力を積み重ねてきたからこそ、彼の作品には魂が宿る。努力なくして名作は生まれない。

それに気づいてからは、肩の力が抜けて楽になった。まずは身の丈《たけ》に合った習作を書こう。書き続けていけば少しずつ上手くなるはずだ。リーアンに追いつこうとは思わない。名作を書こうとも思わない。観客が楽しんでくれたら及第点。赤字が出なければ大成功だ。

満月の前夜、劇場の地下に集まったレーエンデ義勇軍は、アーロウが持ち帰った真実の歴史に沸き立った。自分達も負けてはいられないと、新しいビラを作っては、下町の窓や戸口に投げ込んだ。

いつになく充実した日々だった。

しかし満開の花が枯れ落ちていくように、心穏やかな日々も長くは続かなかった。

六月の末、夜を徹して執筆に勤《いそ》しむアーロウの元にマレナがやってきた。

「今、ちょっと話せる？」

ランプに照らされた彼女の顔は硬く強ばっていた。一目見て、何かよくないことが起きたのだとわかった。

「ああ、もちろん」

アーロウは彼女に椅子を勧めた。

「何があった？」

マレナは椅子に腰掛けると、涙声で切り出した。

「ライカが病気なの。もうずいぶん前から調子悪そうにしてたんだけど、大丈夫だよって、誰にも言わないでおくれって言われてて――」

鼻の頭にハンカチを当て、ずずっ……と洟《はな》をすする。

「さっき店で倒れたの。慌てて屋根裏部屋に運んだら、彼女、血を吐いたの。お医者様を呼ぼうとしたけど、ライカに止められたわ。もう手遅れだって、そろそろ潮時だって、大人しく救済院に行くよって」

マレナは下唇を噛み、縋るような目で彼を見た。

「お願い、アーロウ。ライカを止めて。ライカを救済院なんかに行かせないで」

マレナの両親は彼女を人買いに売った。リーアンとアーロウの実母セリーヌは母親らしいことは何ひとつせず、あげくに双子を捨てて出ていった。彼らの世話をしてくれたのは月光亭の娼婦達、中でもライカは子供好きで、よく面倒を見てくれた。マレナやリーアンやアーロウにとって、ライカは実の母より母親らしい唯一無二の存在だった。

そのライカが重病を患っている。アーロウも冷静ではいられなかった。息が詰まり、心臓がバクバクと暴れ出す。だがここで取り乱してはマレナをますます不安にさせてしまう。

「心配するな。ライカを救済院には行かせない」

平静を装い、アーロウは立ち上がった。

「ライカに会ってくる。医者に診て貰うよう説得してくる」

「あたしも一緒に行っていい？」

アーロウは首肯し、マレナに右手を差し出した。

「行こう」

二人は南館の屋根裏に向かった。仕切り板で区切られた狭い空間に一台ずつベッドが置かれている。時刻は真夜中。他の女達は接客中だ。残っているのはライカだけ。彼女は寝台に身を横たえ、目を閉じていた。

「ライカ？　起きてるか？」

アーロウが声をかけると、彼女はゆっくり瞼を開いた。

「おやおや、ご両人」

マレナとアーロウを見上げ、うっすらと微笑む。

「この婆《ばば》に何のご用かね？」

「店で倒れたと聞いた」アーロウは椅子を引き寄せて座った。「具合はどうだ？　悪いのか？」

「ああ、かなり前からね。実を言うと、血を吐いたのも初めてじゃないんだ」

「どうして隠したりしたんだ？」

「あたしゃ、この仕事が長いからね。これと同じ病にかかった女を何人も見てきた。だから助かる病気じゃないってことも、よくわかってんのさ」

ライカは長く深く息を吐く。

「あたしは救済院に行くよ。もう覚悟は出来てる」

「待ってくれ。そう結論を急ぐな」

アーロウはライカの手を握った。彼女の指は枯れ枝のように細かった。しなびた皮膚が骨に張りついている。アーロウは愕然《がくぜん》とした。なぜ気づかなかったのだろう。いつの間に、彼女はこんなにも年老いてしまったのだろう。

「不治の病と決まったわけじゃない。まずは医者に診て貰おう。身の振り方を考えるのは、それからでも遅くない」

「無駄だよ。いくら金を積んだって下町の娼婦を診てくれる医者なんかいやしないよ。上級市民にとっちゃ、あたしらは穢れの塊《かたまり》だ。スミネズミみたいに追い払われたり、水をぶっかけられたりするくらいなら、あたしは人間として生きて、人間として死ぬよ」

話はおしまいだと言わんばかりに目を閉じる。

しかし、諦めるわけにはいかなかった。

「せめてあと三ヵ月……いや、二ヵ月でいい。救済院に行くのは待ってくれないか。それまでは俺とマレナで看病するから、折を見て俺からオレリアに話を通すから、もう少しだけ、ここで療養していてくれないか」

「オレリアには、もう話した」

ライカは片目を開けた。いたずらっぽく舌を出す。

「さっきまでここにいたんだ。『残念だけど仕方がないね』って言ってたよ」

アーロウは歯ぎしりした。あの鬼婆、なんてこと言うんだ！

「怒るんじゃないよ、アーロウ。マレナもね、よくお聞き」

小さな咳を挟み、ライカは続ける。

「あんた達だってわかってるだろ。客を取れない娼婦はここにいちゃいけない。それが月光亭のルールだ。例外を許せば店が傾く。もしこの店が倒れたら、ここで働く者達全員が路頭に迷う」

「そんなこと言わないでよ！」

マレナは寝台に駆け寄った。ライカに縋りついて泣き崩れる。

「嫌だよ、ライカ。いなくなっちゃ嫌だ。あたし、あんたにまだ何のお返しもしてない。なのに、いなくなっちゃうなんて嫌だ……嫌だよ」

「こらこら、泣くんじゃないよ」

ライカは困惑顔でマレナの頭を撫でた。

「充分だよ。あんた達にはもう充分に返して貰った。あたしは子供を持てなかったから、あんた達がいてくれて、本当に嬉しかったんだよ」

目に涙を浮かべ、アーロウを見上げる。

「アーロウ、あんたには特に感謝してる。あたしを舞台に立たせてくれてありがとう。演じている時だけは、辛いことも悲しいことも忘れられたよ。あたしゃこの面相だから、お姫様役は回ってこなかったけどね。それでも舞台にいる時だけは、自分のことが好きでいられた」

「俺もだよ」涙を堪え、アーロウは笑った。「舞台に立っている時だけは、俺も自分のことが好きでいられる」

「あんた、いい加減、自分を安く見積もるのはおよしよ。あんたは出来る男だ。自分のこと、もっときちんと評価しておやり」

干からびた手で、ライカは彼の手の甲を叩いた。

「どうしてそんなに自分のことが嫌いなのか、その理由はわかってるかい？」

「それは――」

言葉に詰まったアーロウの代わりに、マレナが答えた。

「大好きなリーアンに置いてかれたから、アーロウは『自分には何の価値もない』って思い込んでるの」

「さすが、マレナはよくわかってるねぇ」

ライカはマレナの頭を撫で、再びアーロウに目を戻した。

「リーアンはまごうことなき天才だ。あの子は歴史に名を残す。そういう星の下に生まれてきたんだ。でもアーロウ、あんたは違う。あんたは優しくて、とても善い人間だけど、リーアンのような神がかった才能は持ってない。けどね、アーロウ。凡人もね、そう悪いもんじゃないんだよ」

ふふっと笑い、彼女は天井を見上げた。

「才能ってのは呪いだよ。人並みの幸せじゃ満たされない。十を得れば百ほしくなり、百を得れば千ほしくなる。高く、もっと高く、どこまでも昇り続けて、満足するということを知らない。でもあんたは凡人だから、とても優れた凡人だから、リーアンには決して手に入らない人並みの幸せを摑むことが出来る」

アーロウは下唇を噛んだ。否定したい気持ちと、受け入れてしまいたい気持ちが胸の中でせめぎ合う。言い返したいと思っても、上手い言葉が見つからない。

「あんたにはマレナがいる。ルミニエル座の仲間がいる。みんな、あんたを愛してる。どうかそれ

を忘れないでいておくれ」

「……わかった」

「いい子だ」

ライカは満足げに微笑んで、再び目を閉じた。

「ああ疲れた。あたしゃもう寝るよ。あとは二人で話し合っとくれ」

そう言われては、返す言葉もない。二人はライカの傍を離れ、再び地下の倉庫へと戻った。

マレナは脱力したように寝台の端に座った。

「なんか逆に諭されちゃったね」

「すまない。力になれなくて」

「ううん、もういいの」彼女は首を横に振る。「あたしがライカと同じ病に罹《かか》ったら、きっとあたしも同じようにすると思うから」

「そうだな」

アーロウはマレナの隣に腰を下ろした。

「救済院に行けば、罪のない同胞達の命を救える。きっと俺も同じことをする」

「……うん」

マレナは俯いた。堪えようとしても堪えきれず、低い嗚咽が漏れてくる。

アーロウは彼女の肩を抱き寄せた。

「泣けよ。我慢するな。お前が泣いたってこと、秘密にしておいてやるから」

「うう……ううえええ」

途端に泣き声が大きくなった。しゃくり上げ、身も世もなく泣きじゃくる。

アーロウはマレナの背中を撫でた。空が白み、泣き疲れたマレナが眠りに落ちるまで、彼女の背を撫で続けた。


三日後、救済院から迎えが来た。

足がふらついて歩けないライカを、男達は戸板に乗せて運ぼうとした。

「やめろ！」

アーロウは野次馬をかき分けて前に出た。ライカを抱き上げ、男達に向かって叫んだ。

「どいてくれ、俺が運ぶ！」

「ほほほ……こりゃあいい！」

ライカは呵々《かか》と笑った。

「まるでお姫様になった気分だよ」

それならばと、アーロウはにっこりと笑った。

「ライカ姫、不肖アーロウ・ランベールがお供いたします。いざ参りましょう」

もう六月だというのに、救済院は寒々しかった。まるで墓場のように冷え冷えとしていた。

粗末な寝台にライカを寝かせ、アーロウは言った。

「見舞いに来るよ」

「来るんじゃない。来たら蹴っとばすよ」

ライカは気丈に言い返した。

「ここは病人でいっぱいだ。悪い病気を拾いでもしたらどうするのさ」

「しかし——」

「あたしの出番が回ってきたら、もう一度だけ会いに来ておくれ。この世で最後に拝むのは、とびきりいい男の顔にしたいからね」

早くお帰りと言って、ライカは彼の尻を叩いた。その手は弱々しくて、彼女が無理をしているのがわかった。ここにいても何も出来ない。彼女に体力を消耗させて、命を縮めさせるだけだ。

「また来るよ」

そう言い残し、アーロウはライカの傍を離れた。

救済院を出ると、外には光が溢れていた。空気は湿って暖かい。もうすっかり初夏の陽気だ。太陽光が目に染みて、アーロウはくしゃみをした。洟をすすり、涙を拭う。

どうしようかと迷いはしたが、リーアンの家に向かうことにした。ライカはリーアンにとっても母親代わりだった。今ならまだお別れも言える。彼にも知らせておくべきだ。また追い返されるかもしれないが、これはマレナには頼めない。

リーアンは夜間に仕事をすることが多い。この時間、まだ寝ているかもしれない。

そう思いながら屋敷に入ると、彼の足音を聞きつけ、アルヌー夫人が顔を出した。

「ありがとうございます」

挨拶もそこそこに、彼女は深々と頭を下げた。

「おかげさまで、リーアンさん、お部屋をお掃除させてくれるようになりました」

「ああ、それはよかった！」

さすがマレナだ。リーアンを説得してくれたのだ。

「アルヌー夫人、貴方にもお礼を言わなくては」

その時、笑い声が聞こえてきた。

アーロウは階上を見上げた。空き部屋に新しい住人でも入ったのだろうか？

「お友達がおみえなんです」

夫人の言葉に彼は首を傾げた。リーアンに友達はいない。表現者は孤高の存在だと、命綱はいらないと、リーアン自身が言っていた。ルミニエル座の誰かという可能性もなくはないが、月光亭を出ていったリーアンのことを、みんなは快く思っていない。アーロウに一言もなく、リーアンの元を訪れるとは考えにくい。

「失礼」と言い残し、アーロウは階段を上った。

リーアンの部屋から笑い声が響いてくる。楽しげな声が聞こえてくる。

「リーアン、君は天才だ！　正真正銘、神に愛されし男だ！」

「ああ、まったく！　その通りだ！」

笑っているのはリーアンだ。聞き覚えのない声の男と談笑している。

「リーアン、俺だ。入るぞ」

声をかけ、ゆっくりと扉を開いた。

幸いなことに、何も飛んでこなかった。

部屋はきれいに掃除されていた。散乱していた服も吸い殻も見当たらない。異臭を放っていた食べ物もすっかり片づけられている。

リーアンは窓際の椅子に腰掛けていた。葡萄酒の入ったグラスを手に、膝を叩いて笑っている。テーブルを挟んだ向かい側に見たことのない男が座っている。一目見てイジョルニ人だとわかった。それも身分の高い、貴族階級に属する男だ。臙脂色の上着、真っ白なシャツ、襟元に黒いタイを結んでいる。後ろに撫でつけられた黒い髪、女のような細面《ほそおもて》、切れ長の目に丸眼鏡《めがね》をかけている。

その男がアーロウに気づいた。

「リーアン、お客さんのようですよ？」

そう言ってから、再びアーロウに目を戻す。

「そのお顔、もしかして、アーロウ・ランベールさんですか？」

「そうですが——」

貴方は誰です？　と問う前に、その男は嬉しそうに両手を叩いた。

「ああ、やっぱり！　よく似ていらっしゃる！　本当にそっくりだ！」

「馬鹿言え！」グラスの葡萄酒を飲み干し、リーアンは鼻で笑った。「こいつと俺の、どこが似てるって？　全然似てねぇっての！」

「いえいえ、似ていますよ。顔をしかめた時の眉の角度なんか、鏡に映したみたいにそっくりです。双子とはいえ、ここまでそっくりなのは、けっこう珍しいんじゃないですか？」

「ったく、しつけぇな。似てねぇって言ってんだろ！」

リーアンは千鳥足でアーロウに近づくと、彼の肩に右手を回した。

「ほれ、よーく見やがれ。全然、まったく、一欠片も似てねぇだろうが」

息が酒臭い。呂律《ろれつ》も回っていない。こんな真っ昼間から酔っ払うほど飲んだのか？

アーロウは眉をつり上げた。しかしリーアンは気づかない。ヘラヘラと笑いながら煙草に火をつけ、黒髪のイジョルニ人を指さした。

「紹介しよう！　彼こそが著名な天才演出家、ミケーレ・シュティーレだ！」

「どうぞよろしく」

ミケーレは立ち上がった。胸に手を当て、優雅に一礼する。表情は柔和で物腰も柔らかい。イジョルニ人にありがちな侮蔑的な態度も見られない。

「んで、こいつがアーロウ・ランベール。俺の弟だ！」

リーアンはアーロウの背中を叩いた。その勢いに押され、アーロウは一歩前に出た。ミケーレが興味深そうに彼を見つめている。アーロウは渋々、会釈をした。

「初めまして。リーアンがお世話になっております」

「ったく、お前は、いっつも真面目だなぁ！」

リーアンはアーロウの肩に手を回して引き寄せる。

「堅苦しい挨拶は抜きにして一緒に飲もうぜ！　ミケーレが持ってきてくれた葡萄酒、二十年ものだぞ？　めっちゃくちゃ旨いぞ？」

「遠慮しておく」

今はとても、そんな気分にはなれない。

「お前に話があって来たんだ。少し時間を貰えるか？」

「なら飲みながら話せよ。俺も飲みながら聞く」

リーアンはグラスに酒を注いだ。一気に干して、空のグラスを頭上に掲げる。

「昼間っから飲む酒ってのは最高だな！」

「少々背徳的なところが、なかなかに贅沢《ぜいたく》ではありますね」

ミケーレは立ち上がり、リーアンのグラスに葡萄酒を注いだ。

「あまり飲ませないでください」

アーロウが口を挟んだ。

「グラス三杯以上飲ませると、リーアンは二日酔いになるんです。その後、二、三日は頭が働かなくなるんです」

「そうなんですか？」

ミケーレは慌てて瓶を引っ込めた。

「すみません。存じ上げなくて」

「安酒だったからだ」爪でグラスを弾《はじ》き、リーアンはお代わりを要求する。「この葡萄酒なら大丈夫。飲めば飲むほど頭が冴《さ》えて、どんどん妙案が湧いてくる！」

「それは頼もしい」

ミケーレは莞爾と笑った。アーロウに「あと少しだけ」とウインクをして、リーアンのグラスに葡萄酒を注ぐ。リーアンは締まりなく笑み崩れ、それを口へ運ぼうとする。

「いい加減にしろ」

アーロウはリーアンの手からグラスを奪った。彼の代わりに飲み干して、空のグラスをテーブルに置く。

「何すんだよ！」

「ちょっと来い」

リーアンの腕を摑み、寝室へと引きずっていく。

「ミケーレさん、お騒がせして申し訳ない。こいつと二人で話をさせてください」

「ああ、かまいませんよ」

優雅にグラスを傾け、ミケーレは微笑んだ。

「私は続きを読ませていただきます。どうぞごゆっくり」

アーロウは呆気《あっけ》に取られた。

リーアンは未完成の脚本を誰にも見せない。完成品と彼自身が認めたものしか読ませない。

前に一度だけ、書きかけの脚本を見てしまったことがある。机の上に置きっぱなしになっていたので、つい目に入ってしまったのだ。読み出すとやめられなくて、もう少し、あと少しと読み進めていたら、戻ってきたリーアンに「触るんじゃねぇ！」と怒鳴られた。ものすごい剣幕で罵られ、あやうく殴られそうになった。

なのにミケーレ・シュティーレには見せるのか？　あいつは特別ってわけか？

そう思うと、ますます腹が立ってきた。

リーアンを寝台に座らせる。扉をきっちり閉めてから、改めて彼と向かい合う。

「戯曲の執筆は進んでいるようだな」

「あれか？　あれは落書きだ。思いついたネタを羅列しただけの走り書きだ」

アーロウはムッとした。そんな走り書きや落書きの類いがあることさえ、彼は知らなかった。も

ちろん見せて貰ったこともない。

「あいつには、落書きや走り書きまで見せるんだな」

「そりゃ、前金貰ってるしさ。まだ何も書けてねぇとは言いづらいんだよ」

リーアンは気まずそうに目を逸らした。

「それにミケーレは、俺が知らないイジョルニ人の風習を教えてくれるし、どう展開したら観客の興味を引けるのか、助言もしてくれる」

「ほだされるな」声を潜め、アーロウは忠告する。「あいつはイジョルニ人だ。イジョルニ人の言う通りに脚本を変えてしまったら、テッサの信念が損なわれてしまう」

リーアンは答えない。目を逸らしたまま唇を歪めている。

「よく聞け、リーアン」アーロウは彼の両腕を掴んだ。「テッサはレーエンデの英雄だ。どんな理由があろうとも、イジョルニ人に売り渡していいはずがない」

「相変わらずだな。お前」

目を細め、リーアンは冷笑する。

「あんなに手ひどく裏切られたってのに、まだ夢見てんのか？」

「なに？」

「レイルの劇場主、確かコーントとかいったっけ？　あいつも表向きは『レーエンデに自由を』と唱えていた。けど腹の底では自分の商売のことしか考えちゃいなかった。お前は大きく括って『レーエンデ人』と口にするけど、そのレーエンデ人だって一枚岩じゃねぇんだよ。それでテッサも失敗した。あげくには味方に裏切られ、歴史の闇に葬られた」

甲高く引きつった声でリーアンは笑う。

「旅の途中、哀れなウル族を大勢見たよな？　連中は今日を生きるのに必死だ。明日のことを考える余裕なんかねぇ。ましてや未来のことなんて考えられるわけがねぇ。どんなに理想を説いたところで、腹を空かせたレーエンデ人には響かねぇ。だったら心身ともに余裕のあるイジョルニ人に働きかけたほうが手っ取り早い。お前も言っただろ。効率よく金を稼ぐためには、観客の要望に応える必要があるって。それと同じことだよ。この世界を変えるには、まず支配者側の意識を変える必要があるんだ」

「だがイジョルニ人が与える自由は制限付きの自由だ。選別された自由など、自由とは呼べない。レーエンデ人が自ら選んで勝ち取らなければ、真の意味での自由は得られない」

「じゃあ、お前はどうなんだ？『レーエンデに自由を』と唱えてビラを撒けば、いつかは真の自由が得られるって、本当にそう思ってんのか？」

リーアンは鼻を鳴らした。

「無駄だよ。あんなビラ、誰も読みゃしねぇ。なぜかって？　大半のレーエンデ人は、自分が不自由だと思ってねぇからさ。誰もが物わかりのいいふりをして目を閉じてる。そうしていれば、少なくとも、今すぐ殺されることはねぇからな」

阿呆だ、救いようのねぇ阿呆だと、天井に向かって毒を吐く。

「レーエンデは火にかけられた鍋だ。どんどん熱くなっていく。どんどん煮詰まっていく。なのにレーエンデ人は文句も言わず、じっと熱さに耐えている。みんな熱いんだから我慢しろ、耐えられねぇヤツは裏切り者だ、とっ捕まえて幻魚の餌にしてしまえって、お互いの足を引っ張ってる。お

前だって身に覚えがあるだろう？　認めろよ、アーロウ。これが今のレーエンデだ。俺達が命を懸けて、守る価値なんかねぇんだよ！」

　彼の声音の刺々しさにアーロウは怯んだ。

　今年の四月、テッサを探す旅に出た。あの時のリーアンはレーエンデ人を信じていた。レーエンデ人としての誇りを持っていた。リカルドやペネロペといった伝承者達のためにも、世界を変える戯曲を書くと息巻いていた。

　いったい何がリーアンを変えた？

　ミケーレか？　それとも――俺か？

「アーロウ、ビラ撒きなんてもうやめろ」

　リーアンは仰向けに寝台に倒れた。

「テッサにだって出来なかったんだ。レーエンデをひとつにするなんて、俺達に出来るわけがねぇ。義勇軍のお仲間にも伝えとけ。無駄なことはするなって。レーエンデの自由より、自分の命を大切にしろってな」

　それを聞いて、ようやく理解した。

　リーアンは自分の命とレーエンデの自由を秤《はかり》にかけた。そして自分の命を選んだのだ。歴史に名を残すことを諦め、テッサの戯曲を書くことを諦め、世界を変えることを諦めたのだ。

「命がそんなに大切か？」

　腹が立った。失望した。だが何より悲しかった。

「死ぬのがそんなに怖いのか？」

「ああん？」リーアンは目だけを動かして彼を見た。「そりゃ負け惜しみか？　それとも喧嘩を売ろうってのか？」

「今日、ライカが救済院に入った」

「な……」

リーアンは飛び起きた。極限まで目を見開いている。赤い頬から血の気が引いていく。

「嘘だろ？」

「だったら、よかったんだがな」

アーロウは俯いた。拳を握り、涙を堪える。

「何回か血を吐いて、一人では歩けないほど衰弱していた。引き留めようとしたんだが、あの婆さん、頑固だから」

「馬鹿か、お前！　なに諦めてんだよ！　今すぐ連れ出せ！　金ならある！　いくらでも払うから、医者んとこに連れていけ！」

「俺も同じことを言った。でも断られた。おそらく二、三ヵ月後には順番が回ってくる。手遅れになる前に、せめてお別れを言いに行ってくれ」

声が震えた。呼吸が落ち着くのを待って、アーロウは続ける。

「ライカは身体を張って、懸命に生きてきた。なのに娼婦というだけで人間扱いされない。診てくれる医者もいない。ライカだけの話じゃない。いずれは俺やマレナも同じ末路を辿る。どんなにあがいても逃れられない。人間らしく生きたいと願っても、世界がそれを許さない。本当は、みんなわかってるんだ。『レーエンデに自由を』と唱えてビラを撒いても無駄だって。俺達が命を懸けて

反帝国活動を続けたとしても、世界を変えることなんか出来ないんだって」

でも――と言い、大きく息を吐く。

「お前は違う」

リーアンは何かを言いかけた。

だが唇が動いただけで、声は聞こえてこなかった。

「お前は世界を変えられる。お前がテッサの戯曲を書けば、この世界は一変する。だから――」

「わかってねぇ」

リーアンが遮った。両手で顔を覆い、すすり泣くような声で言う。

「お前は何もわかってねぇ」

「いいや、わかってる。お前は死の呪いが怖いんだろう？　だから戯曲を書きたくないんだろう？　だったら死の呪いは俺が引き受ける。お前の代わりに戯曲を書くことは出来なくても、お前の代わりに死ぬことなら出来る」

「そんなこと頼んでねぇ！」

リーアンは立ち上がった。暖炉に駆け寄り、火かき棒を手に取る。

「出ていけ！　二度と来んな！　でないと、その頭、カチ割るぞ！」

目が血走っていた。冗談とは思えない剣幕だった。今にも殴りかかってきそうだった。

アーロウは言葉を呑み込んだ。一歩、また一歩と後じさり、寝室を出た。

「話は終わりましたか？」

手元の紙から視線を上げて、ミケーレが問いかけた。

「なにやら揉めていたようですが、大丈夫ですか？」

白い指先で眼鏡を押し上げる。細い目がアーロウを見つめている。洗練された仕草、隙のない佇まい、うっとりするほど美しい所作だ。

ミケーレ・シュティーレは上級市民、その中でも名の通った有名人だ。彼に頼まれたら、リーアンも嫌とは言えないのではないだろうか。お世辞にも治安がいいとは言い難いノイエレニエの下町に自ら足を運ぶほど、ミケーレはリーアンの才能に惚れ込んでいる。事情を話せば協力してくれるかもしれない。

でも言い出せなかった。

ミケーレを頼りたくなかった。

ミケーレの頼みならばと執筆を受諾する、リーアンを見たくなかった。

「すみません。お騒がせしました」

アーロウは一礼した。

「失礼します」と言い残し、逃げるように部屋を出た。

第六幕

囚《とら》われのテッサがシャイア城へと運ばれる。

舞台奥の玉座から、狂月王が問いかける。

「お前の献身は誰の心にも届かなかった。なのになぜ怒らない？　なぜレーエンデを恨まない？」

白い髪、白い肌、神々しい美貌を有する初代法皇帝エドアルド・ダンブロシオ。演じているのは実は女性だ。ウル族の名女優クラヴィエだ。

対するテッサは両手を拘束されている。それでも彼女は不敵に笑う。

「見せてあげるよ、あんたにも。あんたが手放してしまった『希望』ってやつをさ！」

「希望——希望だと!?」

舞台に大笑が響く。慟哭のような哄笑。聞くたびに胸を突かれる。なんて痛々しい笑い声だろう。憎き仇役《かたきやく》なのに、クラヴィエのすごみのある演技のせいで、つい同情してしまう。

「いいだろう！　見せて貰おうではないか！」

狂月王がテッサに賭けを申し出る。怖気立つほど残酷な死刑宣告。しかしテッサは臆することなく、胸を張ってそれに答える。

「その挑戦、受けて立つ！」

テッサは磔刑台に繋がれる。そこから彼女は呼びかける。

帝国に追従することを選び、彼女を捨てた同胞達へ。

矜持を失い、帝国の奴隷と化した、今を生きるレーエンデ人へ。

「生まれた瞬間から最期の息を引き取るまで、あたし達の人生はあたし達のものだ！」

「命も矜持も魂も、すべてあたし達自身のものだ！」

「誰かに売り渡しちゃいけない。誰にも譲っちゃいけない！」

死に至るまでの一ヵ月、苦痛の中でテッサは何を思っただろう。

神を呪っただろうか。運命を嘆いただろうか。我が人生に悔いなしと、笑っていたのだろうか。

たった二十五年で幕を閉じた生涯。己の命を焼き尽くすように、刹那の人生を駆け抜けた二人の英雄へ、届けと願い、リーアンは両腕を振る。

汗を飛び散らせ、老いさらばえた筋肉を叱咤《しった》し、力を振り絞って指揮を執る。

この舞台が終わったら、腕が千切れてもいい。肩が外れてもいい。

そのまま倒れて死んでもいい。

だから頼む。

最後まで続けさせてくれ。

第七章　天才と凡人

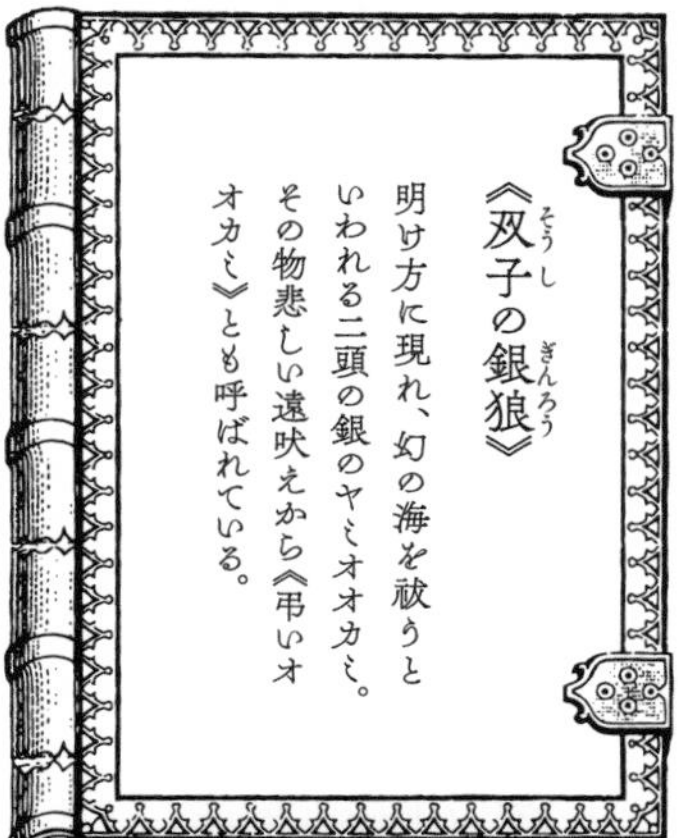
《双子《そうし》の銀狼《ぎんろう》》
明け方に現れ、幻の海を祓うと
いわれる二頭の銀のヤミオオカミ。
その物悲しい遠吠えから《弔いオ
オカミ》とも呼ばれている。

レーエンデの夏は短い。瞬《またた》く間に盛りは過ぎ、気づけば秋の気配が忍び寄っている。

聖イジョルニ暦七九九年九月十四日、アーロウの元に知らせが届いた。明日の夜、『犠牲法』の生贄になる十三人にライカが選ばれたという。

満月の夜、レーニエ湖には銀の霧が現れる。銀の嵐が吹き荒れ、幻魚と呼ばれる異形《いぎょう》の怪物が銀色の空を泳ぎ回る。小舟に乗せられ、湖に送り出された『犠牲法』の生贄達は、銀一色に硬化した湖面上を逃げ惑う。だが幻魚の顎から逃れることは出来ない。『犠牲法』が施行《しこう》されて以来、逃げ延びた者は一人としていない。

凄惨《せいさん》な一夜が明けるとレーニエ湖は元の姿を取り戻す。だが、まれに硬化した湖水の一部が湖岸に打ち上げられることがある。それが『銀呪結晶』だ。爪ほどの欠片を口にしただけで深い眠りに落ち、目覚めることなく死に至るという猛毒だ。この銀呪結晶を細かく砕いた粉、通称《幻の海》には銀呪化したカラヴィスの葉で作る銀夢煙草よりも強い鎮静作用がある。しかも安価で強い中毒性を持つため常習する者が後を絶たない。その致死率の高さから《貧者の死神》とも呼ばれている。

法皇庁は《幻の海》の製造販売を禁止している。その目的は法皇庁が権利を独占する銀夢煙草の

市場を維持するためであり、《幻の海》による中毒死を撲滅するためではない。ましてや死者の多くがレーエンデ人となれば、警邏兵がまともな取り締まりなどするはずもない。

ノイエレニエの下町は城壁に隣接している。壁の向こうはレーニエ湖だ。銀呪結晶を入手するのはさほど難しいことではない。実際「ノイエレニエの下町を行けば銀の煙が目に染みる」と揶揄されるほど《幻の海》はありふれた存在だった。

昼の興行を終えた後、アーロウは『白雲《はくうん》亭』に向かった。白雲亭は酒場だが、店の裏で《幻の海》を商っている。他の売人と異なるのは、自らが精製密造したものを販売しているという点だ。調合の割合が絶妙で事故も少ないと評判で、価格は割高だが顧客は多いと聞いている。

白雲亭は下町の北地区、リーアンの家のほど近くにあった。裏口から中に入ると、薄暗い廊下には銀色の煙が充満していた。真夏の青葉の臭いがする。《幻の海》を燃やした臭いだ。

アーロウは廊下を奥へと進んだ。両脇には小部屋が並んでいる。中では常習者と思《おぼ》しき者達が銀の煙を吸い込んで、銀色の夢に溺れている。

突き当たりの壁には鎧戸があった。壁を叩くと鎧戸が開き、毛糸の帽子を被った若い男が顔を出す。左頬に蔦模様の刺青《いれずみ》を入れている。両手の爪と目の周囲、さらには唇も黒く塗っている。顔色の悪さも相まって、まるで死体のように見える。

「兄さん、いらっしゃい」

棺桶《かんおけ》から起き上がってきたような青年は、アーロウを見て機嫌よく笑った。

「今日はいくつご入り用で？　十包？　二十包？　思い切って三十いっときます？」

馴《な》れ馴《な》れしい口吻にアーロウは面喰らった。この手の店に来るのは初めてだ。非合法なものを商

う店には、常識というものが通用しないのかもしれない。

「《幻の海》ではなく銀呪結晶がほしい。一欠片、分けて貰えないだろうか？」

「銀呪結晶？」

青年は片方の眉をつり上げた。

「あるにはあるけど何に使うの？　ただでさえヤバい商売だし、面倒ごとは困るんだよね」

「明日の夜、俺の母親代わりだった女性が『犠牲法』の生贄になる。生きたまま幻魚に喰われるなんて残酷な死に方はさせたくない。恐怖も苦痛もない眠るような最期を迎えさせてやりたい」

「そりゃまた——ご愁傷様です」

青年は姿勢を正した。見た目は奇天烈《きてれつ》だが、悪い人間ではないらしい。

「そういうことなら特別だ。これからも贔屓《ひいき》にしてほしいしね」

密売人の青年は小さな引き出しから、白い薬包を取り出した。

「一包十ルーナだ」

十ルーナとはかなりの高額だ。とはいえ相場がどんなものか、アーロウにはわからない。死者への手向けの品だ。値切る気にもなれず、言われた通りの代金を払った。

「毎度どうも」

青年は鎧戸を閉めた。アーロウは踵を返し、白雲亭を出た。

頭上には抜けるような秋空が広がっている。一瞬、眩しさに目が眩《くら》んだ。不用意に歩き出したせいで、向かいから来た中年男にぶつかってしまった。

「ああ、すみませ——」

謝罪の言葉が喉の奥で凍った。その男は人形亭の主人インガ・クラーボだった。

ああ、神よ——クソ喰らえ。アーロウは心の中で悪態をついた。ライカが旅立とうという日に、この世で一番会いたくない男の顔を、なんで拝まなきゃならないんだ？

「おやおや、ルミニエル座の人気役者さんが白雲亭なんかに何のご用で？」

いじましい笑みを顔いっぱいに張りつかせ、クラーボが擦り寄ってくる。

「月光亭じゃ《貧者の死神》まで提供してるのか？　なるほど、儲かるわけだよなぁ？」

くだらない。こんな男、相手にするだけ無駄だ。

「どけ」

アーロウはクラーボを押しのけた。

「偉そうにしていられるのも今のうちだぞ！」

背後から下卑《げび》た声が追ってくる。

「お前が怪しい連中と、夜中にコソコソ悪巧《わるだく》みをしていることはわかってるんだ。絶対に尻尾を摑んでやるからな！　覚悟しとけよ！」

アーロウは振り返ることなく街角を曲がり、リーアンの家へと急いだ。

いつものことながら鍵はかかっていなかった。

居間にリーアンの姿はない。まだ寝ているのかとも思い、寝室を覗いてみた。空のベッドは冷たく、朝食にも手をつけた様子はない。出不精のリーアンが外泊とは珍しい。いったいどこに行ったのだろう。気にはなったが、探している暇はなかった。伝言の紙をテーブルに残し、アーロウは救済院に向かった。

日差しにはまだ温《ぬく》もりが残っているが、吹きつける風は冷たい。下町で暮らす人々の装いにも秋の気配が漂っている。女達は襟元にスカーフを巻き、男達は毛糸の帽子を被っている。

救済院は以前にも増して寒々しかった。ライカは同じ場所、同じベッドに横たわっていた。まだ三ヵ月も経っていないのに、その姿は変わり果てていた。頭髪は抜け落ち、肌は黒ずみ、哀れなほどに痩せ衰えている。

「ライカ、聞こえるか？」

目は開いている。だが呼びかけに対し、反応はない。

「銀呪結晶を持ってきた」

彼女の手にそれを置き、両手で包み込むようにして握らせる。

「レーニエ湖に出たら飲むんだ。眠るように死ねる」

理解しただろうか。確かめたくても術がない。声が届いているのかどうかもわからない。

「すまない」

銀呪結晶を握らせた彼女の右手に、アーロウは額を押しつける。

「こんなことしか出来なくて、本当にすまない」

「ああ……」

声が聞こえた。アーロウは顔を上げた。

ライカの目から涙がこぼれる。ひとしずくの涙が目《め》尻《じり》の皺へと吸い込まれていく。

「あい……が……」

歯の抜けた口、ひび割れた唇。薄い胸を上下させ、ライカは声を絞り出す。

「あ、りぃ、あ、どう」

「礼を言うのは俺のほうだ」

アーロウは彼女の手を握りしめた。

「ありがとう、ライカ。俺を育ててくれて、慈しんでくれて、愛してくれてありがとう」


ライカはレーニエ湖の西にあるレーニエ監獄へと運ばれていった。

アーロウは月光亭に戻った。ルミニエル座の仲間達に事情を話し、今日の夜興行は休演すると宣言した。一流の演者は大切な人を亡くしても、悲しみを押し隠して舞台に立つという。だがアーロウには無理だった。立ち直る時間が必要だった。そんな彼の心情を汲んだのだろう。吝い屋のオレリアも、今夜ばかりは文句を言わなかった。

その夜、アーロウは人気《ひとけ》のない酒場で一人、葡萄酒を飲んでいた。

ライカはいつもこのテーブルで、この椅子に座り、酔っぱらい達の愚痴を聞いていた。幼い頃はアーロウも話し相手になって貰った。彼女が作る豆のスープが大好きで、リーアンと競い合うように飲み干した。懐かしい思い出が、蘇っては消えていく。

「ここにいたの」

顔を上げると、テーブルの向かい側にマレナが立っていた。

「義勇軍のみんな、来月分のビラを持って帰ったわ」

満月の前夜にはレーエンデ義勇軍が地下倉庫に集まる。忘れていたわけではない。ただ今夜は誰とも顔を合わせたくなかった。

「……ごめん」

「いいわ、許してあげる」

マレナは空のグラスを持ってきて、向かい側の椅子に座った。

「あたしにも一杯ちょうだい」

了解の印に、アーロウは彼女のグラスに酒を注いだ。

「ライカに」と言い、マレナは葡萄酒を呷る。グラスを置いて、一息つく。

「リーアンには知らせたの？」

「昼公演のあと、部屋を訪ねたけれど留守だった。一応、伝言は置いてきた」

アーロウは葡萄酒の表面に映る自分の影に問いかける。

「リーアン、こんな時に、いったいどこに行ったんだ」

「たぶん丘の上よ」

意外な答えにアーロウは首を傾げた。

「丘の上？　新市街ってことか？」

「そう」眉をつり上げ、マレナは頷く。「最近ミケーレ・シュティーレと一緒に丘の上にあるカフェやバーに入り浸ってるらしいよ。そこでイジョルニ人達と演劇談義に花を咲かせているんだって、この前、自慢げに話してたわ」

彼女は空のグラスを突き出した。それにお代わりを注ぎ、アーロウは問いかける。

「意外だな。人嫌いのあいつが演劇談義をするために出かけていくなんて」

「あのイジョルニ人のせいよ！」

腹立たしげにマレナは酒を飲み干した。

「イジョルニ帝国歌劇場で戯曲が上演されれば、リーアン・ランベールは時代の寵児《ちょうじ》になる。取材や執筆依頼が舞い込み、おのずとイジョルニ人と接する機会も増える。だから今のうちから対応に慣れておくべきだって、あいつがリーアンをそそのかしたの！」

「ミケーレは間違っていないよ。リーアンはいわば野性児だ。作法も何も知らないまま上流社会に投げ込まれたら、とんでもない失敗をする。不用意に敵を作れば、どんなに素晴らしい戯曲であっても潰される。世に出る前にリーアンは、人付き合いの方法を学んだほうがいい」

「アーロウ」

目を眇め、マレナが彼を睨んだ。

「あんた、どっちの味方なの？」

「芸術に貴賤はない。上も下も、敵も味方もない」

ごまかして、アーロウは葡萄酒を一口飲む。

「リーアンの戯曲は心を揺さぶる。レーエンデ人だけでなくイジョルニ人をも虜にする。ミケーレはリーアンの才能に惚れ込んでいる。彼は彼なりに、リーアンのことを考えているんだ」

「あんた、あのミケーレ・シュティーレって男のこと、ぜんぜん疑ってないのね」

「だって、あのミケーレ・シュティーレだぞ？　帝国で一、二を争う人気演出家を疑う理由がどこにある？」

「でもイジョルニ人だわ」

アーロウは返答に詰まった。少し前まで彼も同じことを考えていた。イジョルニ人にレーエンデ

の英雄を売り渡すのかと、リーアンを罵った。

　けれど実際問題として、テッサの生涯を描いた戯曲をルミニエル座で上演出来るかと問われれば答えは否《いな》だ。ノイエレニエは法皇帝のお膝元、そこでテッサの物語を上演して、無傷ですむわけがない。『娼館保護法』があっても守り切れない。何かしらの理由をつけて監獄送りになる。舞台に関わった全員が『犠牲法』の餌食になる。

「俺だって、テッサの生涯がイジョルニ人の見世物になるのは業腹《ごうはら》だ。でもリーアンに言われて思ったんだ。どんな傑作でも上演されなければ意味がない。テッサの戯曲を上演するには、法皇庁の圧力にも屈しないイジョルニ人の協力が必要だ。ミケーレ・シュティーレならば人気、実力ともに申し分ない」

「じゃあ、あたし、もうリーアンの家に行かなくてもいい？」

　マレナは挑戦的に前髪をかき上げた。

「あの男に言われたの。君はもう来なくていいって。こんな安酒を飲んでいたら身体を壊すって。リーアンには私がもっといいものを食べさせるからって」

　どん、と拳でテーブルを叩く。

「まったく、あいつ何様よ！　マウロが焼いた黒麦パンは香ばしくって美味しいし、ゴード親方が作ったソーセージだってプリッとしてて美味しいわ。リーアンもリーアンよ。きちんと言い返せばいいのに、あの男に調子を合わせちゃってさ。この前なんて『こんなまずい酒が飲めるか』って、あたしが持ってった葡萄酒を窓の外にこぼしやがったのよ！」

　その時のことを思い出したらしい。テーブルに両手をついて、マレナは立ち上がる。

「アーロウ、このままにしておいていいの？　あいつ、調子に乗りすぎてボロを出すわよ。いい気になって、また問題を起こすわよ」

アーロウは葡萄酒をもう一口飲んだ。ざらつくような渋《しぶ》みと苦みが舌先に残る。

「すまなかった。嫌な思いをさせたな」

「って、なんであんたが謝んのよ！」

「リーアンは苦しんでいるんだ。責任と恐怖の間で板挟みになって、それで苛々して、俺やお前に八つ当たりをしているんだ。でもあいつならわかってくれる。正しい判断をしてくれる。苦悩を乗り越え、世界を激変させる大傑作を書いてくれる。俺はそう信じてる」

リーアンは自分の戯曲に他者が手を加えることを病的に嫌う。ミケーレが何を言ったとしても、言われた通りに台詞を書き換えたりはしない。レーエンデを、自分の信念を、裏切ることは絶対にない。

「まだ時間はある。もう少し待ってやろう。今はあいつの好きにさせてやろう」

「ほんと甘いんだから」

マレナは恨めしそうに息を吐き、独り言のように呟いた。

「やっぱりあんた、リーアンのこと好きすぎる」


翌日、九月十五日の正午、十三人の生贄は小舟に乗せられ、レーニエ湖へと流された。城壁の上からそれを見送り、アーロウは月光亭に戻った。最後まで見守ることは出来なかった。とても耐えられそうになかった。

夜通し鳴り響く鐘の音、地鳴りのような幻魚の啼き声。寝台の上で毛布を被り、アーロウは耳を塞いだ。眠ることも出来ず、己の無力と絶望を噛みしめていた。夜明け前、弔いオオカミの遠吠えを聞きながら少しだけまどろんだ。浅い眠りから目覚め、早朝の静寂の中で、声を殺して泣いた。

時は無情だ。大切な人の思い出も、残酷な死も、過去へ過去へと押し流してしまう。何事もなかったように陽は昇り、陽は沈み、また夜が来る。何事もなかったように、また日常が戻ってくる。

十月に入り、アーロウは昼興行用の新作を書き上げた。手応えはあった。初めて納得のいくものが書けた。これで勝負してみよう。リーアンの名前は借りず、自分が書いた脚本だと言って、オレリアに読んで貰おう。駄目なら駄目でいい。また書けばいい。次はもっと上手く書けばいい。

アーロウは脚本を台本入れに挟んだ。それを抱え、オレリアの部屋へと向かった。

酒場を抜け、玄関フロアに出た時だった。

「大変、大変だよぉ！」

裏返った声とともに中年女が駆け込んできた。向こうの通りにある惣菜屋の女将さんだ。満月の前夜、劇場の地下に集うレーエンデ義勇軍の一人でもある。彼女はアーロウを見て、顔をクシャクシャに歪めた。そして館内に響き渡るような大声で叫んだ。

「リーアンが、警邏隊に、捕まっちまったよぉ！」

いったいどういうことなのか。アーロウは女将さんに尋ねた。しかし彼女の説明はまるで要領を得なかった。わかったのはリーアンが捕らえられ、レーニエ監獄に運ばれたということだけだった。アーロウは月光亭を飛び出し、警邏兵の詰め所に向かった。月光亭の常連客である警邏兵を捕まえ、詳しい事情を聞き出した。

きっかけは些細《ささい》な口論だった。それが高じて喧嘩になった。相手の酔客がリーアンを小突き、リーアンもまた相手を押し返した。酔っていた男はよろけて転んだ。グラスが割れ、その破片で手を切った。たったそれだけのことだった。

どこの酒場でもよく見かける光景だ。何の問題にもならなかっただろう。そこが『イジョルニ人専用／レーエンデ人お断り』の店でなければ。

喧嘩の仲裁に駆けつけた警邏兵に身分を問われ、リーアンの正体が発覚した。手に切り傷をつくったイジョルニ人は「レーエンデ人に突き飛ばされて怪我をさせられた」と、リーアンを暴行罪で訴えた。リーアンは捕らえられ、裁判が開かれるまでの間、レーニエ監獄に収監されることになった。

事件のあらましを聞いて、アーロウは頭を抱えた。裁判など形式にすぎない。どちらが先に手を出したのかなんて関係ない。イジョルニ人に暴力を振るったレーエンデ人が無罪放免になることはない。よくて十数年間の苦役、最悪の場合『犠牲法』が適用される。

「リーアンを告訴した人に会わせてください」

知り合いの警邏兵にアーロウは懇願した。

「土下座でも何でもします。示談金も用意します。だから訴えを取り下げてくれるように頼んでください」

「そんなこと、俺に言われても困る」

警邏兵は眉をひそめ、鬱陶《うっとう》しそうに手を振った。

「巻き込まれるのはごめんだよ。話は終わりだ。帰ってくれ」

ぴしゃりと扉を閉められて、アーロウは呆然と立ち尽くした。

ミケーレは何をしていた？　リーアンと一緒じゃなかったのか？

苛立ちを嚙み殺し、アーロウはレーニエ監獄に向かった。

城壁の南西、かつて製鉄所が建ち並んでいたレーニエ湖の西岸。取り壊された製鉄所の跡地に建てられた煉瓦《れんが》造りの建造物。それがレーニエ監獄だ。敷地は高い塀に囲まれ、出入り口はひとつしかない。厳《いか》めしい門構えに鋼鉄の枠で補強された両開きの扉、その両脇には長銃を携えた門番が立っている。

アーロウは面会を申し込んだ。リーアンに会わせてほしいと頭を下げて頼んだ。

「帰れ」

門番は眉ひとつ動かさずに答えた。

「レーエンデ人に面会の権利はない」

「わかっています。でもたった一人の兄弟なんです。どうしても会いたいんです」

アーロウはルーナ金貨を差し出した。門番は彼に侮蔑の眼差しを向け、金貨もろともアーロウの手を撥ねのけた。

「立ち去れ。これが最後の警告だ。従わなければ、お前も牢《ろう》にぶち込むぞ」

自分の仕事に誇りを持ち、忠節は正義だと考える。この手の人間は金では動かせない。仕方なく、アーロウは湖畔の道を引き返した。何かいい手はないか、必死に考えを巡らせる。

リーアンを救うには、告訴を取り下げて貰うしかない。だが相手はイジョルニ人だ。レーエンデ人が何を言っても聞く耳を持たないだろう。ならばイジョルニ人に——ミラベル・ロランスに頼ん

でみるか？　いいや、駄目だ。彼女の夫ならともかく、ミラベルは権力も影響力も持っていない。となれば、心当たりは一人しかいない。ミケーレ・シュティーレだ。今回のことは彼にも責任がある。彼に頼もう。

しかしアーロウはミケーレがどこに住んでいるのか知らなかった。最近は毎日のようにリーアンの家を訪ねてきていたというから、おそらく丘の上の高級ホテルに滞在しているのだろう。問題はどのホテルに泊まっているかだ。従業員に尋ねても教えてくれるとは思えない。もし「レーエンデ人がイジョルニ人の宿泊客を捜し回っている」と通報されたら、彼もまた捕らえられ、監獄に送られることになる。

アーロウはリーアンが住むアパートメントに向かった。階段を駆けあがり、彼の部屋の扉を開く。

ツンと腐敗臭が鼻をつく。テーブルには食べかけの肉や果物が放置されている。床には紙片や吸い殻が散乱している。窓辺には銀の蜘蛛が巣をつくり、破れた蜘蛛の巣が幾重にも垂れ下がっている。マレナがここに通うのをやめてから半月あまり。またもやひどい有様に逆戻りしている。

ミケーレは何を考えている。どうしてリーアンを放っておくんだ。

むらむらと怒りが湧いてくる。ミケーレを吊るし上げ、小一時間ほど問い詰めたい。が、アーロウは怒りを飲み込んだ。今、彼を怒らせるわけにはいかない。リーアンを救えるのは、もはやミケーレだけなのだ。

手がかりを求め、ミケーレが持ち込んだ酒や食べ物を調べた。葡萄酒は有名な醸造所の銘柄だったが、さほど珍しいものではなかった。食べ物が入った箱やバスケットも調べたが、場所を示すも

のは見つからなかった。お手上げかと思いかけた時、何かがするりと足をかすめた。見れば一匹のネコが彼の足下に座っている。ピンと立った両耳から長い尻尾の先端まで、銀一色のネコだった。

銀の生き物は神の使い。そんな言葉が脳裏に浮かぶ。

アーロウは床に膝をつき、銀のネコに問いかけた。

「ミケーレ・シュティーレはどこにいる？　どこに行けば彼に会える？」

ネコは銀の眼で彼を見て、ニャアと一声、短く鳴いた。トコトコと歩き出し、窓辺に置かれた机に飛び乗る。執筆机の上に座り、再びニャアと鳴く。

「そうか！」

不意に閃《ひらめ》いた。

ミケーレが用意したのは酒と食べ物だけじゃない。紙や羽根ペン、インクも差し入れていたはずだ。

アーロウは執筆机に駆け寄った。読めない文字が書かれたメモ。花の絵の落書き。真っ黒に塗り潰された円。脚本らしきものは見当たらない。

紙片の横には葡萄酒の澱《おり》がこびりついたグラスが転がっている。灰皿には薬包紙とガラスパイプが置かれている。草いきれのような独特な臭い。《幻の海》の臭いだ。それで合点がいった。白雲亭の売人が妙に馴れ馴れしかったのはリーアンを知っていたからだ。彼はアーロウを見て、リーアンが《幻の海》を買いに来たと思ったのだ。

「こんなものに手を出して、お前、命が惜しくないのか」

惜しくないねと、リーアンの声が聞こえる。俺はビビってなんかねぇ。死を恐れたりしねぇ。劇

作家は俺の天職だ。世界を変える大傑作が書けるなら、残りの人生なんかいらねぇ。

「でもまだ何も書いてない。書き始めてさえいないじゃないか」

つまらない喧嘩ごときで、お前を死なせるわけにはいかない。

出窓に積み上げられた紙、その一枚を手に取った。窓に向かって掲げてみる。紙の片隅に『SH』の透かし文字が入っている。それはノイエレニエ駅の目の前にある高級ホテル『シャイア・ヒル』の頭文字だった。

見つけた！

その紙を上着のポケットにねじ込み、アーロウはリーアンの部屋を飛び出した。

下町を駆け抜け、新市街へと続く坂道を駆け上がる。さすがに息が切れてきた。水を被ったように汗だくになっていた。馬車に乗った観光客が彼を指さし笑っている。「下級市民は隅を歩け」と嘲《あざけ》る声がする。通りかかった騎馬兵に背中を蹴られた。それでもアーロウは足を止めなかった。

『シャイア・ヒル』に到着した時には、酸欠で目の前が暗くなりかけていた。膝が震えて立っていられない。どこかで休みたい。座り込みたい。だが歩道では人目につきすぎる。彼はホテルの前を通り過ぎ、植え込みの陰に身を潜めた。

石段に腰掛け、アーロウは待った。

渇きで喉がヒリヒリする。汗に濡れたシャツが冷たい。身体が冷えてくると頭の中も冷えてきた。こんなことなら一度、月光亭に戻って着替えてくればよかった。ミラベルとの逢瀬の際に着用する服なら疑われることはないだろう。イジョルニ人の演劇関係者を装い、ミケーレを呼び出して貰えばいい。月光亭の皆も心配している。戻って事情を説明し、明日の朝、装いを整えて出直した

ほうがいいのかもしれない。

そんなことを考えた矢先、ホテルの前で馬車が止まった。扉を開けて一人の男が降りてくる。黒の山高帽、身体の線を引き立てる細身のコート、端整な白面を知的に装う丸眼鏡。

アーロウは植え込みの陰から飛び出した。エントランスホールへと歩いていくミケーレ・シュティーレに駆け寄り、その左腕を掴む。

「ミケーレ、力を貸してくれ！」

彼はアーロウを見た。その目に浮かぶ侮蔑と嫌悪、凄まじい怒りを感じ取り、アーロウは慌てて手を離した。

「すまない。驚かせて悪かった。俺はアーロウ・ランベール、リーアンの弟だ」

「ああ、アーロウさんでしたか！」

ミケーレは破顔した。何事かと近づいてくるドアマンに、何でもないよと片手を上げる。

「どうしました？　血相を変えて？」

「リーアンが警邏に捕まった」

アーロウは事情を話した。その上でもう一度、頭を下げて頼んだ。

「お願いだ。力を貸してくれ。裁判が始まる前にリーアンを訴えた相手に会って、告訴を取り下げてくれるよう頼んでくれ」

「それは大変なことになりましたね」

ミケーレは眉根を寄せ、細い顎に手を当てた。

アーロウは歯を喰いしばった。

他人事《ひとごと》のように言うな。お前がリーアンを丘の上に連れ出したんじゃないか。

喉元《のどもと》にせり上がってくる怒りを、苦労して飲み込んだ。

「頼む。他に頼れる者がいないんだ」

「わかりました。なんとかしましょう」

ミケーレはアーロウの肩を叩いた。

「安心してください。リーアンは必ず助けます。彼は大切な友人です。見捨てたりはしませんよ」

「ありがとう」アーロウは深々と頭を下げた。「恩に着ます。ありがとう」

「少し時間をください」

ミケーレは鷹揚に微笑んだ。

「先方と話がついたら、すぐに連絡します」


ミケーレ・シュティーレから手紙が届いたのは、その五日後のことだった。

そこには『示談が成立しました。リーアンに対する告訴は取り下げられました。免罪証を同封するので、レーニエ監獄までリーアンを迎えに行ってください』と書かれていた。

アーロウはレーニエ監獄へと急いだ。免罪証を見せると、門番はあっけないほど簡単に扉を開いた。丸顔の獄卒に用件を告げると、彼は呆れたように肩をすくめた。

「あんたの兄さんは変人だな。長らくここで働いているが、あんな囚人は初めて見たよ」

その獄卒に連れられて、アーロウは監房のある建物に入った。中は薄暗く、空気は重く澱《よど》んでいる。垢と脂と糞尿の臭いが漂っている。ずらりと並んだ鉄格子、さして広くない牢屋の中に五、六

人の囚人が押し込められている。

彼らは盗みや殺しなどの重罪を犯した咎人だ。遠からず『犠牲法』の生贄になる者達だ。尋常ならざる声で「出してくれ」と叫ぶ者がいる。湿った床に身を横たえたまま微動だにしない者がいる。髪を引き抜いては食べている者がいる。陶然と自慰に耽《ふけ》る者もいる。

アーロウは身震いした。不安と緊張で口の中が乾いてくる。こんな場所でリーアンは五日も過ごしたのだ。はたして無事でいるだろうか。正気を保っているだろうか。

「ここだ」

獄卒が立ち止まった。解錠し、鉄格子を開く。

アーロウはおそるおそる牢の中を覗き込んだ。

天窓から差し込むわずかな光。その中にリーアンが立っている。こちらに背を向け、奥の壁に何かを書いている。房の中にはリーアンの他に三人の囚人がいた。いずれも厳つい男達だ。だが他の監房とは異なり、彼らは大人しく寝台に座っていた。畏敬《いけい》の眼差しでリーアンを見守っていた。

「入っても大丈夫だ。こいつら、悪さはしないから」

軽い口調で獄卒が言う。

「あんたの兄さんが来てからというもの、連中、すっかり魂が入れ替わっちまってね」

アーロウは監房に足を踏み入れた。

「リーアン？」

呼びかけると、彼は手を止めて振り返った。

「アーロウ、いいところに来た」

血塗《ちまみ》れの指で壁を指さす。

「完成した。一作目にして最終曲。芝居の最後、これを役者全員で合唱する」

奥の壁を見て、アーロウは息を呑んだ。壁一面に赤い音符が躍っている。リーアンは自分の指を傷つけ、血を使って壁に楽譜を書いたのだ。

「題名は『レーエンデに自由を』」

リーアンは誇らしげに笑った。その身体がグラリと傾《かし》ぐ。アーロウは手を伸ばし、倒れかかるリーアンを抱き止めた。

「リーアン、おい、リーアン！」

「寝かせてやってくれ」

背後から声がした。びくりとして、アーロウは振り返った。

「ここに来てから、まともに寝ていないんだ」

顔に大きな傷のある凶相の男が言う。

「その人は神の使いだ。早く連れ出してやってくれ」

アーロウはごくりと唾を飲み込んだ。

「それは、どういう意味ですか？」

「あんたには、その楽譜が読めるんだよな」

「はい」

「ならば読め。歌ってみろ。そうすればあんたにもわかる」

囚人は目を伏せ、胸に手を当てた。

「この歌に、もっと早く出会えていたら、俺はこんなところにいなかった。こんな風に、人生を棒に振ったりはしなかった」

隣の囚人が頷く。その目には涙が光っている。もう一人の囚人は微笑んでいる。まるで長い旅を終え、故郷に戻ってきたかのような穏やかな顔をしている。

アーロウは奥の壁を見上げた。譜面を目で追う。旋律に歌詞を乗せる。

頭の中に音楽が響いた。

怒れる民衆の足音、戦う者達の雄叫《おたけ》び、希望を抱き、自由を求め、前進する者達の歌声。力強いリズムが魂を鼓舞する。勇壮な旋律が仲間達を奮い立たせる。隷属の日々には戻らない。自由を勝ち取るまで立ち止まらない。創るのだ、新しい世界を。建てるのだ、我らの国を。

気づいた時には泣いていた。

繰り返し繰り返し、歌いながら泣いていた。

溢れる涙を拭いもせず、アーロウは薄汚れた天井を見上げた。

「さすがだよ、リーアン」

天才は高みを目指す。どこまでもどこまでも昇り続ける。立ち止まらず、振り返らず、光り輝く翼を得て、はるかな空へと舞い上がる。

「完敗だ」

俺にはもう、リーアンの影を踏むことさえ出来ない。

「完敗だよ」

呟いて、アーロウは笑った。

眠りこけているリーアンを背負い、彼はレーニエ監獄を出た。

月光亭に連れて行くつもりだった。だが途中で気が変わった。

ルミニエル座の者達は、出ていったリーアンのことを快く思っていない。表立って文句を言う者はいないだろうが歓迎はされない。それに地下室には暖炉がない。リーアンは衰弱している。あの地下室に連れていったら、まず間違いなく風邪を引く。

アーロウはリーアンの家に向かった。ミケーレからの連絡を待っている間に部屋は掃除しておいた。洗い立てのシーツを被せたベッドにリーアンを寝かせ、新品の毛布をかけてやる。寒くないよう、暖炉に火を入れた。

それから出窓の傍に椅子を置き、『レーエンデに自由を』を譜面に起こした。耳の奥に音楽が響いてくる。口ずさむだけで目の奥が熱くなる。書いたばかりの譜面に落涙しそうになり、アーロウはシャツの袖で目元を拭った。

「おかえりなさい。我が愛しの劇作家さん！」

晴れやかな声とともにミケーレ・シュティーレが入ってきた。護衛だろうか。黒服を着た屈強な大男を二人、背後に従えている。

「監獄はいかがでしたか？　なかなか刺激的だったのでは？」

その物言いが引っかかった。しかしアーロウは言い返すことなく立ち上がり、頭を下げた。

「おかげさまでリーアンを助け出すことが出来ました」

「それはそれはなによりです」

ミケーレは芝居がかった口調で答え、アーロウの手元に目を向けた。

「それですね。リーアンが獄中で書いたという曲は」

アーロウは咄嗟に譜面を背後に隠した。

「なぜ知っているんですか？」

「ああ、獄卒さんに聞いたんです。ものすごい名曲だったたって言ってました」

機嫌の良い猫のようにミケーレはコロコロと笑う。

「その獄卒に譜面を書き写してくるようお願いしたのですが、それがもう読めたものじゃなくって。しかも監獄の壁に書かれた原本はすでに洗い流してしまったというし、運良く貴方が居合わせてくれて本当によかった」

「運良く、ですか？」

アーロウは目を眇めた。

「計画通りに、ではなく？」

「おやおや」

ミケーレは丸眼鏡を押し上げた。レンズの奥の目が、すうっと細くなる。

「それはいったいどういう意味です？」

「すべて貴方の計画だった——という意味です」

ごくりと唾を飲み込んで、アーロウは続けた。

「リーアンが戯曲を書こうとしないから、貴方は策を講じた。まずはリーアンを一人で酒場に行かせる。仲間に頼んで喧嘩をふっかけ、リーアンを監獄送りにする。死に直面する恐怖を与えた後、

監獄から救い出せば、リーアンは貴方に恩義に感じ、貴方のために戯曲を書こうとする。それが貴方の計画です。この事件は全部、貴方が仕組んだものだったんです」

胸の奥で心臓が暴れている。今のは当てずっぽうだ。根拠のない言いがかりだ。

どうか気分を害してくれ。依頼を取り消してくれ。

もう関わらないでくれ。二度とリーアンに近づかないでくれ。

「アーロウは切れ者ですねぇ」

ミケーレは唇の両端をつり上げた。品の良い微笑み。だが眼鏡の奥の瞳には滴るような悪意がある。

「私の宿泊先を探り当てたり、わずかなヒントから事件の真相を見抜いたり、いや、なかなかのものです」

アーロウは、うっと息を呑んだ。

こいつ……認めやがった！

「リーアンも困ったもので、本当は書きたいくせに、書きたくないって言い張るんです。死にたくないとか、アーロウを死なせるわけにはいかないとか、くだらない迷信の話ばかりするんです。ですから少々荒療治ではありますが、彼に死を実感して貰おうと思ったんです。避けようのない死に直面すれば、わかって貰えると思ったんです。恐れるべきは死ではなく、生涯最高の傑作を書かずに死に至ることなのだと、リーアンならわかってくれると思ったんです」

両手を合わせ、ミケーレは満面の笑みを浮かべた。

「案の定、彼は理解してくれました。私が見込んだとおり、素晴らしい曲を書いてくれました。さ

あ、アーロウ。その譜面を渡してください。決して悪いようにはしませんから、私にそれを預けてください」

「断る」

アーロウは譜面を抱えて窓辺へと逃れた。

「この歌はレーエンデの魂だ。だからこれはリーアンに渡す。俺が直接リーアンに手渡す」

「いい加減にしてください」

物憂げに息を吐き、ミケーレは頬に手を当てる。

「リーアンの邪魔をするのは、もうやめてくれませんか？」

「は……？」

何を言われたのか、咄嗟に理解出来なかった。

「リーアンの邪魔？　俺が？」

「貴方はリーアンに『無理はするな。今は休め』と再三、言っていたそうですね」

ミケーレは眼鏡を押し上げた。冷たいガラス越しに切れ長の目がキラリと光る。

「劇作家ならば誰でも一度は夢に見ます。世間を驚かせる大傑作を書きたい。それを書き上げることが出来たら死んでもいい。そう考えるのが表現者の性《さが》、創作者の業なのです。なのに貴方はそれを理解するどころか、リーアンの足を引っ張ってばかりいる」

アーロウは瞠目《どうもく》した。

そんなこと、考えたこともなかった。

「リーアンは私が預かります」

眠るリーアンを一瞥してから、ミケーレはアーロウに目を戻した。

「ご安心ください。リーアンには部屋を用意します。戯曲を完成させるまで『シャイア・ヒル』の客室にいて貰います」

「あんた、リーアンを拘束するつもりなのか？」

「人聞きの悪いことを言わないでください」

ミケーレは形の良い眉をひそめた。

「一流の表現者は求道者でもあります。世界を創造することは、手探りで暗闇の中を歩き続けることに等しいのです。獰猛《どうもう》な獣に襲われるかもしれない。一歩先には奈落《ならく》が口を開けているかもしれない。リーアンを苛んでいる恐怖が私にはよくわかります。だからこそ気休めは言いません。安易な励ましも口にしません。その代わり、心置きなく創作に専念して貰えるよう、完璧な環境を用意します。静かで清潔な部屋、柔らかなベッド、高級な美酒、どんな贅沢も思いのままです」

「《貧者の死神》もか？」

言いがかりだと思いつつ、それでも言わずにはいられない。

「それがリーアンの命を縮めるとわかっていてもか？」

「もちろんです」イジョルニ人の演出家は蕩《とろ》けるような笑みを浮かべた。「彼がそれを望むなら、私は何でも用意します」

その声色に狂気を感じ、アーロウは後じさった。背筋が冷たくなる。ひたひたと恐怖が這い上がってくる。ミケーレはリーアンの才能を搾取するつもりだ。死に至るまで酷使するつもりだ。この男に連れて行かれたらリーアンは死ぬ。もう二度と会えなくなる。

「運び出してください」

ミケーレは指を振った。黒服達は首肯し、リーアンが眠る寝台へと近づく。

「下がれ！」

アーロウは暖炉に駆け寄り、楽譜を炎の上にかざした。

「出ていけ。さもないとこれを燃やすぞ！」

監獄の壁はすでに洗い流されている。血の原譜はもうない。リーアンにとって音楽は降りそそぐ光のようなものだ。光を浴びた記憶は覚えていても、暖かな感覚までは再現出来ない。彼にこれと同じ楽譜が書き起こせるかどうか、可能性は五分五分だ。

「完全な譜面はこれしかない。渡してほしければ今すぐ出ていけ。もうリーアンに干渉するな」

「貴方という人は、そこまでしてリーアンを独占したいんですか？」

やれやれというように、ミケーレは肩をそびやかした。

「リーアンには自分しかいない、自分が面倒を見るしかない、貴方はそう思っているのですね。だからリーアンを自分の手元に置こうとするのですね。でも、そろそろ気づいてくださいな。依存しているのはリーアンではなく、貴方のほうだということに」

「俺がリーアンに依存している？」

「そうです。貴方は常識の範囲内でしか、リーアンを測れない。型破りな才能を既製の型に押し込めようとする。貴方が傍にいる限り、リーアンは本来の力を発揮出来ない。リーアンの才能を存分に活かすには、貴方は凡庸すぎるのです」

凡庸すぎる。

その言葉はアーロウの胸の奥へと落ちていき、一番脆《もろ》く繊細な場所に突き刺さった。

思わず胸を押さえるアーロウを見て、ミケーレは勝ち誇ったような笑みを浮かべた。

「リーアンの才能は神から与えられたものです。貴方のような凡人が独占して許されるべきものではありません。さしずめ貴方はリーアンの才能に寄生する害虫です。彼の才能を吸い取るばかりで何の還元もしない。貴方が傍にいる限り、リーアンは痩せ細り、いつかは駄目になってしまいます。でも私ならリーアンの能力を伸ばしてあげられる。リーアンという若木に水を与え、栄養を与え、その名声を世界中に広めてあげられる。なぜなら私もまた神に選ばれし者だから、天賦の才能を与えられた天才演出家だからです」

ミケーレの口から発せられる言葉はガラスの破片のようだった。冷たく美しく、残酷にアーロウの心を切り裂いた。癒えることのない古傷を抉《えぐ》られ、反論することも出来なくなる。

「さあ、譜面を渡しなさい」

悠然と微笑んで、一歩、二歩とアーロウに近づく。

「……断る」

血塗れになった心を抱え、それでも彼は抵抗した。

「お前はリーアンの才能を搾取したいだけだ。リーアンを追い詰め、命を削り取ってでも、戯曲を手に入れたいだけだ」

「一世一代の傑作を書くためなら何でもする。命さえも捧げる。それが真の表現者というものです。私はリーアンを歴史に名を残す戯曲作家にしたいだけ。彼の望みをかなえたいだけです」

ミケーレは寝台へと目を向けた。

「そうですよね、我が友よ？」

はっとして、アーロウは寝台を見た。

リーアンが上体を起こしている。穏やかに凪《な》いだ目でアーロウを見つめている。

何かが違うと思った。不安に心がざわめいた。

それを否定するために、アーロウはリーアンに駆け寄った。

「体調はどうだ？　痛いところはないか？　怪我はしてないか？」

「ああ、絶好調だよ」

リーアンは、にこりと笑った。それを見てますます不安になった。こんな風に笑うリーアンなど見たことがなかった。何か取り返しのつかないことが起きている。そんな予感が拭えない。

「リーアン、俺と一緒に月光亭に帰ろう。まずはゆっくり休んで心と身体の傷を癒やそう。大丈夫、みんな待っていてくれる。今後のことを考えるのは、お前が元気になってから――」

「もういい」

リーアンが遮った。

「もういいんだ、アーロウ」

まるで憑き物が落ちたかのような、晴れ晴れとした顔をしていた。

「俺はずっと自分の世界に生きてきた。自分の世界が安泰なら、それ以外はどうでもよかった。顔も知らねぇ誰かが死んでも、たとえレーエンデが滅びても、別にかまわねぇって思ってた。だから書くつもりはなかった。世界を変える戯曲を書けば、俺かお前、どちらかが死ぬ。そんなもん、誰が書くかよって思った。書け書けと騒ぎ立てる幽霊も、周囲をグルグル飛び回る泡虫も、毎日催促

しに来る銀のネコも全部無視した。ムラムラこみ上げてくる『戯曲を書きてぇ！』っていう強烈な欲求も、意味のねぇ図形や線を書き散らして発散した」

　でも——と言い、リーアンは窓の外へと目を向けた。

「もう無視出来なくなっちまった」

　汚れたガラスの向こう側、紫紺を湛えたレーニエ湖が広がっている。湖の西岸にはレーニエ監獄の赤煉瓦が見える。

「監獄にブチ込まれて、囚人達に襲われそうになった時、咄嗟に即興曲を歌ったんだ。そしたら連中、いきなり泣き出した。『こんな綺麗な音は聞いたことがねぇ』って、『これは魔法か？　お前は魔法使いなのか？』って、『もう勘弁してくれ。涙が止まらねぇ』って、そう言ってボロボロ泣くんだ。驚いたよ。だって俺の歌だぞ？　クソ音痴な俺の歌声を聴いて、あそこまで感動するなんて尋常じゃねぇ。それで気づいたんだ。こいつらは歌を知らねぇんだって。一度も聴いたことがなかったんだって。この世界にある楽しいもの、美しいもの、心震わせる素晴らしいもの。それらに一切触れることなく、こいつら生きてきたんだって」

　アーロウは思い出した。リーアンと同じ監房にいた男達のことを。重罪を犯した咎人のはずなのにとても穏やかな顔をしていた。満腹になった子供のように満ち足りた顔をしていた。

　リーアンが作ったあの歌は、絶望の闇を打ち砕き、希望の光で未来を照らす。血と暴力しか知らずに育った者達には、かなりの衝撃だっただろう。芸術に貴賤はない。貧富の差も民族の壁も飛び越えて誰の心にも等しく響く。魂が打ち震える感動に抗える者はいないのだ。

「レーエンデには歌も知らねぇ、絵画も芝居も観たことがねぇっていう連中が大勢いる。芸術を知

らずに育てば心は荒《すさ》む。感情が麻痺して犯罪に走る。でも、もし子供の時分に美しい歌を聴いていたら、楽しい芝居に心を躍らせていたら、連中は道を踏み外さなかったかもしれねぇ。監獄送りになることも、幻魚に喰われて死ぬことも、なかったかもしれねぇ」

　リーアンは鼻を擦った。大きく息を吐き、ぐっと拳を握りしめる。

「俺には天賦の才がある。絶望しか知らない連中に希望の光を見せてやれる。俺が戯曲を書けば連中を救える。なのに命惜しさに『やっぱ書かねぇ』なんて言ったら、今度こそ見限られちまう。それこそ一生許して貰えなくなっちまう」

　そうだろう？　と問うように、リーアンは首を傾ける。

「俺はテッサの戯曲を書く。そいつがイジョルニ帝国歌劇場で上演されたら、大勢の人間がそれを観る。一度観てしまったら、もう元には戻れねぇ。心が動けば社会も動く。このクソったれな世界は変わる。俺が世界を変えてみせる」

　アーロウは絶句した。

　そう言ってくれるのを待っていた。待ち望んでいた言葉だった。なのに受け入れられなかった。この状況でリーアンをミケーレに預ければ、死の呪いは確実に現実のものになる。

「行くな、リーアン」

　アーロウは彼の手を握った。

「ミケーレはお前の才能を搾取する。自分の名声のためにお前を利用する。彼と行けばお前は死ぬ。死の呪いが現実になってしまう」

「わかってる。でも仕方がねぇ。世界を変える戯曲を書いても、上演されなきゃ意味がねぇ」

リーアンはアーロウの手の甲を軽く叩いた。

「さあ、手を離せ。もうお前の助けはいらねぇ。俺に命綱は必要ねぇ」

「嫌だ」アーロウは激しく頭《かぶり》を振る。「俺も一緒に行く。俺がお前の身代わりになる。だからお前は――」

「ったく、まだわかんねぇのかよ！」

呆れたと言わんばかりに、リーアンは天井を仰いだ。

「行間を読めよ。言わせんじゃねぇよ。お前がいない世界を救って何になるって話だよ」

アーロウは瞠目した。瞬きするのも忘れ、リーアンを凝視した。

歪んだ鏡像。ひび割れた鏡。もう元には戻らないと思っていた。なのに今になって気づいた。歪んでいたのは俺だ。僻《ひが》んで、羨んで、絶望して、真実が見えなくなっていた。

リーアンは変わっていない。めくるめく冒険を繰り広げた子供の時から、何ひとつ変わっていない。不器用で捻《ひね》くれていて、ちっとも素直じゃないけれど、リーアンは俺を助けてくれた。守ってくれた。見捨てたことなんて一度もなかった。

俺は愛されていた。ずっと愛されていたんだ。

アーロウは涕泣《ていきゅう》した。子供のように泣き伏した。心臓がねじ切れるくらい苦しいのに、歓喜の涙が溢れて止まらない。

「泣くな、アーロウ。泣きつくなら俺じゃなくてマレナにしとけ」

リーアンが彼の肩に手を置いた。

「その譜面を置いて、お前は月光亭に帰れ」

「もう、俺に、出来ることはないのか」

顔を上げ、アーロウは涙を拭った。

「お前にしてやれることは、もう何もないのか」

「そうだな。とりあえず、長生きしてくれ」

戯けた口調でリーアンは答える。

「何年かかってもいい。レーエンデ人のために、レーエンデの劇場で、レーエンデ人の劇団を使って、テッサの戯曲を上演してくれ。リーアン・ランベール一世一代の晴れ舞台、凱旋公演の総指揮は、アーロウ、お前に任せる」

その瞬間、視界が光に包まれた。祝福の鐘が鳴り響き、喜びに大地が鳴動する。恐怖も絶望も真っ白に消し飛んで、そこにいるはずのミケーレや黒服さえも視野から消えた。

「――わかった」

アーロウは頷いた。

「お前の代役は俺が務める」

「頼んだぞ、兄弟」

リーアンはアーロウの胸を拳で小突いた。

アーロウはリーアンの膝の上に譜面を置いた。

そして万感の思いを込め、彼を両手で抱きしめる。

「最高傑作を待ってる」

「ああ、度肝を抜いてやる。覚悟しとけ」

湿った声で言い返し、リーアンは鼻で笑った。

「あとこれは兄貴からの最後の助言だ。マレナを大切にしろ。彼女はお前の命綱だ。しっかり捕まえとけ。絶対に放すんじゃねぇぞ」

言われなくてもわかっている。そう答えようとして――

「逃げよう、リーアン！」

堪えきれずアーロウは叫んだ。リーアンを抱きしめ、涙ながらに叫んだ。

「嫌だ！　お前を失うなんて嫌だ！　逃げよう！　一緒に逃げよう！」

「ったく、しょうがねぇなぁ」

リーアンはミケーレに目を向け、自分に縋りつくアーロウを指さした。

「おい、こいつを連れ出してくれ」

「承知しました」

待ちかねたというように、ミケーレ・シュティーレは微笑んだ。指を振り、背後に立つ黒服二人に合図する。黒服の一人がアーロウの肩を摑み、リーアンから引き剝がした。

「おい、そっとだぞ？　そっと運べよ？　傷つけたら承知しねぇぞ」

リーアンの指示に従い、黒服はアーロウを肩の上に担ぎ上げた。

「やめろ！　離せ！」

叫んで暴れるアーロウを寝室から運び出す。居間を横切り、部屋を出て、廊下に彼を投げ落とす。

目の前で扉が閉じられた。ガチャリと重い音がする。

「リーアン！」

アーロウは立ち上がった。取っ手を摑み、いつものように押し開こうとする。

扉には鍵がかかっていた。押しても引いてもびくともしない。

「リーアン！」

アーロウは扉を叩いた。

「開けてくれ！　リーアン！」

何度となく呼びかけた。手が腫れ上がるまで叩き続けた。

だが扉が開かれることは、もう二度となかった。


十月の昼は短い。

アーロウが月光亭に戻った時、すでに陽は暮れていた。

店の裏口から奥へと進んだ。真っ暗な舞台、無人の観客席。その静けさに耐え切れず、アーロウは通路に座り込んだ。両手で顔を覆い、奥歯で嗚咽を嚙み殺す。

どれほどの間、そうしていただろう。

「アーロウ？」

舞台の上で明かりが揺れた。オイルランプを手にマレナが駆け寄ってくる。

「もう！　戻ってるなら一声かけてくれたらいいのに！」

「ごめん。ちょっと考え事してた」

アーロウは顔を拭った。笑ってごまかそうとした。

しかしマレナは騙されなかった。

「何があったの？　リーアンはどこ？　一緒じゃないの？」

「あいつは戯曲を書くために、ミケーレのところに行った」

「いつ戻ってくるの？」

「たぶん、もう戻ってこない」

アーロウは自分の両手を見つめた。

「戯曲が完成したら、俺のところにも写しが届くだろう。おそらくその時にはもう、リーアンはこの世界からいなくなっている」

見捨てたの？

そう言われるだろうと思った。責められて当然だと思った。けれど——

「リーアンが行きたがったから、手を離してあげたのね」

アーロウは泣き笑いの顔になった。

「ああ、そうだ」

リーアンを失って、後には途方もない約束が残った。

レーエンデでテッサの戯曲を上演することさえ難しいのに、どうやったらレイル歌劇場で凱旋公演が出来るのだろう。レーエンデ人お断りの劇場で、レーエンデ人の劇団が公演を行うには、いったいどうすればいいのだろう。

「どこから手をつけよう」

アーロウは両手で顔を覆った。

「まったく見当もつかないよ」

「ねぇ、アーロウ」

マレナはランプを床に置き、彼の前に座った。

「あたしがあげたお守り、まだ持ってる？」

答える代わりにアーロウは襟元にある鎖をつまんだ。シャツの下から月光石を引っ張り出す。

それを見て、マレナはさらに問いかける。

「なんであたしが、あんたにそれをあげたか、理由はわかった？」

「お守りだから、じゃないのか？」

「んん、はずれ」

マレナは寂しそうに眉根を寄せた。

「答えは月光石だから。それを見るたびに、月光亭のことを思い出してほしいって思ったの」

ああ、なるほど。

「ごめん、気づかなかった」

「あーあ、やっぱり駄目だったか」

マレナは両腕を頭上に突きあげた。

「あたし、その月光石に願かけしたんだ。あんたがその意味に気づいたら、あたしのほうから告白しようって。でも、もし気づかなかったら――」

がっくりと肩を落とし、震える声でささやく。

「いつまでも纏《まと》わりついてないで、潔く身を引こうって」

アーロウはマレナを見つめた。ランプの光を映し、彼女の目が光っている。微笑んではいるけれど、いつもの笑顔とは何かが違う。

「あたし、今年いっぱいで店を辞める。舞台を降りて、ここを出ていく」

「……え？」

何を言っているのか、理解出来なかった。

あまりに疲れすぎていて、頭が働かなかった。

「あたしを身請けしたいっていう人がいるんだ。後添えなんだけどさ。大切にするよって言ってくれたから、それもいいかなって思っててさ」

寂しそうな声音。まったくマレナらしくない。

頭蓋骨《ずがいこつ》の中に警告の鐘が鳴る。それでようやく脳味噌《のうみそ》が働き出す。

マレナはまだ若い。娼婦としても女優としても花盛りだ。彼女を身請けするには、かなりの大金を支払う必要がある。それを賄える金持ちとなれば、まず間違いなくレーエンデ人ではない。

「相手はイジョルニ人か？」

「……うん」

「外地に行くのか？」

「いずれはね。そうなるかもしれない」

レーエンデ人はレーエンデから出られない。外地に行くには奴隷になるしかない。奴隷になるということは人間じゃなくなるということだ。それがどういうことなのか、わかっているのか——と言いかけて、アーロウは口を噤《つぐ》んだ。

マレナは賢い。わかっていないはずがない。

脳裏に母の姿が浮かんだ。赤いコート、去っていく背中、本当は引き留めたかった。それが出来なかったのは、彼女が笑っていたからだ。これから奴隷になるというのに、幸せそうに笑っていたからだ。

マレナもあんな風に笑うのだろうか。笑ってレーエンデを出ていくのだろうか。だとしたら止めることは出来ない。彼女を引き留める権利は俺にはない。

「ここで暮らすより、そのほうが幸せかもな」

うそぶいて、アーロウは笑った。

マレナは何かを言いかけて、何も言わずに口を閉じた。彼女は立ち上がった。踵を返し、彼に背を向け歩き出す。

『マレナを大切にしろ』

耳の奥にリーアンの声が響いた。

『彼女はお前の命綱だ。しっかり捕まえとけ。絶対に放すんじゃねぇぞ』

予言者めいた言葉。その意図をアーロウはようやく理解した。

「行くな」

咄嗟に腰を浮かし、マレナの手を摑んだ。

「行かないでくれ。置いていかないでくれ。俺を一人にしないでくれ」

言葉を選んでいる余裕はなかった。沈黙を破って飛び出した言葉は、雪解け水のような勢いで理性と抑制を押し流す。

「いつもお前に助けられてきた。お前がいたから耐えられた。無茶ばかり言って悪かった。謝るから許してくれ。いなくならないでくれ。どこにも行かないでくれ。俺の傍にいてくれ。ずっと傍にいてくれ」

「あんた、それ、もしかして……求婚してるの？」

「そうだ」

流れのままに首肯して、そこで気づいた。

言い方を間違えた。

アーロウは立ち上がった。改めてその場に片膝をつき、右手を左胸に添える。

「マレナ・イルファ。どうか俺と結婚してください」

「今さら、そういうこと言う？」

呆れ果てたと言わんばかりに、マレナは肩をそびやかした。

「あんた達兄弟って、ほんと始末に負えない。頭いいくせにめちゃくちゃ鈍いし。鈍いなら鈍いで、ずっと気づかなきゃいいのに、土壇場になってこれだし。しかもこっちの都合も気持ちも無視して、いきなりプロポーズするし。あんた、なんなの？　ねぇ、何様なの？」

怒濤《どとう》のごとく捲し立てる。

アーロウは黙っていた。頭《こうべ》を垂れたまま、黙って答えを待っていた。

「あああ、もう、腹立つわぁ！」

ぶるぶるっと身震いして、マレナは彼の前にしゃがみ込む。

「でも――いいわ。許してあげる」

彼の顎を持ち上げて、彼の唇にキスをする。

「結婚してあげる。こんな使い古しでよければね？」

アーロウは目を見開き、堪えきれずに破顔した。

「それは俺の台詞だよ」

あたしの言った通りだろう？　耳元でライカが笑った。人並みの幸福ってのは、凡庸の中にしか存在しないものなのさ。

ああ、その通りだと、アーロウは心の中で答える。

俺は凡庸な人間だ。リーアンのように自分の才覚で人生を切り開くことも、月光亭を出ていくことも出来なかった。それでもマレナは選んでくれた。彼女が傍にいてくれる。助けを求めて手を伸ばせば、すかさず救い上げてくれる。これが凡人ゆえの僥倖であるならば、俺は天賦の才能などいらない。これ以上は望まない。

もう二度と、俺は言わない。

死にたいなんて二度と思わない。

第七幕

舞台には無人の磔刑台。

薄闇の中、アレーテの声が響く。

「聖イジョルニ暦六七四年十二月十六日。ノイエレニエの城壁門の上でテッサ・ダールは死んだ。享年二十五歳。レーエンデ人の矜持を貫き通した不屈の英雄、その死に顔は穏やかだったという。目映い朝陽を浴びて、誇らしげに微笑んでいたという」

「一握りの黒麦が豊かな実りをもたらすように、氷柱《つらら》から落ちる雫《しずく》も集まれば大河となる。川は山を崩し、谷を削り、風景さえも変えてみせる。人間もそれと同じ。私達一人一人が力を合わせれば、出来ないことは何もない。聖イジョルニ帝国を倒すことも、人間としての尊厳を取り戻すことも、レーエンデに自分達の国を造ることだって、決して不可能ではない」

「ここから始めよう。私達が始めよう。レーエンデに自由を取り戻そう。帝国支配を終わらせ、新しい時代を開こう。奪われた自由を、レーエンデの未来を、私達の手で取り返そう」

「レーエンデに自由を！」

すべての演者が唱和する。

「レーエンデに自由を！」

最後の力を振り絞り、リーアンは指揮を執《と》る。

オーケストラの伴奏に乗って、演者達が一人、また一人、歌いながら舞台に現れる。

今こそ歌え　ともに立ち上がれ
我らの主人は我らのみ
隷属には決して戻らぬ
この誇りが胸にある限り

武器を手に取れ　未来のために
団結こそが勝利の証し
目指すはひとつ　永久なる自由
我らの屍《しかばね》を越えて進め！

足下には同胞《はらから》の血
先人達が流した涙
憤怒と号哭《ごうこく》を踏みしめて
しかし嘆くな　屈するな

立ち止まるな　もう二度と！

前へと進め　臆さず進め
踏み出す一歩が我らの希望
ともに築こう　我らの国を
いざや進め　今がその時！

今こそ歌え！　ともに立ち上がれ！
我らの主人は我らのみ！
隷属には決して戻らぬ！
この誇りが胸にある限り！

旗を立てろ！　我らの旗を！
苦難の時代に終止符を！
今こそ歌え！　ともに立ち上がれ！
我らの国をここに築かん！

「次は私達の番だ」
「レーエンデに自由を！」

薄暗い舞台で演者達が叫ぶ。皆、揃って左手を頭上に掲げる。

彼らの掌には直交する二本の線が描かれている。


「次は私達の番だ」

「レーエンデに自由を！」


舞台に光が差す。光が演者達の顔を照らす。

夜明けを告げる鐘が鳴る。


精根尽き果て、リーアンは譜面台に倒れ伏した。

目がかすむ。息が苦しい。降り積もった年月の重さが肩と背中にのしかかる。

聖イジョルニ暦八〇〇年四月十五日。アーロウ・ランベールは『犠牲法』の生贄になった。

最期の瞬間まで彼は歌っていたという。

『レーエンデに自由を』を歌いながら、銀の霧の中へ消えていったという。

脳裏に浮かぶ亡き半身の面影《おもかげ》。

胸の中に激情が渦を巻く。相反する想いが交錯する。

今ならば答えられる。

誰よりもお前を愛していた。

誰よりもお前を憎んでいた。


鐘が鳴る。

鐘が鳴る。

会いたいよ、兄弟。
一目でいい。
お前に会いたい。

鐘が鳴る。
鐘が鳴る。
鐘が鳴る。

第八章　喝采か沈黙か

月光亭の女主人オレリア・コマは、アーロウとマレナの婚約を存外に喜んでくれた。とはいえ彼女は筋金入りの吝《しわ》い屋だ。「結婚してからも舞台の仕事は続けて貰うからね」と釘を刺すのも忘れなかった。

ルミニエル座の十一月昼公演にはアーロウが書いた戯曲『愛の手紙』が採用された。舞台設定が地味すぎるせいか評判はいまいちだったが、「こういう話が好き」という声もちらりほらりと聞こえてきた。

十二月になると大アーレス山脈から降りてくる冷たい強風が吹《ふ》き荒《すさ》ぶようになった。ノイエレニエにも雪が降り、家々の屋根は純白に埋まった。

そして今年もまた英雄の命日、十二月十六日が近づいてきた。

その前夜、地下倉庫に集まったレーエンデ義勇軍に、アーロウはマレナとの婚約を報告した。何かと忙しくなるので、しばらく義勇軍の活動を休ませてほしいと願い出た。ゴード親方は「逃げるのか？」と厭みを言ったが、他の人々は「おめでとう」「お幸せに」と祝福してくれた。マレナとアーロウのことを子供の時分から知る惣菜屋の女将さんは、それこそ我がことのように喜んで、二人の将来を言祝《ことほ》いでくれた。

祝い酒に酔っ払い、気持ちよく塒《ねぐら》に戻ったのが夜半過ぎ。明日は満月、店も舞台も休みだ。思うさま惰眠を貪ったとしても、誰も文句は言わないだろう。

なのに、まだ夜も明けきらない早朝、アーロウは揺り起こされた。

「起きろ。おい、起きろ！」

執拗に揺さぶられ、渋々目を開く。目の前に自分の顔がある。なんでこんなところに鏡があるんだと、寝ぼけた頭で考えて――

「うわぁ！」

アーロウは飛び起きた。

「リ、リーアン!?　お、お前、なんでここにいるんだ!?」

もう会えないと思っていた。二度と会えないと思っていた。

「どうしたんだ？　いったい何があったんだ？」

「どうしたもこうしたもねぇだろ」

面倒臭そうに答え、リーアンは革の台本入れを寝台の上に放った。

「リーアン・ランベールの最高傑作、長編戯曲『月と太陽』だ」

「完成したのか？」

「しなきゃ戻ってこられねぇだろ」

それもそうだ。

アーロウは台本入れを凝視した。この中にリーアンの最高傑作が入っている。ゴクリと唾を飲み込んで、彼は尋ねた。

「読んでいいのか？」

「いちいち確認するんじゃねぇよ」

リーアンは苛立たしげに舌打ちをする。

「いいから受け取れ。どうせ写しだ。原本はミケーレが持っていった」

それに——と言って、目を逸らす。

「お前に読んで貰いたかった。つべこべ言わずに黙って読め。とっとと読んで、感想を聞かせろ」

「わかった」

アーロウは台本入れを手に取った。分厚くて、ずしりと重い。

「今すぐ読ませて貰う」

「よし！」

リーアンは寝台に腰掛けた。かと思うと、そのまま後ろ向きに倒れる。

「ああああ、疲れたあああ！」

大きく息を吐き、脱力して天井を見上げる。

「さすがの俺も本気で死を覚悟したよ。でも、まあ、それがよかったんだろうな。これが生涯最後の作品、正真正銘の一発勝負。そう思ったから出し惜しみはしなかった。持てるすべてを出し切った。書き終えた瞬間に気絶したよ。てっきり死んだと思ったよ。今でもちょっと疑ってる。俺、まだ生きてるよな？」

「幽霊なら俺には見えない」

「確かに！」

リーアンは朗《ほが》らかに笑った。

「もしかしたら『英雄と等しき年月』ってのは、俺が死ぬってことじゃなくて、劇作家リーアン・ランベールが死ぬってことだったんじゃねぇのかな。この先、どう頑張ったって、それ以上の傑作は書けねぇし、もう燃えカスさえ残っちゃいねぇ。だから引退するわ。俺、劇作家辞めるわ」

「ば、馬鹿を言うな！」

思わず声が裏返った。

「劇作家はお前の天職だろう！　辞めるって、辞めてどうするんだ!?」

「うるせぇなぁ。朝っぱらから大声出すなよ。近所迷惑だぞ？」

リーアンはこれ見よがしに耳を塞いだ。

「俺は使命を果たした。こっから先は余生だ。もう誰の指図も受けねぇ。今までさんざんこき使われてきたんだ。いい加減、解放しろってんだ！」

俺に自由を！　と喚き、ジタバタと手足をばたつかせる。

アーロウは唇を歪めた。煩わしい。苛立たしい。ああ、いつものリーアンだ。人の神経を逆なでする、我が儘リーアンが戻ってきた。

「俺からもひとつ報告がある」

そう言って、アーロウは右手を掲げた。

「マレナと結婚することにした」

「マジか！」

リーアンは飛び起きた。

「どっちだ？　どっちが求婚した？」

「きっかけをくれたのはマレナだが、求婚したのは俺だ。イジョルニ人の後添えになって外地に行くと聞かされて、思わず『行くな』と言ってしまった」

「でかした！」リーアンは大喜びで手を打った。「ってことは、もう話してもいいかな？」

「話すって、何を？」

「俺がお前を月光亭に置いていった、もうひとつの理由」

　ニヤリと笑い、リーアンは寝台の上に胡座《あぐら》をかく。

「セリーヌが出ていった直後、俺はマレナに告白した。『月光亭を出て独り立ちする。絶対に有名な劇作家になってみせる。だから一緒に来てくれ』ってな」

　そんな話、マレナからも聞いたことがない。

「それで、彼女はなんて？」

「『あたしは行かない』って言われた。『アーロウのことが好きだから、あたしはここに残る』って。驚いたし、傷ついた。ムカついたんで『アーロウと俺は同じだろ。顔も背丈《せたけ》も声だって同じだ。なんで俺じゃ駄目なんだ』って訊いてやった。そしたら『あんたとアーロウは全然違う』って、『あんたは真っ先に自分のことを考えるけど、アーロウは真っ先に自分ではない誰かのことを考える。だから彼が好きなの』って返された。ほんと、グウの音《ね》も出なかったよ」

　リーアンは戯《おど》けた仕草で肩をすくめる。

「悔《くや》しまぎれに『そういう男と結婚すると苦労するぞ』って言ってやった。実際、お前が鈍すぎて、ものすごく苦労してたよな。なのに、彼女は諦めなかったんだな」

「マレナは頑固だから」

「って、なにニヤついてんだよ。笑ってんじゃねぇよ」

リーアンはアーロウを拳で突く真似をした。

「これ以上、マレナに苦労かけんなよ。絶対、幸せにしてやれよ」

ああ、もちろん――と応えかけ、アーロウは吹き出した。

「つまりお前もマレナに惚れていて、フラれた後も彼女のことを想っていて、マレナから俺を取り上げたくなくて、だから俺を月光亭に置いていったと。そういうことだな？」

「だから、そう言ってんだろ」

「そういうことは、もっと早くに言ってくれ」

「誰が言うか！」

意地悪くリーアンは笑う。

「知ったら、お前はいい気になる。絶対に増長する。したり顔でくどくどと、俺に説教するようになる。ああ、胸糞悪い。そんなの絶対にごめんだね！」

「リーアン、そういうところだぞ？　だからお前は誤解されるんだ」

「はいはい、わかったわかった」

ぞんざいに答え、欠伸を噛み殺す。

「それで、式はいつだ？　挙げないとか言うなよ？」

「来年の四月を予定している」

「ずいぶん先だな」

「マレナに言われたんだ。『リーアンの戯曲が舞台にあがるのを確かめてからにしよう』って。『戯曲の舞台評を読むまでは、あんたも落ち着かないでしょ』って」

その時のことを思い出し、アーロウは苦笑する。

「もう諦めてるわよ」とマレナは肩をすくめた。「あんたにとってリーアンは永遠の一番だもん。とって代わろうだなんて考えたこともない。あんたはリーアンが大好きで、そんなあんたにあたしは惚れたの。だから無理して変わらなくていい。あたしは永遠の二番手でいい」

見抜かれていると思った。申し訳ないとも思った。

マレナには生涯、頭が上がらないだろう。

「ヤバい。お前、見透かされてるぞ！」

リーアンはケラケラと笑った。

「心配いらねぇ。俺の一世一代の大傑作だ。大外しはしねぇよ」

「だが台本がよくても、役者や楽団が駄目という可能性もなくはない」

「それは大丈夫。ミケーレが約束してくれた。『優秀な演者を揃え、最高の舞台を創り上げる』って『絶対に成功させてみせるよ』って真問石に誓ってくれたよ」

リーアンがそう言うのなら、アーロウも信じるしかない。だがモヤモヤとした不安が残る。手酷《てひど》くやり込められたせいか、何かが喉に引っかかる。

「俺の考えすぎならいいんだが、ミケーレは本当に信頼に足る人物なのか？」

「正直、わからねぇ」

リーアンは両手を高く掲げてみせた。

「善い人間とはお世辞にも言えねぇわな。でも選択の余地はねぇ。俺達じゃ逆立《さかだ》ちしたって『月と太陽』を上演することは出来ねぇ。今はあいつの威光を借りるしかねぇんだ」

「まあ、そうだな」

認めたくはないが、それが現実だ。

「評価が低くたってかまわねぇ。『月と太陽』が上演されて、それを大勢の人間が観るってことに意義があるんだ。レーエンデ人は下級市民、上級市民であるイジョルニ人に使役されるべき存在だ。そう思ってる連中の頭にガツンと疑問を打ち込んで、違う価値観を根付かせる。結果『こんな社会は間違っている』と言い出す人間が増えれば、世界はもっとましな方向へと変わっていく」

リーアンは再び寝台に寝転がった。腹の上で手を組み、目を閉じる。

「とはいえ、喝采か沈黙か。決めるのは俺じゃねぇ。芝居を観た観客達だ」

アーロウは眉をつり上げた。意外だった。以前のリーアンであれば、今みたいな台詞は言わない。俺のホンは完璧だと、喝采以外はあり得ねぇと、傲慢に言い放っていただろう。

「お前、変わったな」

「お前もたいがい変わったぜ？」

「そうか？」

「だってお前、笑ってる。子供みたいに、さっきからずっと笑ってる」

「ああ、確かに」

凡庸であることを受け入れたことで、以前ほど自分が嫌いではなくなった。無理して笑うことも少なくなった。リーアンのように空高く飛ぶことはかなわなくても、二本の足で着実に歩いていく

ことなら出来る。そう思えるようになってきた。

「なあ、リーアン」

答えはない。彼は寝ていた。だらしなく口を開いて眠っていた。

本当に魂を削って書いたんだな。そう思うと、目に熱いものがこみ上げてきた。

「ありがとう、リーアン」

アーロウは立ち上がり、彼に毛布をかけてやった。

「俺も諦めないよ。時間はかかるかもしれないが、いつか必ずこのレーエンデで、レーエンデ人のために、レーエンデ人による『月と太陽』を上演してみせるよ」

台本入れを手に、アーロウは椅子に座った。写しを取り出し、机の上に置く。

深呼吸をひとつして、彼はその表紙を開いた。


　戻ってきてからの数日間、リーアンは月光亭の地下室でゴロゴロと寝て過ごした。引退宣言を撤回するつもりはないらしく、紙も羽根ペンも要求しなかった。代わりに猛然と本を読み始めた。棚に並べてあったアーロウの本を手当たり次第に読破していった。

　それに飽きると今度はミケーレ・シュティーレから貰った報酬を——贅沢しなければ一生暮らせるほどの大金を救済院に寄付すると言い出した。

「ただし条件がある。設備を整え、まともな医者を雇い、必要な人員を揃えること。重病人を捨てる場所じゃなくて、癒やすための病院に造り変えること」

「ちょっと待て」

アーロウは慌てて制止した。

「素晴らしい思いつきだが、そう簡単にはいかないぞ」

「なんで？」

「下町には医者がいない。病人や怪我人の扱いに慣れた看護師もいない」

「医者はともかく、看護師なら心当たりがある」

何かを思いついたらしく、リーアンは不敵に笑った。

「そっちは俺に任せとけ」

リーアンに任せて問題が解決したためしがない。嫌な予感しかしなかった。

それでもアーロウは何も言わなかった。自分本位だったリーアンが、自分ではない誰かのために行動しようとしているのだ。気がすむまでやらせてみよう。もし何か問題が発生したら、その時には出ていって手を貸せばいい。

そう思っていたのだが、リーアンの発想はアーロウの予想のはるか斜め上を行っていた。

年の瀬が迫る十三月、アーロウは有志とともに救済院の掃除をしていた。リーアンからの寄付金で医薬品を揃え、シーツや毛布も新調した。患者達が清潔なベッドで眠れるよう、洗濯屋とも契約した。金で解決出来ることはすべて手を尽くした。だが金を積んでも手に入らないもの――まともな医者や看護師はどう探せばいいのか、見当もつかなかった。

「おおい、アーロウ」

そこへ意気揚々とリーアンがやってきた。

「看護師達を連れてきたぞ！」

彼の後ろには十数名の女性がいた。年の頃は十代から三十代。身を寄せ合い、生まれたての子鹿のように震えている。誰一人として例外なく、顔や手足に痣《あざ》や擦り傷を負っている。

「看護師というより、怪我人に見えるんだが？」

「でも人の扱いには慣れてる」リーアンは自慢げに胸をそびやかす。「特に男の身体については熟知してる」

「まさか、同業者か？　いったいどの店から引き抜いてきたんだ？」

「人形亭」

「インガ・クラーボのところか！」

それで納得がいった。女達が傷だらけなのは暴力を振るわれたからだ。怯えているのはクラーボが恐ろしいからだ。娼婦を痛めつけ、嗜虐《しぎゃく》的な見世物として提供する。そんな外道を行うのは、数多《あまた》ある下町の娼館の中でも人形亭だけだ。

「しかし、よくクラーボが手放したな」

「一人につき百ルーナ払ってきた。相場の倍だ。文句は言わせねぇ」

「つまり円満な取り引きではなかったってことだな？」

「彼女達の意思は確認した。みんな俺に賛同してくれた」

そうだよな？　と女達に尋ねる。

顔色の悪い少女が涙ながらに頷く。隣にいた若い娘は堪えきれずに泣き出した。

「お願いです。ここで働かせてください」縋るような眼差しで年長の女が言う。「クラーボは、たった五十ルーナで私達の命を売るのです。女を切り刻んで殺したいという欲求にも、女を絞め殺し

ながら犯したいという欲求にも、あいつは喜んで応えるのです」

「お願いします」と少女が言う。

「見捨てないでください」と白髪の美女が頭を下げる。

彼女のうなじには火傷《やけど》の跡があった。変態客にやられたのだろうか。そう思うと腸《はらわた》が煮えた。

インガ・クラーボは『娼館保護法』を逆手《さかて》に取り、警邏の手が届かないのをいいことに、娼婦達を道具のように扱った。心身ともに痛めつけ、壊れて使い物にならなくなれば「煮るなり焼くなり、お好きにどうぞ」と変態趣味の好事家達に売り飛ばした。無論、アーロウ達も黙って見ていたわけではない。館主達が連名で幾度となく注意した。脅しに近い警告もした。それでもクラーボはどこ吹く風で、まったく聞く耳を持たなかった。

「みんな、よく聞いてくれ」

咽び泣く女達に、アーロウは呼びかけた。

「君達の仕事はここにいる患者達の世話をすることだ。あらかじめ言っておくけれど、給金は月に三ルーナほどしか払えない。だが建物の二階は自由に使っていい。朝晩二回の食事も保証する」

女達はアーロウを見つめた。闇夜のように真っ暗だった瞳に、ぽつりと希望の火が灯る。

「えっと……喜ぶのはまだ早い」

アーロウは右手を挙げた。

「ここは娼館じゃない。だから『娼館保護法』も適用されない。クラーボが荒くれ者を雇い、君達を連れ戻しに来る可能性もある。知り合いの警邏兵に見回りを頼んでみるし、下町の仲間達にも声をかける。出来る限りの手を尽くして君達を守るつもりだ。でも正直なところ、『ここは安全だ』

と約束してやることは出来ない。だから、もし帰れる場所があるなら、今すぐ帰ったほうがいい。ノイエレニエを離れて別の場所に逃げたほうがいい。どちらを選ぶかは君達自身で決めてくれ」

女達は顔を突き合わせた。小声でひそひそ話し合う。

結論が出るまでに、それほど時間はかからなかった。

「イルザとリジーは故郷に帰るそうです」

白髪の女が一同を代表して答えた。

「二人以外は残ります。ここで働かせてください」

「わかった」

「それと、ひとつお願いがあります。弓と矢を手に入れることは出来ませんか？」

予想外の要求に、アーロウは目を瞬いた。

「出来るとは思うが、君が使うのか？」

「はい」背筋を伸ばし、女は答えた。「私はウル族です。弓さえあれば私は狩人《かりゅうど》になります。もうクラーボの好きにはさせません。仲間達の命は私が守ります」

「あたしもウル族です。あたしにも弓をください」

「私にはナイフをください。小さい頃、家畜を捌《さば》くのに使い方を教わりましたから」

「あたしは噛みついてやります！　もう黙ってやられたりしません！」

「よし、いいだろう！」リーアンが手を叩いた。「好きな得物を買ってやる！　このリーアン・ランベールに任せておけ！」

また調子のいいことを言う。アーロウは彼を睨んだが、リーアンに通じるはずもない。

自分の身は自分で守る、そうは言っても限度がある。荒くれ者が大挙して押しかけたら、彼女達の命はない。たぶんそれは女達にもわかっている。でも彼女達は自由への第一歩を踏み出したのだ。それに難癖《なんくせ》をつけるなんて、野暮の極みというものだ。

この救済院を下町に住む者達の寄る辺に変える。なくてはならない場所にする。住人達を味方につけてしまえば、クラーボだってそう簡単には手を出せなくなる。

アーロウは窓の外へと目を向けて、口の中で呟いた。

「あとは医者だな」

近代医療を学べる学校にはイジョルニ人しか入れない。まともな医者と呼べるのはイジョルニ人だけであり、ノイエレニエの下町で働いてくれるイジョルニ人は皆無に等しい。

そんな折、救済院の帳簿を見直していて気づいた。

奇数月の一日に、かなりの金額を寄付していく者がいる。下町に住むレーエンデ人にはとても出せない額だった。となるとこれはイジョルニ人か？　慈善活動に熱心な金持ちだろうか？　であれば、下町に来てくれそうな奇特な医者を知っているかもしれない。

藁《わら》にも縋る思いでアーロウは救済院の賄い婦に尋ねた。

「奇数月の一日に多額の寄付をしてくれる人がいますよね。どこの誰だかわかりますか？」

前歯の抜けた顔で、賄い婦は嬉しそうに笑った。

「ああ、その人は天使さまで」

「髪は金色、瞳は緑、肌は雪みてぇに白くって、あたしらみたいなのにも優しくって、病人一人一人にお声をかけてくださるんで、みんな『天使さま』ってお呼びしてるんで」

「……ん？」

アーロウは首を捻った。その人物像に心当たりがある。しかも奇数月の一日は、ルミニエル座昼公演の初演日だ。記憶する限り、彼女が初日に現れなかったことは一度もない。

忙しい年末が過ぎ去り、新年明けての一月一日。ルミニエル座では毎年恒例の特別興行が催された。歌や踊りが披露され、客席に葡萄酒が振る舞われる。「今年もご贔屓に！」と挨拶をして、アーロウは舞台を降りた。素早く着替え、コートを羽織り、急いで客席へと戻る。新年の挨拶もそこそこにロランス夫人の手を引いて、迎えの馬車に乗り込んだ。

「もうアーロウったら！」

ミラベル・ロランスは頬を赤く染め、少女のように恥じらった。

「そんなに急がなくても、時間はたっぷりありましてよ？」

「貴方ですか？」

前置きもせずにアーロウは尋ねた。

「救済院に多額の寄付をしてくださる天使さまは、貴方ですか？」

「あら？」

ミラベルは顎に人差し指を当て、わずかに首を傾げた。

「前にお話ししませんでした？　わたくし、アーロウに会いに来る時はいつも『救済院に行って参ります』と言って家を出てきますのよ？」

「あ――」

アーロウは右手で顔を覆った。

「聞きました。前に、確かに聞きました」

どうせ嘘だと決めつけていた。事実を確かめもしなかった。彼女のことを『金で男を買う傲慢なイジョルニ女』だと侮蔑していた。人間は出自や人種によって差別されるべきではない。偉そうにそう言っておきながら、俺自身が彼女を差別していた。

最低だ。弁明の言葉もない。

「申し訳ありません」

アーロウは肩を落とし、心の底から深謝した。

「貴方を誤解していました」

「お金に物を言わせて火遊びを楽しむ、節操のないイジョルニ女――とでも思っていらっしゃったのかしら？」

図星すぎて何も言えない。

「いいんですのよ。その通りですもの」

ミラベルは鈴を転がすような声でコロコロと笑った。

「お金って、所有しているだけでは何の役にも立ちませんの。使って初めてその真価を発揮しますの。ですからわたくしが愛するもの、つまりアーロウ、貴方のためにお金を使うことは、とても正しいことですのよ。もしノイエレニエの下町がなかったら、貴方にお会いすることもかないませんでした。救済院に寄付をさせていただくのは、その感謝の気持ちをお伝えするためですわ」

ミラベルの声が福音に聞こえた。金色の髪が後光に見えた。

この人は天使だ。本物の天使だ。

直視に堪えず、アーロウは目を伏せた。

人間には善い面も悪い面もある。善良な人間もいれば、あくどい人間もいる。ミラベルのように慈愛に満ちたイジョルニ人もいれば、インガ・クラーボのように唾棄《だき》すべきレーエンデ人もいる。人種や貴賤や性別で分別出来るほど人間は単純ではない。それはわかっていたはずなのに——

「どうなさったの、アーロウ？　俯いていないで、お顔を見せてくださいませんこと？」

「今日は無理です。申し訳なくて、合わせる顔がありません」

「まあ、なんて可愛らしい！」

ミラベルはアーロウの頭を引き寄せた。彼の髪を優しく撫で、その額に接吻する。

「かつての貴方は冷ややかに世界を見て、自分の心さえも凍らせて、まるで氷の貴公子のようでしたわ。美しい毛並みに触れようとするだけで噛みつこうと牙を剝く、孤独なヤミオオカミのようでしたわ。でも最近の貴方は子供のように慌てたり、恥ずかしがったり、とても感情豊かになりましたわ。以前の貴方は近寄りがたくて、それはそれでとても魅力的でしたけれど、今の貴方のほうがずっとずっと好ましいですわ」

彼女はアーロウの頬を両手で包んだ。

「これもマレナさんのおかげですわね。結婚式はいつですの？」

「うわぁ！」

アーロウはのけぞって、馬車の壁に頭をぶつけた。

ミラベルには婚約の話はしていない。そもそも客にする話ではない。

「な、なぜそれを——!?」

「ああ、やっぱり！」

両手を合わせ、ミラベルは乙女のようにきゃっきゃとはしゃいだ。

「貴方が変わったのは、心から貴方を愛してくれる人が現れたから。貴方を支えてくれる大切な人が出来たから。だとしたらそれは、マレナさん以外に考えられないと思いましたの！」

当たりですね、当たりましたねと、ミラベルはすっかりご満悦だ。

してやられた。

アーロウは天井を仰いだ。顔が熱い。女の勘は恐ろしい。

「お話しするべきでしたね。黙っていて、すみませんでした」

「あら、いやだ。なぜお謝りになるの？　前に言いましたでしょう？　わたくしは束縛が嫌いなの。嫉妬などしておりませんわ」

うふふ……と笑い、楽しげに身を擦り寄せてくる。

「せっかくですもの。お祝いに何か贈り物をさせてくださいな」

「いえ、お気持ちだけで、もう充分です」

「アーロウったら、まだおわかりになりませんの？」

ミラベルはぷっくりと頬を膨《ふく》らませた。

「わたくしは貴方に贈り物をしたいのです。貴方の喜ぶ顔が見たいのです。これは貴方のためだけでなく、わたくしの幸せのためでもあるのです」

アーロウは困惑した。金持ちの考えることはわからない。理解の範疇《はんちゅう》を超えている。ただ、これだけはわかった。辞退することは許されない。

「では、お医者様を紹介していただけないでしょうか？」

アーロウは救済院のことを話した。人を雇い、設備を整え、病院として再生させる計画のことを話した。

「そういうことでしたら、うってつけの良案がございますわ」

目をきらきらと輝かせ、ミラベルは手を打った。

「わたくしの実家はフィリス製薬という会社を経営しておりますの。法皇庁の依頼を受けて医療用銀夢煙草の製造販売をしておりますの。先日の会議で『レーエンデからもたらされた利益は、レーエンデに還元するべきだ』という意見が出て、『レーエンデ人を対象とする医療学校を造ったらどうか』という提案がなされたのです」

ちなみに――と言い、彼女は自分を指さした。

「提案したのはわたくしです」

「はあ……」

アーロウは眉根を寄せた。話が大きすぎて、とても理解が追いつかない。

「その医療学校をノイエレニエの下町に造ったらどうかしら？　医学を学びながら、学生さんに患者さんのお世話をしていただくの。今まで通り、寄付も募《つの》りますが、学校の運営費についてはフィリス製薬が全面的に支援させていただきますわ」

まるで夢のような話だ。こんな美味しい話があっていいのだろうか。

「そんなこと、本当に可能なのですか？」

「もちろんです。すぐに係の者を相談に行かせますわ」

ミラベルは微笑んだ。いつも通りの無邪気な笑みだった。嘘を言っているようには見えない。悪意を隠しているようにも見えない。

アーロウが気づくよりも前から、彼女は救済院に寄付をしてくれていた。ミラベルの善意は本物だ。それを信じるのが怖いのは後ろめたいからだ。やましさを感じているからだ。だがそれは自分の不徳であって、彼女には何の咎《とが》もない。愚かな自分を正当化するために、誰かの善意を疑うような馬鹿は、幻魚に喰われてしまえばいい。

「ありがとうございます」

アーロウは丁寧に頭を下げた。

「これ以上は望めないほど、最高の結婚祝いです」

「あら、これとそれとは別ですわよ？」

ミラベルは身を乗り出した。アーロウが引いても、なおもぐいぐい迫ってくる。

「わたくしはアーロウに結婚のお祝いを差し上げたいの。他の誰かにではなく、貴方にお祝いを差し上げたいの。ですから一座の仲間にご馳走を食べさせたいとか、マレナさんに新しいドレスを買ってあげたいとか、そういうお願いも駄目ですわ」

彼女はアーロウを座席に押し倒した。獲物を捕らえた猫のように、両手を彼の胸に置く。

「さあ、おっしゃって。貴方の望みを。今一番ほしいものは何？」

俺の望み？　俺が今一番ほしいものってなんだ？

少し前までは才能がほしかった。でも今はそんなものは要らないと思っている。望むのはルミニエル座の発展、皆の健康、それにリーアンの引退撤回だ。見事に金では買えないものばかりだ。

金で購《あがな》える望みはないのか。彼は黙考し、ふと妙案が閃《ひらめ》いた。

「今年の四月、聖イジョルニ帝国建国八百年を記念してイジョルニ帝国歌劇場で上演される『月と太陽』の観劇券を一枚、手に入れていただけますか？」

「あらまあ」

ミラベルは目を見開いた。さすがの彼女も驚いたようだった。

レーエンデ人がレーエンデを出るのは大罪だ。『レーエンデ人お断り』のホテルやレストランに入るのとはわけが違う。身分詐称罪は五年間の苦役ですむが、外地逃亡罪は裁判すら不要だ。関所破りはその場で射殺、計画を立てただけでも死刑になる。

「とはいえ、俺は観に行かれません。レーエンデ人ですからね」

アーロウはいたずらっぽく笑い、右目を閉じる。

「なので貴方が観てきてください。そして忌憚《きたん》のない感想を聞かせてください」

「ああ、そういうことでしたら――」

ミラベルは安堵したように頷いた。

「任せてくださいまし。貴方の目となり耳となって、しっかり観劇して参りますわ」


一月が過ぎ、二月になってルミニエル座は休みに入った。

ようやく一息つけるかと思いきや、今度は救済院の改装作業に忙殺された。

ミラベル・ロランスは約束通り、すぐに係の者を寄越した。係員は救済院の建物を、こと細かく視察して回った。

「広さは充分です。建物もそのまま使えそうです。あとは学生の居住区ですが、付近の館を二、三軒買い取れば事足りるでしょう」

　翌日から作業員達が改装工事に取りかかった。医療機器や手術道具、黒板や机や椅子などが次々と運び込まれる。想像以上の仕上がりに、リーアンとアーロウは半ば驚愕、半ば呆然として、変わりゆく救済院を眺めた。

　三月に入ると、また忙しくなった。アーロウが自分の名義で書き下ろした二作目が、昼興行で披露されたのだ。王道の恋愛劇だったが、前回よりも客の入りはよかった。オレリア・コマの評価は「まあまあだね」だったが、ミラベル・ロランスは手放しで褒めちぎってくれた。

　リーアンは自分の部屋に戻った。「働く気がないなら出てお行き」とオレリアに叱られたのだ。とはいえ、働かなくても暮らしていけるだけの金はある。彼は戯曲を書くこともなく、オルガンを弾くこともなく、窓辺に座って日がな一日、レーニエ湖を眺めて過ごした。

　エストレニエで『月と太陽』が上演されるまで一ヵ月を切っている。だがミケーレからは何の連絡もなかった。リーアンは平気なふりをしていたが、内心気が気ではないだろう。どんな役者達が選ばれたのか、稽古は順調なのか、知りたくてたまらないはずだ。確かめに行きたくてもエストレニエは外地アルモニア州にある。レーエンデ人には行けない場所だ。

「きっと忙しいんだよ」

　窓辺に座ったリーアンに、アーロウはそれとなく話しかける。

「俺達だって初日の前は寝る暇もないくらいバタバタする。帝国歌劇場の大舞台となれば、それこそ目が回るほど忙しいに決まってる」

「わかってる」

「そのうちミケーレも思い出すさ。ご報告、遅れてすみませんって連絡が来るさ」

だが、待てど暮らせどミケーレ・シュティーレからの連絡はなかった。

何の報告もないまま、運命の四月一日がやってきた。

ミラベル・ロランスは約束通り、初演日の観劇券を入手した。「アーロウの名代として、気合いを入れて観てまいりますわね」と張り切って、エストレニエへ出かけていった。

明日、運命の舞台が封切られる。リーアンが魂を込めたテッサの戯曲の幕が開く。

はたしてどんな評価がくだされるのか。

イジョルニ人はレーエンデ人の革命劇をどのように受け止めるのか。

絶賛か、酷評か。

喝采か、沈黙か。

不安と興奮でアーロウは眠れぬ夜を過ごした。

ミラベルとは二日の午後二時、『シャイア・ヒル』のカフェで会うことになっていた。しかしアーロウは待ちきれず、ノイエレニエ駅舎に向かった。午後一時、エストレニエからの列車が到着する。ミラベルはそれに乗っているはずだ。ホームが見えるエントランスホールで、彼は蒸気機関車が来るのを待った。

アーロウにとって、ノイエスト鉄道は喪失の象徴だった。外地に向かう列車は母との別離を思い出させた。蒸気機関車の汽笛は失意と絶望の幕開けを告げるものだった。でも今日を境にすべてが

変わる。ノイエスト鉄道は希望の象徴になる。絶望に凍りついたレーエンデに蒸気機関車が春を運んでくる。真実の歴史を知るがゆえに死の恐怖に晒されてきた者達——レイルのリカルドも、ボネッティのペネロペも、怯えることなく暮らせるようになる。

午後一時過ぎ、汽笛が聞こえた。線路の彼方に煙が見える。蒸気機関車がゆっくりとホームに入ってくる。深紅色の客車から乗客達が降りてくる。朝一番にエストレニエを出てきただけあって、客の数は多くない。その中にミラベルの姿があった。お供の女性に荷物を預け、二、三言葉を交わしてから、エントランスホールへとやってくる。

アーロウは彼女に駆け寄った。

「ミラベル！」

用意しておいた白い薔薇《ばら》の花束を差し出す。

「おかえりなさい。お疲れ様でした」

「まあ、アーロウ！　お迎えに来てくださったの？」

ミラベルは花束を受け取って、少女のように微笑んだ。

「ああ、いい香り。うれしいわ。ありがとう！」

アーロウはかすかな違和感を感じた。いつも通りの無邪気な笑顔、そこに一抹の翳《かげ》りがあるように思えたのだ。

「では、まいりましょうか」

気のせいだ。気のせいに違いない。そう自分に言い聞かせ、アーロウはミラベルの手を取った。

『シャイア・ヒル』の一階にある宿泊客専用のカフェ『五月の雪』。ミラベルはこの店の常連客

だ。店の一番奥にあるいつものソファ席に彼女が座る。その向かい側、天鵞絨《ビロード》張りの肘掛《ひじか》け椅子にアーロウは腰掛けた。

ミラベルはウエイターを呼び、紅茶をふたつ注文した。ルーナ金貨を一枚渡し、「彼と二人きりで話をさせてくださるかしら？」と周囲の人払いを頼んだ。

白磁の茶器が運ばれてくる。芳しい茶葉の香りが立ちのぼってくる。

ミラベルはなかなか口を開こうとしなかった。白磁のカップを唇に運び、ゆっくりと紅茶を味わっている。やはり表情が硬いように思える。我慢しきれなくなって、アーロウは尋ねた。

「どうでした？『月と太陽』は？」

ミラベルはカップを置いて、上目遣いに彼を見た。

「忌憚のない感想をお聞きになりたいのでしたわよね？」

「はい」

すると彼女は居住まいを正し、改めてアーロウと向かい合った。

「観劇の後、専門家の意見も聞いておこうと思って、ロビーで知人達と話をしましたの。皆さま、とても褒めていらしたわ。感動的だって、神の愛を感じたって、言いにくいことをはっきり言ってくれて久々に胸が透いたって」

「胸が……透く？」

『月と太陽』はテッサの生涯を書いた戯曲だ。レーエンデの自由を謳う革命劇だ。幾度となく悲劇に襲われ、それでも挫けず前を向き、レーエンデの自由のために戦い続けたテッサの勇姿は観る者の心を打つ。弔《とむら》いの鐘の音とともに歌われる『レーエンデに自由を』は感涙必至の名曲だ。

けれどテッサの革命は失敗に終わる。「胸が透く」というのは、何か違う気がする。

「でも、わたくしは嫌いです」

そう言って、ミラベルは眉間に嫌悪を滲ませた。

「アーロウが楽しみにしていたお芝居ですもの。出来ればわたくしも絶賛したいですわ。けれど、わたくしには、あのお芝居はとても下品で残酷に見えました。社会的弱者を悪に見立てるのは短絡的と言わざるを得ませんし、嘲笑は誰も幸せにしませんもの」

「ちょっと待ってください」アーロウは遮った。「すみません。確認させてください。貴方がご覧になったのは『月と太陽』ですよね？」

「ええ、聖イジョルニ帝国建国八百年祭記念上演ですもの。間違いございませんわ」

「どうやら私が知っている物語とは内容が異なっているようです。もしよろしければ、物語を追って話して貰えませんか？」

「ええ、承知しました」

本当は思い出したくもないのだけれど——と前置きをして、ミラベルは話し始めた。

「わたくしが観たのは、テッサという無法者がレーエンデ義勇軍という野盗を率いて、帝国に反乱を起こすお話でした」

テッサは自ら『太陽』を名乗り、ラウド渓谷路を行く商隊を襲い、無法の限りを尽くす。彼に追従する無法者が多く現れ、レーエンデは荒れる。それを鎮静化したのは初代法皇帝エドアルドだ。『月光王』の異名を持つ彼はレーエンデ人に施しを与え、恩赦を与える。彼の愛に触れたレーエンデ人は心を入れ替え、月光王に忠誠を誓い、帝国への恭順を誓う。それに怒ったテッサは恩ある帝

国軍軍人を殺害し、仲間である同胞をも殺して敗走する。古代樹の森に逃げ込もうとして捕らえられ、ノイエレニエで月光王と相対し、自らの負けを認めて処刑される。

「舞台も衣装も豪華絢爛で、殺陣《たて》も群舞も見応えがありましたわ。役者も一流どころを揃えていて、胸をうたれる台詞もございました。特に『月光王に祝福を』と題された一曲は、まさに天空から降りそそぐ福音のようで、心が洗われる思いがいたしました。けれど、わたくし、それにすら違和感を覚えてしまいましたの。なんて言ったらよいのかしら？　こう、借り物の服を無理矢理着せられているような、本来緑色に塗るべき箇所を赤く塗ってしまっているような『そうじゃないでしょう！』と叫びたくなるような――って、ごめんなさい。これではわけがわかりませんわよね」

ミラベルは口にハンカチーフを当て、コホンと小さく咳をする。

「ある著名な批評家は言いましたわ。『昨今のレーエンデ人は法皇帝への敬意に欠ける』と。『この舞台こそレーエンデ人が観るべきだ。今一度、月光王への感謝と忠誠を思い出させてやるべきなのだ』と。観客達も『月光王が美しくて、お優しくて、涙なしには観られませんでした』とか、『ミケーレ・シュティーレは本物の天才です』とか、口々に褒《ほ》め称《たた》えるものですから、わたくし、なんだかもう、気分が悪くなってしまって」

目を伏せて、ハンカチーフで鼻を押さえる。

「少しでもいいところを見つけようと頑張りましたが、わたくしには楽しめませんでした。高名な演出家ミケーレ・シュティーレが脚本から舞台監督まで、すべてを手がけた話題作ですもの。『最高の舞台でした』と言って貴方を喜ばせたかったのに、がっかりさせてごめんなさい」

アーロウは息を止めた。

頭が真っ白になった。次の瞬間、目の前が真っ暗になった。

「ミラベル……すみません、もうひとつ確認させてください」

問いかけるのが怖い。答えを聞くのが怖い。歯の根が合わない。震えが止まらない。

「『月と太陽』を書いたのは——脚本を手がけたのは、誰ですか？」

「ですからミケーレ・シュティーレですわ」

「それは違う！」

アーロウは叫んだ。叫ばずにはいられなかった。

「『月と太陽』を書いたのはリーアンです。リーアン・ランベールが魂を削って書き上げたものなんです。テッサは女性で無法者なんかじゃなくて、百二十四年前、レーエンデに実在した本物の英雄なんです。私は台本しか読んでいませんが、それでも確信しました。これは世界を揺るがす大傑作だと、歪んだ常識を打ち砕く楔《くさび》となる作品だと！」

ミラベルは目を見開いた。瞬きするのも忘れ、アーロウを凝視する。薔薇色の頬から血の気が引いていく。花片《はなびら》のような唇がわなわなと震え出す。

「なんてこと——」

呆然と彼女は呟いた。

「ミケーレ・シュティーレは、リーアンの戯曲を盗んだのですね」

「それだけじゃない。ミケーレはレーエンデ人の矜持と希望を、法皇帝を礼賛する物語に書き換えたんです。リーアンが作品に込めた祈りを踏み躙ったんです」

こんなことがあっていいのか。こんなことが許されていいのか。

怒りのあまり目眩がした。目頭が熱くなった。

「……許せない」

ミケーレは戯曲を盗んだだけでなく、作品を真逆の意味に作り変えた。一字一句たりとも変更を許さないリーアンがこれを知ったら、いったいどう思うだろう。罵詈雑言を喚き散らして怒り狂うだろうか。大暴れして手当たり次第に物を破壊しまくるだろうか。

ああ、いっそそうであってほしい。

これが生涯最後の作品になる。正真正銘の一発勝負。出し惜しみはしなかった。持てるすべてを出し切った。そうリーアンが語った最高傑作が穢され、辱められたのだ。魂を込めた脚本が改竄《かいざん》され、帝国讃美《さんび》に利用されたのだ。

耐えられない。耐えられるわけがない。

「リーアンに会いに行きます」

アーロウは立ち上がった。

大口を叩いて見せるのは己の弱さを隠すため。傍若無人のようでいて、その実リーアンは繊細だ。自暴自棄になったリーアンが馬鹿なことをしでかす前に止めなければ。急がなければ取り返しのつかないことになる。

「アーロウ」低い声でミラベルが呼んだ。「座って、早く！」

テーブルに大柄な男が近づいてくる。薄汚れた上着、皺が寄った白シャツ、だらしなく緩んではいるが、それは警邏兵の制服だった。

「貴様を逮捕する」

警邏兵はアーロウの胸倉を摑んで引き立たせた。

「レーエンデ人のくせにイジョルニ人の真似しやがって。俺の目はごまかせねぇぞ、この薄汚ぇサルまね野郎が！」

頭から血の気が引いた。このカフェには幾度も出入りしてきた。疑われたことは一度もない。なのに今日に限って、どうしてばれたんだ？

「お下がりなさい！」

一喝し、ミラベルが立ち上がった。警邏兵を睨みつけ、厳しい声音で命令する。

「手を離しなさい。この人はわたくしの友人です。乱暴は許しません」

「女に用はねぇ。怪我したくなきゃ黙ってろ」

警邏兵がすごんでみせる。

しかしミラベルは一歩も引かなかった。

「口を慎みなさい。わたくしを誰だと思っているのです」

「ノイエスト鉄道のお偉いさんの奥方様だろ。立派な旦那がいながらレーエンデ人とねんごろになるなんざ、淑女が聞いて呆れらぁ」

警邏兵は目を細め、彼女の全身を舐めるように眺め回した。

「浮気すんならイジョルニ人にしとけよ。俺のアレは評判いいんだぜ？　一度味わったら、あんたもやみつきになるぜ？」

「下品な物言いはおやめなさい。穢らわしい」

「あんたこそ口には気をつけな。あんたがレーエンデのブタとまぐわってるって世間に知れたら、

どうなると思うよ？」

「わたくしは平気です」

「あんたは平気でも旦那はどうかな？　どこへ行っても『あいつはレーエンデのブタに妻を寝取られた男だ』って馬鹿にされるんだぜ？　面子《メンツ》丸潰《まるつぶ》れだろ？」

黄ばんだ歯を剝き出しにして、警邏兵はせせら笑う。

「旦那に赤っ恥をかかせたくなけりゃ、大人しく座ってな」

「そんなことを言って――」

「大丈夫です、ミラベル」

反論しようとした彼女に先んじてアーロウは言った。

「私は大丈夫です。ですから貴方は、貴方の身を守ってください」

いいですね――と念を押す。

恨めしそうに彼を見て、ミラベルは渋々ソファに座り直した。

警邏兵はアーロウの襟首を摑んで歩き出す。騒然とするカフェを出て、裏口へと回る。

通常、警邏兵は二人ないし複数で任務に当たる。容疑者の逃亡を阻止するために裏口を見張っているのかと思ったが、そこにも警邏兵の姿はなかった。この警邏兵は単独で行動している。とすると、これは任務外のことであって、正式な逮捕ではないのかもしれない。

「なるべく平和裏に、穏便に解決したいんです」

そう前置きして、アーロウは尋ねた。

「いくら払ったら解放して貰えますか？」

次の瞬間、目の前に火花が散った。気づいた時には裏道に転がっていた。左頬が熱くて痛い。口の中に血の味がする。

「金の問題じゃねぇ」

すごみのある声で警邏兵は言った。

「金持ち女に寄生して甘い汁を吸う、てめぇみたいなスカシ男が、俺は大嫌いなんだよ」

男はアーロウの胸倉を摑んで引き立たせ、彼を壁に押しつけた。

「これはてめぇにくれてやる逮捕状だ」

上着のポケットから取り出した紙を、アーロウの眼前に広げる。

「罪状は外地逃亡罪。イジョルニ人女性を誑《たぶら》かし、外地への逃亡を企てた罪だ。これでレーニエ監獄行きは決定だ。満月の夜には幻魚のエサの仲間入りだ」

アーロウはその文面を目で追った。何度も何度も読み直した。

驚くべきことに逮捕状は本物だった。「疑わしきレーエンデ人は罰せよ」が帝国法廷の原則だ。たとえ無実を訴えても耳を貸すものはいないだろう。

有罪は決定したも同然だった。事実上の死刑宣告だった。

目の前が真っ暗になった。ガクガクと足が震えた。アーロウは壁に背を押しつけたまま、ずるずるとその場に座り込んだ。

「……なぜだ」

呆然と呟いた。

絶望とともに嗚咽がこみ上げてくる。

かつては死を渇望していた。自分自身に絶望し、死に場所を求めてさまよっていた。しかし今は違う。己の凡庸さを受け入れ、人並みな幸せを手に入れた。生まれ変わったつもりで生き直そうと決意した。やりたいこと、やらなければならないこと、大きな夢、人生の目標。未来に向かってようやく一歩を踏み出した。まだ始めたばかりだった。

なのに――

俺は死ぬ。

次の満月まであと十三日。十三日後に俺は死ぬ。

「そうそう、そういう顔が見たかったのよ」

警邏兵は歯を剝いて、いひひと笑った。

「お前、近々結婚するそうじゃないか。男娼が嫁を貰うってのもお笑い種だが、可哀想《かわいそう》に、花嫁はお前と一回もやることなく後家さんになるわけだ。その嫁さんってのも娼婦なんだっけか？　じゃあ、俺が慰めにいってやるかな。喪服を着た女ってのは痛々しくてそそるよな」

下卑た嗤笑。侮蔑の眼差し。悪意と愉悦が滴っている。

それを見て、絶望が怒りに変わった。

俺はもう子供じゃない。独善的なイジョルニ人に黙って殴られたりしない。抵抗してやる。命尽きるまで逃げてやる。最期まで、あがいてあがいてあがきまくってやる。

「ずいぶんと詳しいんですね」

涙を拭い、アーロウは警邏兵を見上げた。

「インガ・クラーボから聞いたんですか？」

「……だったらなんだ？」

警邏兵はすごんでみせた。

それで確信した。やはりそうかと思った。

インガ・クラーボは人形亭の女達を連れ去られたあげく、取り返すことにも失敗した。その恨みと怒りを俺に向けたのだ。俺とミラベルの関係を知り、この警邏兵に嘘の告発をしたのだ。

クラーボは以前から月光亭を嗅ぎまわっていた。満月の前夜、義勇軍の面々が劇場の地下に集まることにも感づいていた。だとしたら、たとえこの場を切り抜けたとしても、月光亭には戻れない。義勇軍の仲間達を危険に晒すわけにはいかない。

マレナ――ごめん、マレナ。

アーロウは目を閉じた。

彼女に会いたい。逃げる前に一言だけでいい。彼女に愛していると伝えたい。

でも会えない。会えば彼女まで疑われる。ミラベル・ロランスを害し、マレナをミラベルと偽り、二人して逃亡を図ったのだと告発されたら、彼女にも『犠牲法』が適用される。それにマレナは勘がいい。俺の顔を見ただけで状況を察するだろう。俺の手を握り、決して離そうとしないだろう。

リーアンは言った。「彼女はお前の命綱だ。しっかり捕まえとけ。絶対に放すんじゃねぇぞ」と。

しかし、これは芝居ではなく現実だ。「一緒に死んでくれ」なんて台詞は言えない。死の誘いに幸せそうに頷くマレナなんて、それこそ死んでも見たくない。

暗闇の中、ふと光が閃いた。

そうだ。リーアンがいる。彼の部屋は公になっていない。警邏兵もすぐには駆けつけない。マレナへの伝言を頼む時間も稼げる。リーアンなら俺の思いを正しく彼女に届けてくれる。俺がいなくなった後も、きっと彼女を支えてくれる。

リーアンに会いに行こう。

決意を固め、アーロウは目を開いた。

ニヤニヤと笑う警邏兵の背後、すぐ近くに馬がいる。この警邏兵のものだろう。拘束されて鞍《くら》に乗せられてしまったら逃げられない。そうなる前に、この男を出し抜かなければならない。とはいえ腕力ではかなわない。使えそうな武器もない。

いや、武器ならある。

月光亭の女達が教えてくれた手管がある。幾人もの男を悦ばせてきた技がある。

アーロウはその場に跪《ひざまず》き、哀れっぽくすすり泣いた。

涙に濡れた目で警邏兵を見上げ、両手を擦り合わせて懇願する。

「お願いします。どうか……どうかご慈悲を――」

「ざまぁねぇなぁ。それでも男かよ」

警邏兵は嘲笑し、アーロウの襟元を掴んだ。

「ほら、立てよ。監獄の荒くれ野郎どもが手ぐすね引いて待ってるぜ。お前が犯した罪の数だけ、そのケツにぶち込まれてこい。そしたらきっと神様も、お前をお許しくださるだろうぜ！」

耳に馴染んだ罵声。飽きるほど見てきた嗜虐的な表情。

この手の客が一番嫌いだった。しかし、この手の客が一番扱いやすかった。

「神の許しなど要りません。僕がほしいのは、貴方のご慈悲です」

平伏し、彼の靴に接吻する。

「ご主人様、どうか貴方に、ご奉仕させてください」

「黙れ、変態野郎！」

警邏兵は足を上げ、アーロウの肩を蹴りつけた。

「てめぇの考えは読めてるぞ。上手いこと俺に取り入って、隙を見て逃げ出そうって魂胆だろ」

「逃げません」

アーロウは彼の前に両膝をつき、両手を揃えて差し出した。

「疑うなら縛ってください。イヌのように繋いでください。好きなだけ鞭で打ち据えてください」

どうぞ——と言って、男を見つめる。身じろぎもせず、瞬きもしない。わずかに首を傾げ、眉根を寄せ、ほんの少しだけ唇を開く。

「な——なんだ、てめぇ！」

男は小鼻を膨らませた。喉仏《のどぼとけ》が上下する。

「そんなに痛い目見たいなら、監獄の悪人どもにお仕置きされてこい！」

「誰彼かまわず尻尾を振ると思わないでください」

警邏兵の目から目を離さず、ゆっくりとにじり寄る。両腕を伸ばし、彼の大腿《だいたい》部に両手を這わせる。

「貴方がいいんです。貴方でなければ駄目なんです。幻魚に喰われて死ぬ前に……僕は貴方に抱かれたい」

男の太股《ふともも》に頬を寄せる。身体を密着させる。右手で内股《うちまた》をなぞり、目的のものに触れる。布越しにそれを撫で回す。あやすように、焦《じ》らすように、強く優しく弄《もてあそ》ぶ。

「思った通り、大きくて、とても立派です」

吐息に乗せてささやいた。

警邏兵は言い返さない。振りほどこうともしない。両腕は弛緩《しかん》し、だらりと垂れ下がっている。

その指先がピクリと動いた。

獣のような唸り声。鼻息が荒い。

「ああ、待って。駄目です。まだいけません。お召し物が汚れてしまいます」

男の股間を翻弄しつつ、アーロウは警邏兵のベルトの金具に手をかけた。

「力を抜いて……全部、僕に任せて」

そして立ち上がりざま、彼の金的を膝で思い切り蹴り上げた。

「――!」

警邏兵は声もなく膝をついた。股間を押さえて悶絶《もんぜつ》する。

アーロウは馬に駆け寄り、飛び乗った。靴の踵で腹を蹴る。猛然と馬が走り出す。背後から罵声が聞こえてきたが、彼は振り返らなかった。

馬を急《せ》き立《た》て、一気に坂道を駆け降りる。下町の裏道を抜け、城壁中央の城壁門へと走る。あの警邏兵が回復し、仲間を集め、下町にやってくるまで二十分。リーアンの家を探し当て、駆けつけるまでに十分といったところだろう。

それだけあれば充分だ。リーアンに別れを告げ、マレナへの伝言を頼み、警邏兵に嗅ぎつかれる

前にリーアンの部屋を出る。その後は逃げるだけだ。西に行くか、東に行くか。人を喰うと噂に聞く、西の森でも目指してみるか。

行く手にアパートメントが見えてきた。四階の出窓にリーアンが座っている。いつもと変わらない様子で、ぼんやりとレーニエ湖を眺めている。アーロウは馬を乗り捨て、階段を駆け上がった。息を切らし、居間に飛び込む。

リーアンが振り返った。汗だくのアーロウを見て、困ったように微笑む。

「どうしたよ？　そんなに慌てて？」

「頼むから、落ち着いて聞いてくれ。実は——」

言いかけて、アーロウは続きの台詞を呑み込んだ。

床の上に男が倒れている。

黒い髪、白い肌、眼鏡が床に落ちている。

臙脂色のコートの下、白いシャツが真っ赤に染まっている。

口を半開きにして、虚ろな目で天井を見上げている。

ミケーレ・シュティーレだった。

瞬きもせず、呼吸もしていない。

確かめるまでもない。彼はすでに事切れていた。

周囲の床には血溜まりが出来ている。血を吸った新聞が散乱している。

その見出しが目に飛び込んできた。

『聖イジョルニ帝国建国八百年祭記念公演に相応しき舞台！』

『天才演出家ミケーレ・シュティーレ氏、脚本家としても名を馳《は》せる！』

『満場の大喝采！　拍手鳴り止まず！』


「それな。さっきミケーレが持ってきたんだ」

淡々とした声でリーアンは言った。その表情は落ち着いている。怒りもない。嘆きもない。取り乱した様子もない。だがその右手には護身銃が握られている。

「リーアン」

震える声でアーロウは尋ねた。

「お前が殺したのか？」

「ああ」

「なぜ？」

リーアンは天井を見上げた。なんと応えたものかなと、考えているようだった。

「正直に話せ。なぜ殺した？」

「話せば長い」

「脚本を改竄されたからか？」

わずかに目を見開き、リーアンは問い返す。

「誰から聞いた？」

「ミラベルだ」

「ああ、あの天使さまか」

クスクスと笑い、リーアンは肩を落とした。

「『なんで改竄したんだ！』って怒鳴っても、ミケーレは悪びれもしなかったよ。『素晴らしい脚本だった』って、『やっぱり君は天才だよ』って、『誤解を招くといけないから、ほんの少しだけ手を加えさせて貰ったよ』ってニコニコ笑いやがった。『おかげで舞台は大成功。評判も上々だ。次作も君に頼みたい』って、ぬけぬけと言いやがった」

俯いて、長い長い息を吐く。

「アーロウ、お前の言う通りだった。テッサはレーエンデの英雄だ。どんな理由があろうとも、イジョルニ人に売り渡しちゃいけなかったんだ。ったく、俺はいつも間違える。一番大切なところで選択を間違える。このまま引き下がったんじゃ、皆に合わせる顔がねぇ。そう思ったから撃った。だから撃ち殺したんだ」

「嘘をつくな」

アーロウは一歩、前に出た。

「お前は暴力が嫌いだ。血を見るのも嫌いだ。たとえ激昂していたとしても、お前はミケーレを撃ち殺したりしない」

「何があった？　ミケーレに何を言われた？」

床に落ちた新聞を踏み、彼はリーアンへと近づいた。

リーアンの顔から表情が消えた。ガラス玉のような瞳が虚空をさまよう。

「『次作も君に頼みたい』って、『逃がしはしないよ』って言われた」

血の気の失せた白い顔。それが嫌悪に歪んでいく。

薄い唇が悪態を吐く。

瞬きを忘れた目から涙がこぼれる。

「『逃げたら月光亭に火をつける』って言われた。『逆らえばマレナをバラして湖に捨てる』って言われた。『従わないならアーロウを俺の目の前で嬲り殺す』って言われた。それで、もう殺すしかないって、俺がこいつを呼び込んだんだから、俺が責任とるしかないって、俺が殺《や》るしかないんだって思った」

リーアンは護身銃の銃口を自分のこめかみに当てた。

「ごめんな」

涙に濡れた目でアーロウを見る。

「こんなことになって、本当にごめん」

「謝らなくていい」

アーロウはさらに一歩、前に出た。

「お前は正しいことをした。お前は俺達を守ってくれた。謝ることはない」

もう一歩近づいて、リーアンに向かって右手を伸ばす。

「それを渡してくれ。頼む。俺にその銃を渡してくれ」

「嫌だ」

リーアンはますます強く、頭に銃口を押し当てる。

泣き笑いの顔。その唇が小刻みに震えている。

「俺はイジョルニ人を殺した。これはさすがに許されねぇ。俺はまた監獄送りになる。今度こそ本当に『犠牲法』の生贄になる。もちろん覚悟はしていたさ。けど——怖いんだ。生きながらにして幻魚に喰われるんだって思うと、震えが止まらねぇんだ。ずっとお前のこと『死にたがり』って馬鹿にしてきたのに、いざ死のうとすると怖くて、恐ろしくて、この引き金さえ引けねぇんだ、俺は！」

アーロウは胸を突かれた。意地っ張りでひねくれ者のリーアンが、強がることさえ出来ずに泣いている。もはや限界なのだ。リーアンはレーニエ監獄を知っている。そこにいた咎人達の末路を知っている。『犠牲法』の生贄の断末魔を知っている。平静でいられるわけがない。

どうすればいい？

俺に何が出来る？

どうすればリーアンを救える？

答えを探し、アーロウは室内を見回した。

天井から銀糸が垂れている。銀色の巣の中央に銀色の蜘蛛がいる。あの蜘蛛を追い回し、リーアンは言った。あいつらは目だと。あいつらを通して、あの野郎は俺を見ていやがるんだと。

不意にアーロウは目眩を覚えた。天地が逆転するような不思議な感覚に襲われた。

銀の生き物は神の使い。リーアンが言う「あの野郎」とは神のことだ。神はずっとリーアンを見てきた。今もああして俺達を見ている。きちんと役を演じているか、筋書き通りに進んでいるか、蜘蛛の目を通して、神は俺達を監視しているのだ。

アーロウは理解した。今こそすべてを理解した。

世界を変えるため、神は脚本を書いたのだ。闇夜のような絶望も、目が眩むような希望も、逃れられない死の運命も、すべて伏線だったのだ。この時のために俺は生まれた。この時のために俺は生かされてきた。俺の人生はこの結末を迎えるためにあったのだ。

舞台のごとき白い部屋。床に転がった悪党の死体。飛び散った血と血を吸った新聞。茫洋とした春の空。麗らかな春の日差し。日溜まりに座ったリーアン。そのこめかみに押し当てられた護身銃。張り巡らされた銀の糸。すべてを俯瞰する銀の蜘蛛。

完璧だった。完璧すぎて感動すら覚えた。

最後の舞台は整った。あとは幕を引くだけだ。

「お前が死ぬ必要はない」

アーロウは微笑んだ。

「お前まで、死ぬことはない」

「——え？」

「俺は外地逃亡罪で告発された。ミラベル・ロランスを利用して、外地への逃亡を画策していると密告されたんだ」

「なんだ、それ？」

リーアンはポカンと口を開いた。白い紙のようだったその顔に、じわりと怒りの色が滲む。

「そんなの言いがかりだ。何の証拠もねぇ！」

「ああ、そうだ。でも証拠は必要ないんだ。嘘の告発だけで充分なんだ。レーエンデ人に弁明の機会は与えられない。逮捕状が出た時点でもう『犠牲法』の生贄になることは確定している」

「ふざけんな！」

リーアンは立ち上がった。

「何でもいい！　何か考えろ！　生き延びる方法を考えろ！」

「ああ、もちろん。すでに考えた」

真顔で答え、アーロウは続ける。

「俺はたった今、捕まえに来た警邏兵の金的蹴り上げて、馬を盗んで逃げてきた。外地逃亡罪で告発されて、逮捕状も出ている。これだけでも極刑は確実だ。そこにさらに殺人罪が加わったとしても量刑は変わらない。死刑に処した人間を、再び死刑にすることは出来ないからな」

二人揃って死ぬことはない。

死ぬのは一人で充分だ。

「ミケーレ・シュティーレを殺したのはアーロウ・ランベールだ。アーロウは目撃者であるお前のことも殺そうとした。だからお前はアーロウから銃を奪い、逆に彼を撃ち殺したと証言するんだ。殺されたのが犯罪者、しかもレーエンデ人とわかれば裁判にはならない。お前が罪に問われることはない」

リーアンは答えない。目を見開き、アーロウの顔を凝視している。

一息分の間を置いて、アーロウはさらに続ける。

「そのかわり、ひとつ約束してくれ。いつか必ずこのレーエンデで、レーエンデ人のために、レーエンデ人による『月と太陽』を上演してくれ。その時は俺も観に行くから、幽霊になって観に行くから、必ずやり遂げると約束してくれ」

それでもリーアンは何も言わない。アーロウを見つめて微動だにしない。右手にはいまだ護身銃が握られている。その人差し指は引き金にかかっている。

「どうかマレナに伝えてくれ。こんなことになってすまないって、永遠に愛しているって。ああ、待ってくれ。違うな。違うよな。結婚を申し込んだのに勝手に先に死ぬんだ。こんな言葉じゃ許して貰えないよな」

アーロウは首を横に振る。

「なぁ、リーアン。お前が考えてくれ。マレナが悲しまないように上手い台詞を考えてくれ。天才劇作家のお前にかかれば、そのくらい造作もないだろう？」

「うるせぇよ、馬鹿」

リーアンは鼻から息を吐いた。目を眇め、アーロウを睨んだ。

「だったら、なぜマレナのところに行かなかった？　月光亭に戻らなかった？　限られた最後の時間を使って、なぜ俺のところに来た？」

「それは――」

マレナを巻き込みたくなかったからだ。レーエンデ義勇軍の仲間達を危険に晒したくなかったからだ。リーアンなら誰もが納得する言い訳を考えてくれると思ったからだ。

「俺が自殺するんじゃないかと思って止めに来たんだろ？」

それは違う。

戯曲の改竄を知った時は確かに危惧した。急いでリーアンに会いに行かなければと思った。けれど逮捕状を突きつけられた瞬間、何もかも吹き飛んだ。その後はマレナのことしか考えられなかっ

た。月光亭のことや義勇軍のことも少しは考えたけれど、頭の中はマレナでいっぱいだった。

「そこで黙るなよ」

リーアンは天井を見上げた。揺れる蜘蛛の巣と銀の蜘蛛を見つめた。

「嘘でもいい。そうだと言えよ。そういう筋書きのほうが盛り上がるだろ？」

彼らしい言い草にアーロウは笑った。

天才劇作家の筋書きは絶対だ。役者はそれに従うしかない。

「ああ、お前の言う通りだ」

「それでよし」

重々しく点頭し、リーアンは破顔した。

「子供の時分から俺は筋金入りのひねくれ者だった。どうしても素直になれなかった。ついつい憎まれ口を叩いて、結果みんなに嫌われた」

窓の外に広がる空。澄みわたる青を背負って、リーアンはアーロウの前に立つ。

「同じ顔をしていても、お前は俺と違っていた。自分のことよりも、自分ではない誰かのことを、真っ先に考えていた。お前がみんなを愛したから、お前はみんなに愛された。セリーヌからも、ライカからも、マレナからも愛された。羨ましかった。俺もお前のように愛されたかった」

「なぁ、アーロウ。俺はお前に愛されていたか？」

リーアンの声が震えた。その目には涙が光っていた。

アーロウは言葉に詰まった。咄嗟に答えられなかった。

リーアンにはいつも振り回されてきた。その尻拭いに疲れ果て、兄弟の絆など断ち切ってしまい

たいと思っていた。リーアンがいなければ、もっと楽に生きられた。リーアンさえいなければ、あんなに苦しむことはなかった。なのに、彼に愛されていることを知って号泣した。彼の信頼を得て天にも昇る喜びを感じた。リーアン・ランベールの最高傑作を読むためならば、何を差し出しても惜しくはなかった。

愛と呼ぶには複雑すぎる。

そんな単純なものじゃない。

これを愛とは呼びたくない。

けれど——

「愛してなければ、ここには来ない」

抱擁をねだる子供のように、アーロウは両腕を大きく広げた。

「さぁ、撃て」

未練はない。後悔もない。リーアンさえいれば何度でもやり直せる。これはリーアンを救うための、この世界を変えるための、レーエンデに自由を取り戻すための死だ。こんなにも有意義で、価値ある死など他にはない。

神の御業には余念がない。

異論などあるはずもない。

「撃て、リーアン」

「……ありがとう」

リーアンは護身銃の銃口をアーロウに向けた。

「ありがとう、アーロウ」

ドン！　という音。

胸に衝撃を受け、アーロウは倒れた。

視野が歪む。壁と天井が透けていく。空に星が瞬き、風に花が咲き乱れる。銀の蜘蛛の巣が虹を描き、銀色の小鳥達がいっせいに囀る。幾千幾万のシャボン玉が虹色に輝きながら、ぐるぐるぐると渦を巻く。

鐘が鳴る。

鐘が鳴る。

アーロウを讃えて天使が歌う。

戯曲の完成を祝い、やり遂げた彼を労い、天使達は歌い続ける。

『レーエンデに自由を！』

長き沈黙が喝采に変わる。

『レーエンデに自由を！』

大喝采が鳴り響く。

鐘が鳴る。

鐘が鳴る。

アーロウ・ランベールの舞台が終わる。

静かに幕が降りてくる。

閉幕

鐘の音の余韻が消えた。

リーアンは譜面台から上体を起こした。全身汗だくだった。気を抜くと倒れてしまいそうだった。

舞台には幕が下りている。楽団員は楽器を下ろし、彼のことを見つめている。

緊張と戦慄。身動きも出来ないほどの静寂。

譜面台に手をついて身体を支えた。大きく息を吐き、額の汗を拭う。

背筋を伸ばし、思い切って振り返った。

嵐が巻き起こった！

割れんばかりの拍手！　降りそそぐ歓声！

満席の大劇場が震えている。すべての観客が立ち上がっている。耳を聾《ろう》する喝采が怒濤のごとく押し寄せてくる。

彼は胸に手を当てた。深く頭を下げてから、舞台に向かって右手を上げる。

再び幕が引き上げられる。役者達が現れる。村人、兵士、名もなき民衆が一列に並んでお辞儀をする。キリルとイザークに手を引かれ、アレーテが現れる。ギヨム・シモンが晴れやかに手を振り、エドアルドが黙礼し、ルーチェが観客席に投げキスをする。そして万雷の拍手に迎えられ、テッサが舞台に現れる。

彼女は両手を胸に当て、観客に向かい、膝を折って一礼した。

その間にリーアンは指揮台を下りた。のろくさく舞台袖へと退場する。

「やりましたね、リーアンさん！」

裏方が出迎える。紅潮した頬、歓喜の瞳、尊敬の眼差しが彼を取り囲む。

「最高でした！」

「おめでとう、リーアン！」

手を振ってそれに応え、彼は楽屋に逃げ込んだ。椅子に座り、両手で顔を覆う。

思い出すのは亡き人の声。懐かしき兄弟の面影。

近しい者の死は、魂の一部を抉《えぐ》り取っていく。

その好き嫌いにかかわらず、強引に、力ずくで。


あの日、銃声を聞いて駆けつけたアルヌー夫人が助けを呼びに行ってくれたのを覚えている。

その後の記憶は曖昧だ。悪夢を見て目覚め、眠っては目覚め、また眠っては目覚めるを繰り返した。

頭にかかった靄が晴れ、意識を取り戻した時、彼は救済院のベッドの上にいた。マレナ、ミラベル、オレリア、アルヌー夫人、他にも大勢の見知った顔が寝台を取り囲んでいた。

なんで、みんなが、ここにいるんだ？

そう思った時、震える声でマレナが問いかけた。

「あんた、アーロウよね？　アーロウなんだよね？」

その声音と表情。

それだけで彼はすべてを悟った。

あいつは行ってしまったのだ。また俺を置いていったのだ。

護身銃に込められていたのは実弾ではなかった。流血を嫌うリーアンは護身銃に空包を入れていた。とはいえ、押し当てて引き金を引けば胸には大穴が開き、頭蓋骨を砕くほどの威力がある。至近距離で撃たれたため彼の肋骨《ろっこつ》は折れていた。折れた肋骨が臓器を傷つけ、一時はかなり危ない状態だったという。

「運がよかったですね」と医者は言った。「もう一歩近づいていたら、死んでいましたよ」

それは違うと彼は思った。

運がよかったんじゃない。十三日間、俺を身動き出来ない状態にしておくには、どの角度で、どのくらいの距離から撃てばいいのか。あいつにはわかっていたのだ。過不足ない位置まで俺を引き付けてから、あいつは引き金を引いたのだ。

今でも『レーエンデに自由を』を聴くと、大声で叫びたくなる。

喜びと悲しみが同時に押し寄せてきて息が出来なくなる。

愛情と憎悪が、希望と絶望が、心をふたつに引き裂こうとする。

拍手はまだ鳴りやまない。

リーアン！　リーアン！　という大合唱が聞こえる。

彼は耳を塞いだ。今すぐ駆け出していって真実を叫びたかった。でも言えない。アーロウ・ランベールは咎人だ。生きているとわかれば捕まる。『犠牲法』の餌食にな

る。そうなれば身代わりになったあいつの死が無駄になる。

ならば生きようと思った。リーアンがその魂を込めた『月と太陽』を、ミケーレによって醜《みにく》く改竄されたものではなく、リーアンが望んだままのかたちで、この世に送り出そうと誓った。

地方都市を回っては試演を繰り返し、支持者を集めた。時に警邏兵に追われ、騒乱罪で投獄された。裁判所で『レーエンデに自由を』を熱唱し、イジョルニ人の裁判官から異例の無罪を勝ち取った。天才劇作家リーアン・ランベールの名前が認知され、ルミニエル座はレーエンデを代表する劇団へと成長した。支配人を口説き落とし、ついに今夜、レーエンデ最大の劇場であるレイル歌劇場の舞台で『月と太陽』を披露した。


なぁ、兄弟――

天井を見上げ、心の中で呼びかける。

俺はやり遂げた。お前との約束を果たした。

でも、やっぱり俺は凡人だ。

ここまで来るのに、三十年もかかってしまった。

ノックの音がした。

「お父さん、今、大丈夫ですか?」

扉を開けて青年が顔を出す。彼の息子アーロウだ。今年で二十五歳になる。残念ながら演技の才能はなく、今は演出家を目指して勉強中だ。

「お客さんが来てるんですけど、お断りしたほうがいいですか?」

「いいや、お通ししてくれ」

顔を擦って涙を拭う。咳払いをして立ち上がる。

入ってきたのは五十歳前後の男だった。品のよい口髭、上物の三つ揃い、その立ち居振る舞いには隙がなく、ただ者じゃないとすぐにわかった。

「理由《わけ》あって、名乗ることは出来ない」

そう断ってから、男は続けた。「とても感動した」と。「涙が止まらなかった」と。

「あれこそが始祖ライヒ・イジョルニの望んだ世界だ。これを夢物語では終わらせない。そのためにも、我らは手を取り合わなければならない」と熱意を込めて語った。

「リーアン・ランベール。私の思いは貴方とともに。それを伝えておきたかった」

邪魔をしたなと言い、男は楽屋を出ていきかけた。だが不意に踵を返し、彼の前へと戻ってきた。

「信頼されるには、まず信頼しなければならない」

男は手袋を取り、左手の中指にはめていた指輪を外した。雄々しい角《つの》を持つアレスヤギの頭、それはリウッツィ家の紋章だった。

「私はルネ・リウッツィ。北教区の司祭長を務めるリウッツィ家の当主だ」

司祭長は紋章入りの指輪を差し出した。

「これは君が持っていてくれ」

「よろしいのですか？　私がこの指輪を持って教会に駆け込めば、貴方は『犠牲法』の餌食になりますよ？」

「君はそんなことはしない」

芸術を愛する司祭長は穏やかに微笑んだ。

「私達は憎しみよりも信頼を、過去よりも未来を選んだ。私は君達の力になりたい。

もし困ったことになったら、私に連絡を寄越してくれ。決して悪いようにはしない」

そう言い残し、ルネ・リウッツィは去っていった。

息を吐く暇もなく、今度は若い女が入ってくる。

「お父さん！　お客さん達が呼んでるわ！　早く戻ってきて！」

頬を薔薇色に染め、息を弾ませている。見事にテッサを演じきった若き女優、彼女の名前はミラベル。その顔は若い頃のマレナにそっくりだ。

ミラベルに手を引かれ、彼は舞台へと引っ張り出された。目映い光、弾ける拍手。観客達が泣いている。楽団員も役者達も泣いている。イジョルニ人がいて、レーエンデ人がいる。男も女も、老いも若きも、立ち上がって拍手を送っている。

歓喜の渦の中、彼は恍惚《こうこつ》として目を閉じた。

「リーアン！　リーアン！」

観客が叫んでいる。

「リーアン！　リーアン！」

その声に応え、彼は一歩前に出た。

観客席を見渡して、右手を胸に押し当てる。

紳士淑女の皆々様、

喝采を、どうか喝采を！

神に愛されし天才劇作家リーアン・ランベールに神立《かんだち》のごとき喝采を！

沈黙を、永遠の沈黙を。

幻の海に消えたアーロウ・ランベールに墓標のごとき沈黙を。

舞台中央に立った男は、左足を引いて一礼する。
顔を上げ、両腕を広げ、大喝采を受け止める。

終章

アーロウ・ランベールに関する記録は驚くほど少ない。

ルミニエル座の座長を務め、自身も人気の役者だったという。二十五歳の時、イジョルニ人の貴婦人を脅迫し、外地への逃亡を図ったとして彼には逮捕状が出された。その後、罪状を増やし、外地逃亡罪の他に、暴行罪、窃盗罪、殺人罪で裁判にかけられた。そのすべての罪状で有罪が確定し、聖イジョルニ暦八〇〇年四月十五日『犠牲法』により死刑に処された。

獄卒が残した日誌によると、アーロウは舟に乗せられる前から歌っていたという。調子の外れた歌声が銀の霧に響き渡っていたという。その声は勇ましく、力強く、聞いた者の耳にいつまでも残ったという。

アーロウが書いた戯曲で現存しているものは七作品。うち五作品は当初リーアン・ランベール名義で発表されていた。これらはアーロウの死後、リーアン・ランベールが「これは自分の作品ではない」として、自身の作品リストから除外したものである。

アーロウの死後、マレナ・イルファはリーアン・ランベールと結婚。二人の子を儲けた。一人は息子のアーロウ、もう一人は娘のミラベル。アーロウは演出家として、ミラベルは女優として、後

のルミニエル座を支えていくことになる。

マレナは五十歳を超えても舞台に立ち続けた。聖イジョルニ暦八三〇年四月の初演を皮切りに、繰り返し上演されることになった『月と太陽』。その二年後の千秋楽、幕が閉じた直後に倒れ、そのまま帰らぬ人となった。享年五十六歳。

レイルに新しく建てられたリウッツィ記念歌劇場の廊下には、古今の役者の肖像画がずらりと並べられている。その一番奥にひっそりと飾られている名もなき女優の肖像。それはテッサの姉アレーテ役を演じるマレナ・イルファを描いたものだといわれている。


若き頃は天才と呼ばれ、手がけた舞台はどれも大成功を収めた演出家ミケーレ・シュティーレ。だが時流が変わり、難解な演劇が好まれるようになると、派手な演出を得意としたミケーレの人気に翳りが見えるようになった。「シュティーレの演出はどれも同じだ」と酷評され、「天賦の才能も枯渇したか」と揶揄されるようになった。

起死回生を図るため、彼が演出、脚本、舞台監督の三役を手がけた意欲作『月と太陽』。聖イジョルニ帝国建国八百年祭で華々しく発表されたそれは、初演こそ話題をよんだものの、あからさまな法皇帝讃美が鼻につくと言われ、回を重ねるごとに客足は遠のいた。その後は運にも人にも見放され、彼の名前は次第に忘れ去られていった。

しかし、ミケーレがその事実を知ることはなかった。

聖イジョルニ暦八〇〇年四月二日。ノイエレニエの下町にあるアパートメントの四階で、彼は射殺体となって発見された。享年三十二歳。殺害犯であるアーロウ・ランベールは翌日、城壁近くに

佇んでいるところを発見、逮捕された。彼はミケーレ殺害の経緯を、『月と太陽』の脚本の件で言い争いになり、揉み合っているうちに銃が暴発。過って銃殺してしまったと供述している。

近年は調査が進み、ミケーレ・シュティーレが裏社会の人間達と懇意にしていたことがわかっている。彼が手がけたとされる脚本『月と太陽』が、リーアン・ランベールの脚本を改竄したものであったことも明らかになっている。

エストレニエにある演劇の殿堂博物館に飾られていたミケーレの直筆ノートや所持品は、一昨年すべて撤去された。その後、「保管する価値なし」とされ、廃棄処分が決定した。


ノイエスト鉄道の重役ロベール・ロランスの妻ミラベルは、その生涯を貧しい人々の救済に費やした。ノイエレニエに医療学校を設立し、レーエンデ人に医術を学ばせた。学校を卒業した若き医者達を支援し、レーエンデ各地に無料診療所を設けた。

男色家だった夫とは最後まで円満だったという。晩年はノイエレニエの高級ホテルに暮らし、聖イジョルニ暦八四一年の春、眠るように始原の海へと旅立った。享年七十六歳。

現在、医療従事者の証しとして使われている『ＭＲ』の緋文字《ひもじ》。『ミラベル紋章』と呼ばれるこの印は、ミラベル・ロランスの頭文字に由来するものである。


リーアン・ランベールが残した戯曲『月と太陽』。

これがレーエンデで上演されると、イジョルニ人からは「反帝国思想を煽る危険な戯曲だ」と公演中止を求める声が相次いだ。レーエンデ人からも「非現実的なお伽噺《ときばなし》だ」という揶揄や嘲笑の

声が上がった。

しかし、それはごく一部だった。イジョルニ人、レーエンデ人を問わず、心動かされた者は少なくなかった。テッサの生涯に胸を打たれて涙を流す者がいた。失いかけていた矜持を取り戻す者がいた。テッサとレーエンデ義勇軍が掲げた理想に共感し、この世界を変えたいと強く願う、多くの若者達がいた。

彼らは舞台の上に夢を見た。嵐の後に現れる虹《にじ》のように、儚く美しい夢を見た。暗い夜空を切り裂く流星のように、刹那で鮮烈な夢を見た。リーアンが蒔いた希望の種。それは長い長い冬に耐え、およそ百年後、思いもよらない場所で芽を出すことになる。


リーアン・ランベールは生涯唯一の長編戯曲『月と太陽』に自分の魂を注《そそ》ぎ込んだ。これを書き終えた後、彼は引退を宣言。その言葉通り、二度とペンを執ることはなかった。リーアンが残した戯曲は五十九編。五十八編の短編と一編の長編のみである。

劇作家を引退した後、リーアンは演出家に転じた。多くの舞台を手がけ、後進を育て、希望と尊厳を抱き続けることの大切さを教えた。甚大なる努力と粘り強い交渉が実を結び、聖イジョルニ暦八三〇年、不朽の名作『月と太陽』が古都レイルの歌劇場で上演された。

彼の戯曲は世界を変えた。絶望の暗闇に希望の光を灯した。自分達の手で自分達の国を建てるという新しい概念は、レーエンデを独立へと導くきっかけとなった。

数多のレーエンデ人に生きる勇気を与えた不世出の天才は、妻マレナの死の三年後、聖イジョルニ暦八三五年、書斎の椅子に座ったまま眠るように死んだ。享年六十歳。

遺言により彼の遺体は荼毘《だび》に付され、その遺灰はレーニエ湖に撒かれた。
はたしてそれはリーアン・ランベールであったのか。
それともアーロウ・ランベールだったのか。
今は市井の人々だけでなく、歴史学者の大半も入れ替わり説を支持している。
だが確かな証拠は何もない。
真実は今も、永遠の沈黙の中にある。

本書は書き下ろしです。

多崎 礼
（たさき・れい）

2006年、『煌夜祭』で第2回C★NOVELS大賞を受賞しデビュー。
2023年『レーエンデ国物語』を刊行し、話題を集める。
他の著書に「〈本の姫〉は謳う」、「血と霧」シリーズなど。

レーエンデ国《こく》物《もの》語《がたり》

喝《かっ》采《さい》か沈《ちん》黙《もく》か

2023年10月16日　第1刷発行

著者　多崎《たさき》礼《れい》
発行者　髙橋明男
発行所　株式会社講談社
〒112-8001
東京都文京区音羽2丁目12-21
電話　編集　03-5395-3506
販売　03-5395-5817
業務　03-5395-3615

本文データ制作　講談社デジタル製作
印刷所　株式会社KPSプロダクツ
製本所　株式会社国宝社

定価はカバーに表示してあります。

落丁本・乱丁本は購入書店名を明記のうえ、小社業務宛にお送りください。送料小社負担にてお取り替えいたします。なお、この本についてのお問い合わせは、文芸第三出版部宛にお願いいたします。本書のコピー、スキャン、デジタル化等の無断複製は著作権法上での例外を除き禁じられています。本書を代行業者等の第三者に依頼してスキャンやデジタル化することは、たとえ個人や家庭内の利用でも著作権法違反です。

©Ray Tasaki 2023, Printed in Japan
ISBN 978-4-06-533583-3
N.D.C.913 390p 19cm

KODANSHA

次巻予告

革命の種はついに芽吹く。
爛漫な青年と塔から落とされた少女。
次の運命は、彼らの出会いにはじまる。

第四部 レーエンデ国物語 夜明け前

第五部 レーエンデ国物語 海へ

完結に向けて物語はひた走る。
さあ、革命の話をしよう。

2024年
発売予定